SEM ESPERANÇA

Obras da autora publicadas pela Editora Record.

Série Slammed
Métrica
Pausa
Essa garota

Série Hopeless
Um caso perdido
Sem esperança
Em busca de Cinderela

Série Nunca, jamais
Nunca, jamais
Nunca, jamais: parte 2
Nunca, jamais: parte 3

Série Talvez
Talvez um dia
Talvez agora

Série É Assim que Acaba
É assim que acaba
É assim que começa

O lado feio do amor
Novembro, 9
Confesse
Tarde demais
As mil partes do meu coração
Todas as suas (im)perfeições
Verity
Se não fosse você
Layla
Até o verão terminar
Uma segunda chance

COLLEEN HOOVER

SEM ESPERANÇA

Tradução de
Priscila Catão

18ª edição

— **Galera** —

RIO DE JANEIRO
2025

CIP-BRASIL. CATALOGAÇÃO NA PUBLICAÇÃO
SINDICATO NACIONAL DOS EDITORES DE LIVROS, RJ

Hoover, Colleen, 1979-

H759s Sem esperança / Colleen Hoover; tradução Priscila Catão.
– 18ª ed. – Rio de Janeiro: Galera Record, 2025.
(Hopeless; 2)

Tradução de: Losing Hope
Sequência de: Um caso perdido
ISBN 978-65-59-81104-5

1. Ficção americana. I. Catão, Priscila. II. Título.
III. Série.

22-75559
CDD: 813
CDU: 82-3(/3)

Título original norte-americano:
Losing hope

Copyright © 2013 by **Colleen Hoover**

Editora-Executiva: Rafaella Machado
Coordenadora Editorial: Stella Carneiro

Equipe Editorial
Juliana de Oliveira • Isabel Rodrigues
Lígia Almeida • Manoela Alves

Revisão: Fernando Heleno Figueiró Martins
Diagramação: Abreu's System
Capa: Carmell Louize
Design de capa: Letícia Quintilhano

Todos os direitos reservados.

Proibida a reprodução, no todo ou em parte, através de quaisquer meios.
Os direitos morais da autora foram assegurados.

Texto revisado segundo o novo Acordo Ortográfico da Língua Portuguesa.

Direitos exclusivos de publicação em língua portuguesa somente para o Brasil
adquiridos pela
EDITORA RECORD LTDA.
Rua Argentina, 171 - Rio de Janeiro, RJ - 20921-380 - Tel.: (21) 2585-2000,
que se reserva a propriedade literária desta tradução.

Impresso no Brasil

ISBN 978-65-5981-104-5

Seja um leitor preferencial Record
Cadastre-se e receba informações sobre nossos
lançamentos e nossas promoções.

Atendimento e venda direta ao leitor
sac@record.com.br

*Este livro é dedicado a meu marido e meus filhos
por todo o apoio altruísta e infinito.*

Capítulo Um

Meu coração está dizendo para eu simplesmente ir embora. Less já me avisou mais de uma vez que isso não é da minha conta. No entanto, ela não sabe como é ser o irmão de alguém. Não sabe o quanto é difícil ficar quieto e *não* se meter nas coisas. É por isso que, nesse momento, esse filho da mãe é minha prioridade número um.

Deslizo as mãos para dentro dos bolsos de trás da calça e espero que consiga mesmo deixá-las aí. Estou parado atrás do sofá, olhando para ele de cima. Não sei quanto tempo ele vai demorar para perceber que estou aqui. Considerando a maneira como está segurando a garota sentada em cima dele, duvido que perceba logo. Fico atrás dos dois por vários minutos enquanto a festa continua ao redor, e ninguém nem faz ideia de que estou quase surtando. Eu até usaria o celular para ter alguma prova, mas não seria capaz de fazer isso com Less. Ela não precisa ver uma foto do que aconteceu.

— Ei — digo finalmente, sem conseguir ficar em silêncio nem mais um segundo. Se eu tiver que vê-lo apalpando o peito dessa menina mais uma vez, sem um pingo de respeito pelo seu namoro com Less, vou arrancar a porra da mão dele.

Grayson afasta a boca da dela e inclina a cabeça para trás, olhando para cima com a visão desfocada. Vejo o medo surgir em seu rosto no instante em que a ficha cai — quando ele finalmente percebe que a última pessoa que imaginou que viria para a festa realmente está aqui.

— Holder — diz ele, empurrando a garota para o lado. Levanta-se com dificuldade e mal consegue ficar em pé. Olha para mim suplicantemente, apontando para a garota, que agora está ajeitando a saia curtíssima. — Não é... não é o que parece.

Tiro as mãos dos bolsos e cruzo os braços. Agora meu punho está mais perto dele e preciso cerrá-lo, pois sei o quanto seria bom dar um murro em Grayson.

Olho para o chão e inspiro uma vez. E outra vez. E mais uma vez só porque estou adorando vê-lo constrangido. Balanço a cabeça e levanto o olhar de novo até ele.

— Me dê seu celular.

A confusão em seu rosto seria até engraçada se eu não estivesse tão furioso. Ele ri e tenta dar um passo para trás, mas esbarra na mesa de centro. Segura-se, pressionando a mão no vidro, e endireita a postura.

— Pegue o seu próprio celular, porra — murmura ele, sem olhar para mim enquanto dá a volta na mesa. Com calma, ando ao redor do sofá e o interrompo, estendendo a mão.

— Me dê seu celular, Grayson. *Agora*.

Não tenho vantagem física porque somos praticamente do mesmo tamanho. No entanto, a minha raiva com certeza é uma vantagem e Grayson já percebeu isso. Ele dá um passo para trás, o que não é muito inteligente, pois está se aproximando do canto da sala. Mexe no bolso e finalmente tira o celular.

— Que merda você quer com meu celular? — pergunta ele. Tiro-o de suas mãos e disco o número de Less, mas não aperto o botão para discar. Devolvo o aparelho.

— Ligue para ela. Diga que é um canalha e termine tudo.

Grayson olha para o telefone e depois para mim.

— Vá se foder — retruca ele.

Inspiro para me acalmar, alongo o pescoço e estalo o maxilar. Não adianta, continuo sentindo vontade de vê-lo sangrar, então estendo o braço, agarro a gola de sua camisa e o empurro com força contra a parede, prendendo seu pescoço com o antebraço. Lembro a mim mesmo que, se eu der a surra antes de ele fazer a ligação, a calma que mantive nos últimos dez minutos terá sido em vão.

Meus dentes estão cerrados; o maxilar, contraído, e minha pulsação dispara na cabeça. Nunca odiei tanto alguém quanto nesse momento. A intensidade do que eu gostaria de fazer com ele está até *me* assustando.

Olho bem em seus olhos e explico o que vai acontecer nos próximos minutos.

— Grayson — digo entre os dentes cerrados. — A não ser que queira que eu faça o que eu realmente gostaria de fazer com você agora, coloque o telefone no ouvido, ligue para minha irmã e termine tudo. Depois desligue o telefone e nunca mais fale com ela. — Pressiono mais o braço contra seu pescoço, percebendo que seu rosto está mais vermelho do que sua camisa devido à falta de oxigênio.

— Tá bom — murmura ele, tentando se soltar.

Espero Grayson olhar para o telefone e apertar o botão "discar" antes de abaixar o braço e soltar sua camisa. Ele põe o telefone no ouvido e não para de me encarar enquanto esperamos Less atender.

Sei o quanto vai ficar abalada, mas ela não tem nem ideia das coisas que ele faz escondido. Independentemente de quantas vezes as pessoas contem a verdade para Less, ele sempre arranja uma maneira de voltar para a vida dela.

Mas não dessa vez. Não se eu puder controlar a situação. Não vou mais ficar parado, deixando que ele faça isso com minha irmã.

— Oi — diz Grayson ao telefone. Ele tenta se virar de costas para falar com ela, mas empurro seu ombro contra a parede, fazendo com que se contorça.

— Não, amor — acrescenta, nervosamente. — Estou na casa de Jaxon. — Há uma longa pausa enquanto ele a escuta. — Sei que foi o que disse, mas menti. É por isso que estou ligando. Less... acho que a gente precisa se afastar um pouco.

Balanço a cabeça, indicando que ele não pode deixar dúvidas de que esse é o fim do namoro. Não quero que se afaste um pouco dela. Quero que dê liberdade permanente para minha irmã.

Ele revira os olhos, me mostrando o dedo do meio da outra mão.

— Estou terminando com você — diz ele, direto. Grayson a deixa falar e fica em silêncio. O fato de não demonstrar nenhum pingo de remorso prova o quanto ele é um babaca insensível. Minhas mãos tremem e sinto um aperto no peito, pois sei exatamente como Less está nesse momento. Odeio ter que fazer com que isso aconteça, mas ela merece alguém melhor, por mais que não perceba.

— Vou desligar — diz ele ao telefone.

Empurro sua cabeça contra a parede mais uma vez e o obrigo a olhar para mim.

— Peça desculpas — digo, baixinho, sem querer que ela me escute. Ele fecha os olhos, suspira e abaixa a cabeça.

— Desculpe, Lesslie. Não queria fazer isso. — Ele afasta o telefone do ouvido e desliga abruptamente a ligação. Fica olhando para a tela por vários segundos. — Espero que esteja contente — diz ele, olhando para mim. — Você acabou de partir o coração da sua irmã.

É a última coisa que Grayson me fala. Meu punho bate na sua mandíbula duas vezes e ele cai. Balanço a mão, me afasto e vou até a saída. Antes mesmo de chegar ao carro, meu telefone vibra no bolso de trás da calça. Atendo sem olhar para a tela.

— Oi — digo, tentando controlar a raiva que deixa minha voz trêmula quando a ouço chorando. — Estou indo, Less. Vai ficar tudo bem, estou indo para casa.

Já se passou um dia inteiro desde que Grayson fez a ligação, mas ainda me sinto culpado, então acrescento 3 quilômetros a minha corrida noturna para me punir. Não achava que Less fosse ficar tão arrasada ontem à noite. Agora percebo que obrigá-lo a ligar não foi a melhor maneira de resolver a situação, mas não dava para ficar parado e permitir que ele a tratasse tão mal.

O que mais me surpreendeu na reação de Less foi o fato de que sua raiva não estava destinada apenas a Grayson. Foi como se estivesse com raiva de toda a população masculina. Ela não parava de se referir aos homens como "canalhas desgraçados", andando de um lado para o outro do quarto, enquanto eu apenas fiquei sentado, observando-a desabafar. Finalmente ela caiu aos prantos, se arrastou para a cama e chorou até pegar no sono. Fiquei deitado sem dormir, sabendo que também tive um papel em seu sofrimento. Passei a noite inteira em seu quarto, em parte porque queria garantir que Less ficaria bem, mas principalmente porque não queria que ela ligasse para Grayson num momento de desespero.

No entanto, ela é mais forte do que pensei. Não tentou ligar para ele nem ontem nem hoje. Não dormiu muito à noite, então foi para o quarto tirar um cochilo antes do almoço. Contudo, de vez em quando paro na frente do seu quarto só para me certificar de que não a estou ouvindo ao telefone, então sei que não tentou ligar para ele. Pelo menos não enquanto eu estava em casa. Na verdade, tenho certeza de que a ligação cruel de ontem à noite era o que ela precisava para finalmente enxergar quem Grayson realmente é.

Tiro os sapatos na porta e vou até a cozinha para encher meu copo de água novamente. É sábado à noite e, em um dia comum, eu sairia com Daniel, mas já mandei uma mensagem avisando que hoje vou ficar em casa. Less me fez prometer que eu ficaria aqui, pois ela ainda não queria sair e correr o risco de encontrar Grayson. A sorte dela é ser gente boa, pois não sei quantos garotos de 17 anos abdicariam de uma noite de sábado para assistir a comédias românticas com a irmã inconsolável. Mas, pensando bem, a maioria dos irmãos não tem o que Less e eu temos. Não sei se somos tão próximos por sermos gêmeos. É minha única irmã, então não tenho como comparar. Talvez ela diga que a protejo demais, e talvez até tenha razão, mas não planejo mudar isso tão cedo. Nem nunca.

Subo a escada, tiro a camisa e abro a porta do banheiro. Ligo o chuveiro, atravesso o corredor e bato na porta dela.

— Vou tomar um banho rápido, pode pedir a pizza?

Encosto a mão na porta e estendo o braço para tirar as meias. Eu me viro, jogo-as no banheiro e bato à porta novamente.

— Less!

Como ela não responde, eu suspiro e olho para o teto. Se estiver ao telefone com ele, vou ficar furioso. Mas, se estiver falando com Grayson, ele provavelmente está dizendo que o fim do namoro foi totalmente culpa minha e *ela* é que vai ficar furiosa. Enxugo as palmas das mãos na bermuda e abro a porta do quarto, me preparando para ouvir mais um sermão raivoso sobre isso não ser da minha conta.

Ao entrar no quarto, vejo Less deitada e me lembro imediatamente de quando era bem novo. Do momento que me mudou. Que mudou tudo a meu respeito. Tudo a respeito do mundo *ao meu redor*. Meu mundo inteiro deixou de ser um lugar de cores vibrantes e ficou cinza, sem graça. O céu, a grama, as árvores... todas as coisas que eram bonitas perderam seu esplendor no instante em que percebi que era responsável pelo desaparecimento de Hope, nossa melhor amiga.

Nunca olhei para as pessoas da mesma maneira depois daquilo. Nunca olhei para a natureza da mesma maneira. Nunca olhei para meu futuro da mesma maneira. As coisas deixaram de ter um significado, um propósito, uma razão, e simplesmente passaram a ser uma versão fajuta do que a vida *deveria* ser. De repente, meu mundo exuberante transformou-se numa xerox cinza e sem cor.

Assim como os olhos de Less.

Não são seus olhos. Estão abertos, olhando diretamente para mim da posição em que ela está.

Mas não são seus olhos.

A cor deles desapareceu. Essa garota é uma xerox cinza e sem cor da minha irmã.

Da minha Less.

Não consigo me mexer. Fico esperando que ela pisque e dê uma risada, curtindo essa porra de pegadinha doentia que está fazendo comigo. Fico esperando meu coração voltar a bater, meus pulmões voltarem a funcionar. Fico esperando conseguir retomar o controle do meu próprio corpo, pois não sei quem o está controlando agora. Com certeza não sou *eu*. Fico esperando e esperando e me pergunto por quanto tempo ela vai ficar assim. Quanto tempo as pessoas conseguem ficar com os olhos abertos desse jeito? Quanto tempo as pessoas conseguem prender a respiração antes que o corpo se contorça por precisar desesperadamente de ar?

Quanto tempo vou ficar parado antes de fazer alguma coisa para *ajudá-la*?

Minhas mãos tocam seu rosto, agarram seu braço, balançam o corpo inteiro até ela estar nos meus braços e eu a puxar para o meu colo. O frasco vazio de comprimidos cai de sua mão, mas me recuso a olhar para ele. Os olhos continuam sem vida e ela não olha mais para mim, pois a cabeça nas minhas mãos cai para trás toda vez que tento erguê-la.

Ela não se contorce quando grito seu nome e não se retrai quando dou um tapa no seu rosto e não reage quando começo a chorar.

Não faz porra nenhuma.

Nem me diz que vai ficar tudo bem quando o que restava no meu peito é arrancado do meu corpo no instante em que percebo que a melhor parte de mim morreu.

Capítulo Dois

— Você pode procurar a camisa cor-de-rosa e a calça preta com pregas dela? — pergunta minha mãe. Ela mantém os olhos nos documentos em sua frente. O homem da funerária estende o braço e aponta para uma parte do formulário.

— Só mais algumas páginas, Beth — diz ele.

Minha mãe os assina mecanicamente, sem fazer nenhuma pergunta. Ela está tentando manter a compostura até eles irem embora, mas sei que vai cair aos prantos novamente assim que passarem pela porta. Faz apenas 48 horas, mas só de olhar dá para perceber que ela está prestes a reviver tudo mais uma vez.

Eu achava que as pessoas só morriam uma vez. Que só encontraria o corpo morto da minha irmã uma vez. Que só teria que ver uma vez a reação da minha mãe ao descobrir que sua única filha morreu.

Mas de jeito nenhum é só uma vez.

Acontece sem parar.

Toda vez que fecho os olhos, vejo o olhar de Less. Toda vez que minha mãe olha para mim, está me vendo contar pela segunda vez que sua filha morreu. Pela terceira vez. Pela milésima vez. Toda vez que respiro ou pisco ou falo, vivencio a morte dela mais uma vez, tudo de novo. Não fico sentado aqui me perguntando se algum dia irei assimilar sua morte. Fico aqui me perguntando quando é que vou parar de vê-la morrer.

— Holder, precisam de uma roupa para ela — repete minha mãe novamente após perceber que não me mexi. — Vá no quarto e pegue a camisa cor-de-rosa de mangas compridas. É a preferida dela, Less gostaria de usá-la.

Minha mãe sabe que, assim como ela, não quero entrar no quarto de Less. Afasto a cadeira da mesa e vou lá para cima.

— Less morreu — murmuro para mim mesmo. — Ela não dá a mínima para a roupa que vai usar.

Paro perto da porta, sabendo que vou ter que vê-la morrer mais uma vez no instante em que a abrir. Não venho nesse quarto desde que a encontrei e não queria entrar aqui *nunca mais* na minha vida.

Entro, fecho a porta e vou até o closet. Faço o máximo possível para não pensar no assunto.

Camisa cor-de-rosa.

Não pense nela.

Mangas longas.

Não pense em como faria de tudo para voltar para a noite do sábado.

Calça preta com pregas.

Não pense em como se odeia para caralho por tê-la desapontado.

Mas penso, sim. Penso nisso e fico magoado e furioso mais uma vez. Agarro um punhado de camisas penduradas no closet e as puxo dos cabides com toda a minha força até caírem no chão. Seguro a parte de cima do vão da porta e fecho os olhos, escutando os barulhos dos cabides vazios balançando-se de um lado para o outro. Tento me concentrar no fato de que estou aqui para pegar duas coisas e ir embora, mas não consigo me mexer. Não consigo parar de reviver o momento em que entrei nesse quarto e a encontrei.

Caio de joelhos no chão, olho para a cama e a vejo morrer mais uma vez.

Sento, encosto na porta do armário e fecho os olhos, permanecendo nessa posição o tempo necessário para perceber que não quero ficar aqui. Eu me viro e mexo nas camisas no chão do closet até encontrar a cor-de-rosa. Olho para as calças penduradas nos cabides e pego a calça preta com pregas. Jogo-a para o lado e começo a me levantar, mas me sento de novo imediatamente ao avistar um caderno grosso de couro na prateleira mais baixa.

Pego-o e o coloco no colo. Encosto na parede e fico olhando para a capa. Já vi esse caderno antes. Foi um presente do papai cerca de três anos atrás, mas Less me disse que não o usava porque sabia que tinha sido um pedido da terapeuta dela. Less odiava fazer terapia, e nunca entendi porque mamãe insistia que ela fizesse. Nós dois fizemos por um tempo depois que nossos pais se separaram, mas parei de ir quando as sessões começaram a interferir no meu treino de futebol do colégio. Mamãe não pareceu se importar com isso, mas Less continuou com as sessões semanais até dois dias atrás... quando suas ações deixaram claro que a terapia não estava exatamente ajudando.

Abro o caderno na primeira página e não fico surpreso ao ver que está em branco. Será que faria alguma diferença se ela tivesse usado o caderno como a terapeuta sugeriu?

Duvido. Não sei o que teria salvado Less de si mesma. Com certeza não seria papel e caneta.

Tiro a caneta do espiral, pressiono a ponta no papel e começo a escrever uma carta para ela. Nem sei por que escrevo. Não sei se ela pode me ver de onde está agora, nem mesmo se está *em algum lugar*, mas caso possa ver isso... quero que saiba como sua decisão egoísta me afetou. O quanto me deixou sem esperança. *Literalmente* sem Hope nem Less. E completamente sozinho. E tão incrivelmente arrependido.

Capítulo Dois e Meio

Less,

Você deixou sua calça jeans bem no meio do quarto. Parece que acabou de tirá-la. É estranho. Por que deixaria sua calça no chão se sabia o que estava prestes a fazer? Por que não colocá-la no cesto de roupa suja? Não pensou no que aconteceria depois que eu a encontrasse e como alguém teria que pegar sua calça e fazer alguma coisa com ela? Bem, eu não vou tirá-la do chão. Nem vou pendurar suas camisas de volta.

Enfim. Estou dentro do seu closet. No chão. Não sei exatamente o que quero dizer para você agora nem o que quero perguntar. É lógico que a única pergunta na cabeça de todo mundo é: por que ela fez isso? Mas não vou fazer essa pergunta por dois motivos.

1) Você não pode responder. Está morta.

2) Não sei se realmente me importo com a razão para você ter feito isso. Nada na sua vida justificaria o que fez. E, se estiver vendo mamãe daí, já deve ter percebido isso. Ela está completamente desolada.

Sabe, eu nunca soube o que era ficar realmente desolado. Achei que tínhamos ficado assim depois que perdemos Hope. O que aconteceu com ela com certeza foi trágico para nós, mas o que nós dois sentimos nem se compara ao que você fez mamãe sentir. Está tão incrivelmente desolada que a palavra adquiriu um novo significado. Queria que a palavra só pudesse ser usada em situações como esta. É um absurdo as pessoas poderem usá-la para descrever qualquer outra coisa que não seja o que uma mãe sente após perder um filho. Pois essa é a única situação no mundo inteiro que merece esse termo.

Droga, como estou com saudade de você. Me desculpe mesmo por tê-la desapontado. Me desculpe por não ter conseguido perceber o que realmente estava acontecendo toda vez que você me dizia que estava bem.

Então... Por que, Less? Por que fez isso?

H

Capítulo Dois e Três Quartos

Less,

Bom, parabéns. Você é bem popular. Não foi só o estacionamento da funerária que ficou cheio; também encheu o estacionamento ao lado e as duas igrejas da rua. São muitos carros.

Mas consegui me controlar, mais por causa de mamãe. Papai parecia quase tão mal quanto ela. O funeral inteiro foi bem estranho. Fiquei me perguntando se as pessoas teriam reagido de outra maneira se você tivesse morrido de alguma causa mais comum, como um acidente de carro. Se não houvesse tido uma overdose proposital (é o termo que mamãe prefere usar), acho que as pessoas teriam se comportado de um modo menos estranho. Parecia que estavam com medo da gente, ou talvez achassem que overdose proposital é algo contagioso. Falavam nisso como se a gente nem estivesse lá. Tantas pessoas nos encarando e sussurrando e sorrindo com pena. Tudo que queria era tirar mamãe dali e protegê-la porque eu sabia que ela estava revivendo sua morte a cada abraço e a cada lágrima e a cada sorriso.

É óbvio que não pude deixar de pensar que todo mundo agia daquele jeito por nos culpar do que aconteceu. Dava para perceber o que as pessoas estavam pensando.

Como a família poderia não perceber que isso ia acontecer?

Como não percebiam os sinais?

Que mãe é essa?

Que irmão é esse que não percebe que a própria irmã gêmea está depressiva?

Felizmente, depois que o funeral começou, as pessoas deixaram de prestar atenção na gente para ver os slides. Havia muitas fotos de nós dois. Você estava feliz em todas. Havia muitas fotos de você e seus amigos, e também estava feliz naquelas. Fotos de você com mamãe e papai antes do divórcio; fotos com mamãe e Brian depois que ela casou de novo; fotos de você com papai e Pamela depois que ele casou de novo.

Mas foi só quando a última foto apareceu na tela que eu percebi. Era a foto de nós dois na frente da nossa antiga casa. A que foi tirada uns seis meses depois do desaparecimento de Hope, sabe? Você ainda estava com a pulseira igual à que deu para ela no dia em que ela foi levada. Percebi que você deixou de usá-la há uns dois anos, mas não falei nada. Sei que não gosta de falar sobre ela.

Enfim, a foto. Eu estava com o braço ao redor do seu pescoço e nós dois ríamos e sorríamos para a câmera. É o mesmo sorriso que você deu em todas as outras fotos. Aquilo me fez pensar em todas as fotos suas que já vi; sempre está com aquele mesmo sorriso. Não existe nenhuma foto em que esteja triste. Ou com raiva. Ou inexpressiva. É como se tivesse passado a vida inteira tentando manter essa falsa aparência. Não sei para quem. Talvez estivesse com medo de que a câmera capturasse permanentemente algum sentimento sincero. Porque, convenhamos, você não era feliz o tempo inteiro. E todas aquelas noites em que chorou até dormir? Todas as noites em que precisava que eu a abraçasse enquanto chorava, mas não me dizia de jeito nenhum o que havia de errado? Ninguém com um sorriso sincero choraria daquele jeito. E sei que tinha seus problemas, Less. Sei a vida que tivemos e sei que as coisas que aconteceram nos afetaram de um jeito diferente. Mas como eu deveria saber que era tão grave se você nunca demonstrava isso? Se nunca me contava?

Talvez... e odeio pensar assim. Mas talvez eu não a conhecesse. Achava que a conhecia, mas não é verdade. Acho que realmente não a conhecia. Eu conhecia a garota que chorava à noite. E conhecia a garota que sorria nas fotos. Mas não conhecia a garota que unia aquele sorriso com aquelas lágrimas. Não sei mesmo por que dava aqueles sorrisos falsos, mas chorava lágrimas verdadeiras. Quando um garoto ama uma garota, especialmente a irmã, deveria saber o que a faz sorrir e o que a faz chorar.

Mas eu não sabia. E não sei. Então me desculpe, Less. Desculpe mesmo por ter deixado você fingir que estava bem quando era óbvio que não estava nada bem.

H

Capítulo Três

— Beth, por que não vai se deitar? — pergunta Brian para minha mãe. — Está exausta. Vá dormir um pouco.

Minha mãe balança a cabeça e continua mexendo a panela, apesar de meu padrasto insistir para ela descansar. Na geladeira tem comida para um exército inteiro, mas ela prefere cozinhar para todos nós só para não precisarmos comer a *comida de condolências*, como chama. Não aguento mais ver frango frito. Parece que é a escolha de todos que vêm deixar comida para a gente. Comi frango frito em todas as refeições desde a manhã depois da morte de Less, que aconteceu quatro dias atrás.

Vou até o fogão, tiro a colher de suas mãos e massageio seu ombro com a outra mão enquanto mexo. Ela encosta-se em mim e suspira. Não é um suspiro bom. É um suspiro que praticamente diz: "Cansei."

— Por favor, vá para o sofá. Eu termino aqui — digo.

Ela faz que sim com a cabeça e vai até a sala de estar distraidamente. Observo da cozinha enquanto ela se senta e encosta a cabeça no sofá, olhando para o teto. Brian senta-se ao seu lado e a puxa para perto. Nem preciso escutá-la para saber que está chorando mais uma vez. Dá para perceber pela maneira como ela amolece o corpo contra o dele e agarra sua camisa.

Desvio o olhar.

— Talvez devesse ficar com a gente, Dean — diz meu pai, encostando-se no balcão. — Só por um tempinho. Talvez seja bom passar um tempo longe daqui.

Ele é a única pessoa que ainda me chama de Dean. As pessoas me chamam de Holder desde os 8 anos, mas talvez ele ainda me chame assim por termos o mesmo nome. Só o vejo umas duas vezes por ano, então não me incomodo tanto quando me chama de Dean. Mas continuo odiando esse nome.

Olho para ele e depois para minha mãe, que ainda está abraçando Brian na sala de estar.

— Não posso, pai. Não posso deixá-la. Especialmente agora.

Ele tenta me convencer a morar em Austin desde o divórcio. Mas a verdade é que eu gosto daqui. Não gosto de visitar minha antiga cidade desde que me mudei. Muitas coisas me lembram de Hope quando estou lá.

Mas acho que muitas coisas vão começar a me lembrar de Less aqui também.

— Bem, minha oferta sempre vai ser válida — diz ele. — Sabe disso.

Faço que sim com a cabeça e desligo a boca do fogão.

— Está pronto — digo.

Brian volta para a cozinha com Pam e todos nos sentamos à mesa, mas minha mãe continua na sala de estar, chorando baixinho contra o sofá durante o jantar.

Enquanto me despeço do meu pai e de Pam, Amy para o carro na frente da nossa casa. Ela espera o carro dele sair e segue para a entrada da garagem. Vou até o lado do motorista e abro a porta.

Ela dá um sorriso fraco e vira o visor para baixo, enxugando o rímel embaixo da armação de seus óculos escuros. Escureceu há mais de uma hora, mas ela ainda está de óculos escuros. O que só pode significar que estava chorando.

Não falei muito com ela nos últimos dias, mas não preciso perguntar como está. Ela e Less eram melhores amigas há sete anos. Se tem alguém se sentindo como eu nesse momento, esse alguém é Amy. E nem sei se *eu* estou conseguindo ser forte.

— Cadê o Thomas? — pergunto quando ela sai do carro.

Ela afasta o cabelo louro do rosto com os óculos escuros, ajustando-os no topo da cabeça.

— Está em casa. Teve que ajudar o pai depois do colégio com umas coisas no quintal.

Não sei há quanto tempo os dois namoram, mas sei que estão juntos desde antes de Less e eu nos mudarmos para cá. E nós nos mudamos no quarto ano, então faz tempo.

— Como está sua mãe? — pergunta ela. Assim que termina de falar, balança a cabeça pedindo desculpas. — Desculpe, Holder. Que pergunta idiota. Prometi para mim mesma que não seria uma dessas pessoas.

— Acredite em mim, você não é uma delas — asseguro-lhe. Aponto para trás de mim. — Vai entrar?

Ela assente com a cabeça e olha para a casa, depois para mim.

— Se incomoda se eu for no quarto dela? Tudo bem se não quiser que eu vá lá. É que eu adoraria ficar com umas fotos que ela tem.

— Não, pode ir. — Pela amizade que as duas tinham, Amy tem direito a entrar no quarto tanto quanto eu. Sei que Less ia querer que Amy pegasse tudo que quisesse.

Ela entra comigo na casa e sobe a escada. Percebo que minha mãe não está mais no sofá. Brian finalmente deve tê-la convencido a se deitar. Vou até o topo da escada com Amy, mas estou sem a mínima vontade de entrar no quarto de Less com ela. Aponto a cabeça para o meu quarto.

— Se precisar de algo, estou ali.

Ela inspira fundo, nervosa, e depois expira enquanto faz que sim com a cabeça.

— Obrigada — diz ela, olhando para a porta receosamente.

Amy dá um passo relutante na direção do quarto, então me viro e vou para o meu. Fecho a porta e me sento na cama, pegando o caderno de Less enquanto me encosto na cabeceira. Já escrevi para ela hoje, mas pego a caneta porque não tenho nada melhor para fazer do que escrever novamente. Ou pelo menos não tem mais nada que eu *queira* fazer, pois tudo me faz pensar nela.

Capítulo Três e Meio

Less,

Amy está aqui. Está no seu quarto, mexendo nas suas porcarias.

Será que ela tinha alguma ideia do que você ia fazer? Sei que às vezes as garotas contam para as amigas coisas que não contam para mais ninguém, nem para os irmãos gêmeos. Contou para ela o que realmente sentia? Deu alguma pista? Realmente espero que não, pois isso significaria que ela se sente bastante culpada agora. Ela não merece se sentir culpada pelo que você fez, Less. É sua melhor amiga há sete anos, então acho bom que tenha pensado nisso antes de tomar uma decisão tão egoísta.

Eu me sinto culpado pelo que você fez, mas mereço sentir isso. O irmão tem uma responsabilidade que nem sempre uma melhor amiga tem. Protegê-la era dever meu, não de Amy. Então não é para ela se sentir culpada.

Talvez esse fosse o meu problema. Talvez eu tenha passado tanto tempo tentando protegê-la de Grayson que nunca pensei que na verdade eu precisava protegê-la de você mesma.

H

Escuto uma leve batida na porta, então fecho o caderno e o coloco na mesa de cabeceira. Amy abre a porta e me endireito na cama. Gesticulo para que entre; ela passa pela porta e a fecha. Amy vai até minha cômoda e deixa em cima as fotos que pegou, acariciando a que está no topo. Lágrimas escorrem silenciosamente por suas bochechas.

— Venha aqui — digo, estendendo a mão. Ela aproxima-se de mim, segura minha mão e cai aos prantos no instante em que me olha nos olhos. Continuo puxando-a para frente até ela se deitar e depois a abraço. Amy se encurva contra meu peito, soluçando descontroladamente. Está tremendo tanto que é quase um choro de uma pessoa desolada, mas, como disse antes, a palavra *desolada* devia ser usada apenas em relação a mães.

Fecho os olhos firmemente e tento não ficar tão abalado quanto Amy, mas é difícil. Consigo me controlar com minha mãe porque ela precisa que eu seja forte. Mas Amy não. Se ela sente o mesmo que eu, só precisa saber que existe alguém igualmente surpreso e inconsolável.

— Shh — digo, acariciando seu cabelo. Sei que ela não quer que eu a console com palavras vazias e comuns. Só precisa de alguém que compreenda o que está sentindo, e talvez eu seja a única pessoa realmente capaz disso. Não falo para ela parar de chorar, pois sei que é impossível. Pressiono a bochecha contra sua cabeça, odiando o fato de que também comecei a chorar. Estava conseguindo me controlar muito bem, mas não dá mais. Continuo abraçando-a, e ela continua me abraçando porque é bom encontrar algum consolo nessa situação tão terrível e solitária.

Escutar o choro de Amy me faz lembrar de todas as noites que passei assim com Less. Ela não queria que eu falasse nada nem a ajudasse a parar de chorar. Só queria que eu a abraçasse e a deixasse chorar, mesmo que eu não soubesse por que ela precisava chorar. Estar ao lado de Amy, ajudando-a de uma forma pequena, me deixa com a mesma sensação familiar de que alguém precisa de mim, como eu tinha com Less. Não sinto que alguém precisa de mim desde que minha irmã decidiu que não precisava de *ninguém*.

— Desculpe mesmo — diz Amy, com a voz abafada pela minha camisa.

— Pelo quê?

Ela recobra o fôlego e tenta parar de chorar, mas não adianta e novas lágrimas aparecem.

— Eu devia ter percebido, Holder. Eu não fazia ideia. Era a melhor amiga dela e sinto como se todo mundo me culpasse e... não sei. Talvez tenham razão. Não sei. Talvez eu esteja tão envolvida no namoro com o Thomas que deixei de perceber que ela tentava me dizer alguma coisa.

Continuo alisando seu cabelo, identificando-me com todas as palavras que saem de sua boca.

— Eu também. — Suspiro. Enxugo meus olhos úmidos com o dorso da mão. — Sabe, fico tentando identificar algum momento que pudesse ter mudado as coisas. Alguma coisa que eu pudesse ter dito para ela ou coisas que ela pudesse ter dito para mim. Mas, mesmo que desse para voltar no tempo e mudar algo no passado, não sei se o resultado teria sido outro. Você também não sabe. Só Less sabe por que fez o que fez e infelizmente não está aqui para explicar isso para a gente.

Amy solta uma pequena risada, apesar de eu não entender o motivo. Afasta-se um pouco e olha para mim com uma expressão séria.

— Acho bom ela estar feliz por não estar aqui, pois estou com tanta raiva dela, Holder. — Sua tristeza se transforma em mais um soluço e ela leva as mãos aos olhos. — Estou com tanta, tanta raiva por ela não ter desabafado comigo e sinto como se eu só pudesse dizer isso para você — sussurra ela.

Afasto sua mão do rosto e a olho nos olhos, pois não quero que ela ache que a estou julgando por causa desse comentário.

— Não se sinta culpada, Amy. Tá bom?

Ela faz que sim com a cabeça, dá um sorriso compreensivo e olha para as nossas mãos em cima do travesseiro entre nós dois. Ponho a mão em cima da sua e a acaricio com os dedos para tranquilizá-la. Sei como ela se sente e ela sabe como me sinto e é bom ter isso, mesmo que seja apenas por um instante.

Quero agradecer por Amy ter ficado ao lado de Less durante todos esses anos, mas parece inadequado agradecer por isso quando ela sente que fez exatamente o oposto. Em vez disso, fico em silêncio e levo a mão até seu rosto. Não sei se é a importância desse momento ou o fato de sentir que alguém precisa de mim de novo ou se é só porque meu coração e minha cabeça estão dormentes há tantos dias. Seja lá o que for, há algo presente e ainda não quero parar de sentir isso. Eu me deixo ser totalmente tomado pela sensação enquanto me aproximo lentamente e pressiono meus lábios nos seus.

Não tinha nenhuma intenção de beijá-la. Na verdade, fico achando que vou me afastar a qualquer segundo, mas isso não acontece. Fico achando que ela vai me afastar, mas isso também não acontece. No instante em que minha boca encontra a sua, ela separa os lábios e suspira como se precisasse exatamente disso de mim. Estranhamente, isso me deixa com mais vontade ainda de beijá-la. Beijo-a sabendo que é a melhor amiga da minha irmã. Beijo-a sabendo que ela tem namorado. Beijo-a sabendo que não faria isso com ela em nenhuma outra circunstância, só nesse momento.

Ela sobe a mão pelo meu braço e desliza os dedos por debaixo da manga da minha camisa, percorrendo suavemente os contornos dos músculos. Puxo-a para o meio da cama comigo e nosso beijo fica mais intenso. Quanto mais nos beijamos, mais percebemos que talvez desejo e carência sejam as únicas coisas que minimizem o luto. Ficamos mais impacientes, querendo fazer o possível para nos livrar completamente do luto. Cada carícia de sua mão na minha pele faz com que eu me distancie mais da minha mente e me entregue mais ao momento, então a beijo mais desesperadamente, precisando que ela afaste *por completo* a minha mente da minha vida agora. Minha mão sobe por debaixo de sua camisa e, no instante em que apalpo seu seio, ela geme e enterra as unhas no meu antebraço, arqueando as costas.

Isso com certeza é um *sim* silencioso.

Só consigo pensar em duas coisas enquanto ela começa a tirar minha camisa, e minhas mãos mexem ansiosamente no zíper de sua calça:

1) Preciso tirar toda a roupa dela.

2) Thomas.

Não costumo pensar em outros caras enquanto estou me agarrando com garotas, mas também não costumo me agarrar com as garotas de *outros* caras. Amy não é minha namorada, mas estou beijando-a mesmo assim. Não sou eu que devia ajudá-la a tirar as roupas, mas estou fazendo isso mesmo assim. Não sou eu que devia colocar a mão dentro de sua calcinha, mas estou fazendo isso mesmo assim.

Eu me afasto de sua boca ao tocar em Amy e fico observando-a gemer e pressionar a cabeça contra o travesseiro. Continuo o que estou fazendo enquanto me estico para o lado e tiro uma camisinha da gaveta com a outra mão. Rasgo a embalagem com os dentes, observando-a atentamente o tempo inteiro. Sei que isso não estaria acontecendo se nós dois estivéssemos pensando direito. Mas não importa, pois estamos pensando a *mesma* coisa. Pelo menos é o que espero.

Sei que é incrível e completamente errado perguntar a uma garota sobre seu namorado quando ela está a trinta segundos de se esquecer completamente dele, mas preciso fazer isso. Não quero que fique ainda mais arrependida do que já vai ficar. Do que *nós dois* vamos ficar.

— Amy? — sussurro. — E o Thomas?

Ela se lamuria, baixinho, continua de olhos fechados e põe as palmas das mãos no meu peito.

— Está na casa dele — murmura ela, sem dar nenhum sinal de que mencioná-lo a deixou com vontade de interromper o que estamos fazendo. — Teve que ajudar o pai com umas coisas no quintal depois do colégio.

Rio por ela ter repetido exatamente a mesma resposta que me deu quando perguntei sobre ele na entrada daqui de casa. Ela abre os olhos e olha para mim, provavelmente confusa por não saber por que ri num momento como esse. Mas ela apenas sorri. Fico contente por ter sorrido, pois já cansei das lágrimas de todo mundo. Cansei mesmo de todas as lágrimas.

E *merda*. Se ela não sente culpa nesse momento, *eu* que não vou sentir de jeito nenhum. Podemos nos arrepender o quanto quisermos depois.

Levo minha boca até a sua bem no instante em que ela arfa. Amy geme bem alto — esquecendo completamente tudo a respeito do namorado. Sua atenção está cem por cento focada no movimento da minha mão, e minha atenção está cem por cento focada em colocar essa camisinha antes que ela comece a pensar no namorado novamente.

Eu me acomodo em cima dela, minha boca na dela, me acomodo dentro dela, aproveitando-me completamente da situação e sabendo o quanto vou me arrepender disso depois. Sabendo o quanto *já* estou me arrependendo.

Mas faço mesmo assim.

Ela está vestida e sentada na beira da cama, colocando os sapatos. Já vesti minha calça jeans e me aproximo da porta do quarto, sem saber o que dizer. Não faço ideia de como nem por que isso acabou de acontecer e, pelo olhar em seu rosto, ela também não. Amy se levanta e vai até a porta, pegando as fotos que tirou do quarto de Less enquanto passa pela minha cômoda. Seguro a porta, sem saber se devo ir atrás dela ou dar um beijo de despedida ou dizer que vou ligar.

Que merda acabei de fazer?

Ela vai até o corredor, para e se vira para mim. Mas não me olha. Fica olhando apenas para as fotos em suas mãos.

— Só vim aqui por causa das fotos, não foi? — pergunta, cautelosamente. Uma expressão de preocupação consome seu rosto e percebo que ela está com medo de que eu ache que o que acabou de acontecer significou mais do que devia.

Quero que ela fique tranquila, pois não vou dizer nada. Ergo seu queixo para que me olhe nos olhos e sorrio.

— Veio aqui por causa das fotos. Só isso, Amy. E Thomas está em casa, ajudando o pai com o quintal.

Ela ri, se é que dá para dizer que foi uma risada, e olha para mim grata. Surge um silêncio constrangedor por um instante e depois ela ri mais uma vez.

— *Nossa,* o que foi isso, hein? — comenta, gesticulando na direção do meu quarto. — A gente não é assim, Holder. Não somos esse tipo de pessoa.

Não somos esse tipo de pessoa. Concordo. Encosto a cabeça na porta e sinto o arrependimento surgir. Não sei o que tomou conta de mim nem por que o fato de ela não ser minha namorada não me impediu de fazer nada. Só consigo pensar em uma desculpa para isso: o que quer que tenha acabado de acontecer entre a gente é uma consequência direta do nosso luto. E o nosso luto é uma consequência direta da decisão egoísta de Less.

— Vamos culpar a Less — digo, meio de brincadeira. — Isso não teria acontecido se ela estivesse aqui.

Amy sorri.

— Pois é — diz ela, estreitando os olhos com um jeito brincalhão. — Que vaca, obrigando a gente a fazer uma coisa dessas. Como se atreve a fazer isso?

Eu rio.

— Não é?

Ela levanta as fotos nas mãos.

— Obrigada por... — Ela olha para as fotos e hesita por um instante, então volta a olhar para mim. — Apenas... obrigada, Holder. Por me escutar.

Respondo ao agradecimento concordando com a cabeça e observo-a descer a escada. Fecho a porta e vou até a cama, pegando o caderno no caminho. Abro-o na carta que estava escrevendo quando Amy entrou no meu quarto uma hora atrás.

Capítulo Três e Três Quartos

Less,

O que acabou de acontecer com Amy é totalmente culpa sua. Só queria que não restassem dúvidas sobre isso.

H

Capítulo Quatro

Less,

Feliz mortiversário de duas semanas. Peguei pesado? Talvez, mas não vou pedir desculpas. Na segunda vou voltar para o colégio e não estou nem um pouco a fim de fazer isso. Daniel tem me informado sobre todos os boatos, apesar de eu ter dito que estou cagando para isso. É óbvio que todo mundo acha que você se matou por causa de Grayson, mas sei que não é verdade. Você estava fingindo estar viva antes mesmo de conhecê-lo.

E também tem todo aquele incidente que ainda não contei para você. Aquele em que obriguei Grayson a acabar o namoro. É uma história complicada, mas, por causa daquela noite, todo mundo está dizendo que sou indiretamente responsável pelo seu suicídio. Daniel disse que as pessoas têm até se compadecido de Grayson e que o babaca está adorando.

A melhor parte desse boato é que, aparentemente, a minha imensa culpa por ter influenciado o seu suicídio está me deixando suicida. E, se é isso que o povo está dizendo, deve ser verdade, não é?

Para ser sincero, sou medroso demais para me matar. Não conte para ninguém. (Até parece que você poderia fazer isso.) Mas é verdade. Sou um covarde quando percebo que não faço ideia do que vai acontecer depois dessa vida. E se o além for pior do que a vida da qual se quer fugir? Mergulhar de cabeça no desconhecido por vontade própria é algo que exige muita coragem. Preciso admitir, Less, você é bem mais valente do que eu.

Tá, vou nessa. Não estou acostumado a escrever tanto. Seria bem mais conveniente mandar mensagem, mas você adora dificultar as coisas, não é?

Se eu vir Grayson no colégio na segunda, vou arrancar o saco dele e enviar para você pelos correios. Qual o seu endereço novo?

H

* * *

Daniel me espera perto do carro dele quando chego no estacionamento.

— Qual é o plano? — pergunta assim que abro a porta.

Quebro a cabeça tentando entender. Não me lembro de nenhum acontecimento importante hoje que precise de um plano.

— Plano para quê? — pergunto.

— O plano para hoje, imbecil. — Ele aponta o controle para o carro, tranca as portas e começa a andar do meu lado na direção do colégio. — Sei o quanto você não queria voltar, então talvez a gente precise de um plano para neutralizar toda a atenção. Quer que eu fique todo triste e depressivo com você para que as pessoas não tenham vontade de confrontar a gente? Duvido que dê certo — responde ele para si mesmo. — Talvez isso faça o pessoal querer se aproximar e dizer alguma coisa tipo "meus pêsames", e sei que você não aguenta mais esse tipo de merda. Se quiser, posso ficar todo entusiasmado e tirar toda a atenção de você. Por mais que você não queira admitir, o pessoal só fala disso há duas semanas. Não aguento mais essa porra — diz ele.

Odeio o fato de as pessoas não terem nenhum outro assunto melhor para discutir, mas acho bom que Daniel se incomode com isso tanto quanto eu.

— Ou a gente pode se comportar normalmente e esperar que as pessoas tenham algum assunto melhor para discutir que não seja o que aconteceu com Less. Ah! Ah! — continua ele, animadamente, virando-se para mim enquanto anda de costas. — Posso fingir que estou muito puto e andar na sua frente como um guarda-costas, apesar de você ser maior do que eu. E se alguém tentar chegar perto de você, dou um murro na cara da pessoa. Por favor? Faz o papel do irmão em luto e puto da vida? Por mim? Por favor?

Rio.

— Acho que dá para a gente se virar sem nenhum plano.

Ele franze a testa ao ver minha falta de vontade de topar as sugestões.

— Está subestimando o quanto as pessoas gostam de fofocas e especulação. Só fique quieto e, se for preciso dizer alguma coisa, deixe comigo. Faz duas semanas que estou louco para gritar com esse povo.

Fico grato pela preocupação, mas realmente acho que hoje vai ser um dia como qualquer outro. Acho até que as pessoas vão ficar constrangidas demais para mencionar o assunto na minha presença. Vão ficar muito sem jeito para falar qualquer coisa comigo, e é exatamente isso que eu prefiro que aconteça.

O sinal da primeira aula ainda não tocou, então todos os alunos esperam do lado de fora. É a primeira vez que entro no colégio sem Less ao meu lado. Só de pensar nela, me lembro imediatamente do instante que entrei no seu quarto e a encontrei. Não quero reviver aquilo mais uma vez. Agora não. Tiro o telefone do bolso e finjo prestar atenção nele só para não pensar que talvez Daniel tivesse razão. Todo mundo ao nosso redor parece quieto demais, espero que as coisas não demorem para voltar ao normal.

Daniel e eu só teremos aula juntos no terceiro tempo, então, ao entrarmos no prédio, ele me dá tchau e vai para o outro lado. Abro a porta da sala de aula e quase imediatamente um silêncio repentino se espalha. Todos os olhos me encaram e observam silenciosamente enquanto vou até minha carteira.

Continuo com o telefone na mão, fingindo prestar atenção nele, embora esteja bem ciente da presença de todos ao meu redor. Mas pelo menos assim não preciso olhar para ninguém. Sem contato visual, é menos provável que alguém venha falar comigo. Será que estou apenas imaginando que as pessoas estão se comportando de uma maneira diferente hoje? Em comparação a antes de Less se matar? Talvez seja só impressão. Mas não quero pensar que é só impressão. Se for só isso, quanto tempo vai durar? Por quanto tempo vou passar todos os segundos do dia pensando na morte dela e em como isso afeta todos os aspectos da minha vida?

Comparo a perda de Less com a perda de Hope tantos anos antes. Nos meses depois que Hope foi levada, tudo que acontecia parecia me lembrar dela. Eu acordava de manhã e me perguntava onde *ela* estaria acordando. Escovava os dentes e me perguntava se a pessoa que a levou tinha se lembrado de comprar uma escova de dentes nova, pois ela não levou nenhum de seus pertences. Tomava o café da manhã e me perguntava se a pessoa que a levou sabia que Hope não gostava de suco de laranja e se deixava que ela tomasse leite, sua bebida preferida. Deitava à noite e olhava pela janela do quarto, que ficava de frente para sua janela, me perguntando se o lugar onde estava ao menos tinha uma janela.

Tento lembrar quando foi que esses pensamentos finalmente pararam, mas não tenho tanta certeza de que pararam. Ainda penso nela mais do que deveria. Já se passaram anos, mas penso nela toda vez que olho para o céu. Toda vez que alguém me chama de Dean em vez de Holder, penso nela e em como eu ria da maneira que ela pronunciava meu nome quando éramos crianças. Toda vez que vejo uma garota de pulseira, penso na pulseira que Less deu à Hope apenas alguns minutos antes de ela ser levada para longe de nós.

Tantas coisas me lembram dela, e odeio saber que isso só vai piorar agora que Less também se foi. Tudo que penso ou vejo ou faço ou digo me lembra da minha irmã. E toda vez que me lembro de Less, termino pensando em Hope. E, toda vez que penso em Hope, me lembro do quanto desapontei as duas. Do quanto fracassei com ambas. É como se, no dia em que dei aquele apelido para elas, eu também estivesse dando o apelido para mim mesmo. Pois estou realmente me sentindo o maior caso perdido.

Não sei como, mas consegui passar duas aulas sem que uma única pessoa viesse falar comigo. Não que não estejam falando do assunto. É como se achassem que nem estou aqui, pois ficam sussurrando e me encarando e imaginando o que se passa pela minha cabeça.

Sento ao lado de Daniel quando chego na sala do Sr. Mulligan. Somente com o olhar, Daniel me pergunta silenciosamente como estou. Nos últimos anos, meio que criamos uma espécie de comunicação não verbal. Dou de ombros, indicando que as coisas estão indo. É óbvio que é uma merda e eu preferia não estar aqui agora, mas o que posso fazer? Aguentar. Só isso.

— Ouvi falar que Holder não conversa com ninguém — sussurra a garota na minha frente para outra sentada na frente dela. — Tipo, *ninguém mesmo*. Desde que a encontrou.

Pelo volume da voz, é óbvio que a garota não faz ideia de que estou sentado bem atrás dela. Daniel levanta a cabeça para olhar as duas e vejo sua expressão de repugnância por saber que consigo ouvir a conversa.

— Talvez esteja fazendo um voto de silêncio — especula a outra garota.

— Pois é, talvez. Lesslie também podia ter feito um voto desses de vez em quando. A risada dela era irritante para caramba.

Sou tomado pela raiva imediatamente. Cerro os punhos e, pela primeira vez na vida, queria que não fosse errado bater numa garota. Não estou com raiva por falarem mal de Less pelas costas dela, isso eu já esperava. Nem estou com raiva por falarem dela depois de sua morte. Estou com raiva porque o que eu *mais* amava em Less era a risada. Se é para falarem algo sobre ela, acho bom não mencionarem a porra da risada de novo.

Daniel segura as laterais da carteira, levanta a perna e chuta a carteira da garota com o máximo de força possível, fazendo-a se mover uns 30 centímetros. Ela solta um gritinho e se vira imediatamente.

— Caraca, Daniel, qual o seu problema?

— Qual o *meu* problema? — pergunta ele, erguendo a voz. Depois se inclina para a frente na cadeira e a fulmina com o olhar. — Vou dizer qual é o meu problema. Estou furioso por você ser uma garota porque, se tivesse um pinto, eu daria um murro nessa sua boca desrespeitosa bem agora.

Ela fica boquiaberta e é óbvio que não entendeu por que está sendo atacada. No entanto, a confusão desaparece no segundo em que percebe que estou bem atrás dela. Seus olhos se arregalam, e eu sorrio, erguendo a mão e acenando desanimadamente.

Mas não digo nada. Não estou a fim de acrescentar nada ao que Daniel acabou de dizer e aparentemente estou fazendo um voto de silêncio, então fico de boca calada. Além disso, ele disse que estava louco para gritar com essas pessoas há duas semanas. Talvez hoje seja a única oportunidade que vai ter para isso, então eu simplesmente o deixo fazer o que quer. A garota se vira imediatamente para a frente, sem dar o mínimo sinal de que vai se desculpar.

A porta da sala se abre e o Sr. Mulligan entra, acabando com o clima tenso e substituindo-o naturalmente com o seu próprio jeito tenso. Less e eu fizemos tudo que podíamos para evitar estudar com ele esse ano, mas não tivemos muita sorte. Bem, *eu* pelo menos não tive. Less não precisa mais se preocupar com as aulas longas e entediantes dele.

— Dean Holder — diz ele assim que chega a sua mesa. — Ainda estou esperando o seu trabalho que era para ser entregue na semana passada. Espero que esteja com ele, pois a apresentação é hoje.

Merda. Nem sequer pensei no que eu tinha para entregar nas últimas duas semanas.

— Não, não estou com ele.

Ele ergue o olhar do que quer que estivesse encarando na mesa e me observa.

— Então venha falar comigo depois da aula.

Faço que sim com a cabeça e acho que até reviro os olhos um pouco. É inevitável revirar os olhos nessa aula. Ele é um babaca que sente o maior tesão pelo controle que acha que tem em sala de aula. Está na cara que era muito zoado quando criança, e qualquer pessoa que não esteja usando um protetor de bolso é vítima injusta de sua vingança.

Ignoro as apresentações durante o resto da aula e tento fazer uma lista de todas as tarefas que tenho para entregar. Less era a organizada de nós dois. Sempre me avisava do que eu tinha para entregar e em qual data e aula.

Depois do que parecem horas, o sinal finalmente soa. Continuo sentado até todos os alunos saírem para que o Sr. Mulligan pratique sua retaliação comigo. Quando só nós dois estamos na sala, ele vai para a frente de sua mesa e se encosta nela, cruzando os braços.

—— Sei que sua família tem passado por um momento bem difícil e lamento a sua perda. — *Lá vamos nós.* — Só espero que compreenda que esses infortúnios acontecem ao longo da vida, mas isso não é desculpa para deixar de fazer o que é esperado de você.

Jesus Cristo. É só uma porra de um *trabalho*. Não estou reescrevendo a Constituição. Sei que devia apenas concordar com a cabeça, mas ele escolheu o dia errado para me dar um sermão.

— Sr. Mulligan, Less era minha única irmã, então acho que isso *não* vai acontecer de novo. Por mais que eu tenha a impressão de não para de se repetir, ela só pode se matar uma vez.

A maneira como suas sobrancelhas se unem e seus lábios se esticam prova que não achou a mínima graça. O que é bom, pois eu não estava tentando ser engraçado.

— O seu sarcasmo deveria ser proibido em certas situações — retruca ele secamente. — Esperava que tivesse um pouco mais de respeito por sua irmã.

Por mais que eu odeie o fato de não poder bater em garotas hoje, odeio mais ainda o fato de não poder bater nos professores. Levanto-me imediatamente, aproximo-me com rapidez e paro a apenas alguns centímetros dele, com os punhos ao lado do corpo. Minha proximidade faz seu corpo ficar tenso e não consigo deixar de sentir certa satisfação ao perceber que o deixei com medo. Olho-o bem nos olhos, cerro os dentes e abaixo a voz.

— Não dou a mínima se você é um professor, um aluno ou um maldito padre. Não fale da minha irmã nunca mais. — Encaro-o por vários segundos, fervendo de raiva, esperando sua reação. Quando ele não responde nada, me viro e pego minha mochila. — Amanhã entrego o trabalho — digo, saindo da sala.

Estava convencido de que seria expulso numa questão de minutos. No entanto, aparentemente o Sr. Mulligan preferiu não relatar a nossa pequena interação, pois nenhuma providência foi tomada e agora é o intervalo do almoço.

Então vamos em frente.

— Holder — chama alguém atrás de mim no corredor. Eu me viro e vejo Amy me alcançando.

— Oi, Amy. — Queria que sua presença me desse algum consolo mínimo, mas isso não acontece. Vê-la parada aqui só me faz pensar em duas semanas atrás, o que me faz pensar nas fotos que ela foi buscar lá em casa, o que me faz pensar em Less, o que me faz pensar em Hope. E então é lógico que me sinto consumido pela culpa mais uma vez.

— Como você está? — pergunta ela, hesitantemente. — Não nos falamos desde... — A voz dela fica mais baixa, então respondo rapidamente, sem querer que ela ache que precisa entrar em detalhes.

— Estou bem — respondo, sentindo-me culpado ao ver que ela parece desapontada por eu não ter ligado. Achei que ela tivesse sido bem clara em relação ao que aconteceu entre a gente. Pelo menos é o que espero. — Você, hum... — Olho para meus pés e suspiro, sem saber como mencionar o assunto sem parecer o maior babaca. Mudo o peso de um pé para o outro e olho novamente para ela. — Você *queria* que eu tivesse ligado? Porque pensei que o que aconteceu...

— Não — diz ela, rapidamente. — Não. Você pensou certo. É que... não sei. — Ela dá de ombros, parecendo já arrependida dessa conversa. — Holder, só queria ter certeza de que você está bem. Ouvi alguns boatos e estaria mentindo se dissesse que não fiquei preocupada. Senti como se naquele dia na sua casa tivesse focado só em mim e nem perguntei como você estava.

Ela parece se sentir culpada só por ter mencionado os boatos, mas não devia. É a primeira vez no dia que alguém se dá ao trabalho de vir me perguntar se os boatos não são verdadeiros.

— Estou bem — asseguro-lhe. — Boatos não passam de boatos, Amy.

Ela sorri, mas não parece acreditar nas palavras que saem da minha boca. A última coisa que quero é que se preocupe comigo. Abraço-a e sussurro em seu ouvido.

— Prometo, Amy. Não precisa se preocupar comigo, ok?

Ela assente com a cabeça e se afasta, olhando, nervosa para a esquerda e para a direita.

— Thomas — sussurra ela, justificando o fato de ter se afastado. Sorrio de maneira tranquilizadora.

— Thomas — repito, assentindo. — Imagino que ele não esteja em casa ajudando o pai a cuidar do pátio, não é?

Ela pressiona os lábios e balança a cabeça.

— Cuide-se, Holder — diz ela, virando-se para ir embora.

Guardo as coisas no meu armário e vou até o refeitório. Chego vários minutos depois de o lugar ficar cheio de alunos, e de início parece um dia qualquer. Mas, depois que as pessoas me veem andando até a mesa em que Daniel está, as vozes descem oitavas inteiras e os olhos não param de prestar atenção no que não é da conta deles.

A quantidade de drama que testemunhei hoje é algo cômico, sério. Todo mundo por quem passo, até mesmo pessoas de quem sou amigo há anos, parece achar que vão perder o momento em que vou surtar se não ficarem me observando a cada segundo. Odeio desapontá-los, mas hoje estou conseguindo manter as coisas sob controle. Ninguém vai surtar, então é melhor todo mundo voltar para a rotina.

Quando chego à mesa, o barulho do refeitório inteiro já se transformou num murmúrio inaudível. Todos os olhares estão em mim e eu adoraria mandar todo mundo se ferrar. Mas assim eu estaria dando a eles exatamente o que querem, então fico de bico calado.

A única coisa que não faço, contudo, é falar para Daniel que *ele* não pode dizer o que eu gostaria. Olho-o bem nos olhos ao me aproximar da mesa e temos uma de nossas rápidas conversas não verbais. Uma conversa não verbal em que o autorizo a liberar qualquer frustração reprimida que ainda esteja sentindo.

Ele sorri maliciosamente e bate ruidosamente as mãos na mesa.

— Caraca, puta merda! — grita ele, subindo na cadeira. Ele gesticula descontroladamente na minha direção. — Olha só, pessoal! É Dean Holder! — Em seguida, sobe na mesa do refeitório, desviando a atenção de todos de mim para si mesmo. — Por que todo mundo está *me* encarando? — berra ele, gesticulando exageradamente na minha direção. — Quem está aqui é *o* Dean Holder! O verdadeiro e único! — Ao perceber que apenas algumas pessoas desviam o olhar para mim, ele ergue as mãos no ar como se estivesse desapontado. — Qual é, pessoal! Nós passamos duas *semanas* esperando esse momento! E agora que ele está aqui vocês decidem calar a porra da boca? Que história é essa? — Daniel olha para mim e franze a testa, encurvando os ombros de frustração. — Foi mal, Holder. Achei que hoje ia ser um pouco mais interessante para você. Estava esperando que fossem fazer uma sessão de perguntas e respostas

40

para acabar com esse clima, mas não tinha percebido que aqui nessa escola só tem babaca covarde. — Ele começa a descer da mesa, mas ergue o braço com um dedo levantado. — Espere! — diz, virando-se para a multidão. — Na verdade, essa ideia é excelente!

Olho ao redor achando que um dos monitores do refeitório vai se aproximar para acabar com o espetáculo, mas a única monitora presente nesse momento apenas o observa como todos, esperando para ver o que ele vai aprontar.

Daniel salta da nossa mesa para a mesa ao nosso lado, pisando em algumas bandejas. Ele derrama leite achocolatado por toda a mesa e quase escorrega, mas pressiona a mão no topo da cabeça de um cara e endireita a postura. O espetáculo inteiro é interessante para caramba, então sento à mesa para observar como se eu não fosse o motivo por trás de tudo isso.

Ele olha para a garota sentada à mesa a seus pés e estende o braço, apontando o dedo para ela.

— E então, Natalie? Agora que Dean Holder está aqui em carne e osso, quer perguntar se a sua teoria sobre o suicídio de Less está correta?

Natalie fica com o rosto corado e se levanta.

— Você é um babaca, Daniel! — Ela pega a bandeja e se afasta. Daniel ainda está de pé em cima da mesa, mas seu indicador continua apontando na direção em que ela está indo.

— Espere, Natalie! E se Lesslie tiver *mesmo* se matado porque Grayson terminou o namoro na mesma semana em que tirou a virgindade dela? Não quer saber se está certa? Não quer saber o que ganhou?

Natalie sai do refeitório, então imediatamente ele passa a focar a atenção em Thomas, que está sentado ao lado de Amy a algumas mesas de distância. Ela está cobrindo a boca com a mão, chocada, olhando para Daniel como o resto do refeitório. Ele aponta para Thomas e salta por cima de três mesas até chegar a ele.

— Thomas! — grita Daniel, animadamente. — E você? Quer participar da nossa sessão de perguntas? Ouvi a sua teoria durante a primeira aula de hoje, é maravilhosa.

Thomas levanta-se e pega sua bandeja como Natalie fez.

— Daniel, você está sendo um imbecil. — Ele aponta a cabeça na minha direção. — Ele não precisa disso nesse momento.

Não digo nada, mas estou torcendo para que Thomas saia dessa ileso. Não sei qual boato inventou, mas mesmo assim. Tenho certeza de que o que fiz com Amy já é retaliação suficiente, apesar de ser bem provável que ele nunca vá saber de nada.

— Ah, é? — diz Daniel, levando a mão até a boca e fingindo estar chocado. Ele olha para mim. — Holder? Você não precisa disso nesse momento, é? Você está tipo *de luto* ou algo assim? Será que é para a gente respeitar isso?

Tento não sorrir, mas Daniel está mesmo melhorando esse dia de merda. Ele salta de uma mesa para outra, aproximando-se da nossa.

— Não quer participar da sessão de perguntas e respostas, Holder? Achei que talvez fosse querer deixar logo tudo claro. — Ele vira-se e fala com o restante do refeitório mais uma vez, sem esperar minha resposta. Vários alunos começam a pegar suas bandejas e sair com medo de que Daniel aponte para eles em seguida. — Para onde todo mundo vai? Vocês não pareciam se importar de falar a qualquer hora sobre isso. Então por que não agora, quando finalmente podemos obter algumas respostas sinceras? Talvez Holder possa nos contar o verdadeiro motivo de Less ter feito aquilo. Ou melhor ainda, *como* fez aquilo. Talvez a gente até descubra a verdade sobre o boato de ele também ser suicida! — Daniel olha para mim mais uma vez e apoia as mãos nos quadris. — Holder? Os boatos são verdadeiros? Você marcou mesmo a data do seu suicídio?

Agora todo mundo está me olhando. Antes que eu possa responder, não que eu fosse fazer isso, Daniel ergue os braços e vira as palmas das mãos para mim.

— Espere! Não responda, Holder. — Ele vira-se para falar com a multidão, que diminui rapidamente. — Acho que a gente devia aproveitar para apostar! Alguém arranje papel e caneta! Eu aposto na próxima quinta — diz ele, tirando a carteira do bolso.

Pelo jeito fazer apostas ilegais já é passar dos limites para a monitora do refeitório, pois agora ela se aproxima de Daniel com determinação. Ele percebe isso e guarda a carteira de volta no bolso.

— Depois das aulas fazemos as apostas — diz, rapidamente, saltando da mesa.

Dou meia-volta e sigo até as portas do refeitório, e ele vem logo atrás de mim. Assim que as portas se fecham atrás de nós, o murmúrio do refeitório recomeça, mas dessa vez bem mais alto. Quando chegamos no corredor perto dos nossos armários, me viro para ele.

Não consigo decidir se dou um murro nele por causa do que acabou de aprontar ou se faço uma reverência.

— Você é perturbado, cara.

Eu rio.

Ele passa as palmas das mãos no rosto e se encosta nos armários suspirando com força.

— Pois é. Não era minha intenção que aquilo demorasse tanto. É que não estava aguentando nem mais um segundo dessa merda toda. Não sei como você aguenta.

— Nem eu — respondo. Abro o armário e pego a chave do carro. — Acho que vou me mandar. Não estou nada a fim de ficar aqui agora.

Ele abre a boca para responder, mas é interrompido por alguém limpando a garganta atrás de mim. Eu me viro e vejo o Diretor Joiner olhando com raiva para Daniel. Volto o olhar para Daniel, que levanta os ombros inocentemente.

— Então acho que nos vemos amanhã. Pelo jeito vou ter uma reunião de almoço com o Diretor Joiner.

— Vai ser mais uma detenção do que uma reunião — diz o Diretor Joiner com firmeza atrás de mim. Daniel revira os olhos e acompanha o diretor até a sala dele.

Pego o livro que vou usar para terminar o trabalho do Sr. Mulligan, fecho o armário e sigo pelo corredor na direção da saída. Antes de dar a volta no corredor, escuto alguém dizendo o nome de Less e paro imediatamente. Dou uma espiada e vejo um pequeno grupo de quatro pessoas encostadas nos armários. Um dos garotos segura um celular e os outros estão inclinados atrás dele, assistindo ao vídeo que está passando. A voz de Daniel sai do aparelho. Pelo jeito alguém gravou o espetáculo que ele acabou de fazer e o vídeo já está circulando. *Ótimo.* Mais corda ainda para as fofocas.

— Não entendo por que Daniel fez esse estardalhaço todo — diz o rapaz segurando o telefone. — Ele realmente espera que a gente *não* fale sobre o assunto? Se uma pessoa é tão patética a ponto de se matar, é lógico que vamos falar sobre isso. Na minha opinião, Less devia ter tentado aguentar em vez de escolher o caminho mais fácil e...

Não espero que ele termine de falar. O telefone se despedaça quando o arremesso contra o armário, mas o barulho não é nada em comparação ao som que meu punho faz ao bater no queixo dele pela primeira vez. Não sei se o som dos murros fica mais alto depois disso, pois passo imediatamente a ignorar tudo a meu redor. Ele está deitado no chão do corredor, e eu estou em cima, batendo com tanta força que espero que nunca mais abra essa merda de boca. As pessoas puxam meus ombros e minha camisa e meus braços, mas continuo batendo. Deixo a fúria falar mais alto e observo meus punhos ficarem cada vez mais vermelhos por causa do sangue que mancha minha mão toda vez que o golpeio.

No fim das contas, acho que estão conseguindo o que queriam. Estou surtando.

Estou perdendo a cabeça.

E não estou nem aí para essa porra.

Capítulo Cinco

Less,

Feliz mortiversário de cinco semanas.

Desculpe por não ter te atualizado de nada recentemente, mas aconteceu muita coisa. Você vai adorar isso. Eu, Dean Holder, fui preso.

Eu me meti numa briga no colégio duas semanas atrás para defender sua honra. Bem, não sei se dá para chamar aquilo de briga exatamente. Acho que uma briga envolve duas pessoas e aquele incidente com certeza só envolveu uma.

Enfim, fui preso. Não passei nem três horas lá porque mamãe pagou minha fiança, então a história parece mais foda do que realmente foi. Uma coisa admito, foi a primeira vez que fiquei contente por ela ser advogada.

No momento, estou mais do que chateado e não sei o que fazer. Mamãe tem passado por muitas dificuldades ultimamente e o meu pequeno incidente no colégio não ajudou em nada. Ela acha que fracassou com nós dois. Você se matar fez com que ela duvidasse completamente de suas habilidades como mãe, e é bem difícil ficar vendo isso. Agora que eu também fiz merda, ela está duvidando mais ainda de si mesma. Tanto que está me obrigando a passar um tempo com papai.

Acho que isso tudo é demais para ela. Depois que bati naquele babaca no colégio, mamãe admitiu para mim que acha que eu preciso de mais ajuda do que ela é capaz de me dar nesse momento. Fiz de tudo para que mudasse de ideia, mas, depois da audiência no tribunal hoje de manhã, parece que o juiz concordou com ela. Papai está vindo para cá agora para me buscar. Daqui a cinco horas estarei voltando para a cidade onde nascemos.

Voltando para onde tudo começou a dar errado.

Você se lembra de como as coisas eram quando éramos crianças? Antes de eu deixar Hope entrar naquele carro?

As coisas eram boas. Muito boas. Mamãe e papai eram felizes. A gente era feliz. Gostávamos da nossa vizinhança, da nossa casa, do nosso gato que não parava de pular naquele maldito poço lá no pátio. Nem lembro o nome do gato, mas lembro que era o gato mais burro que já conheci.

Foi só no dia em que deixei Hope sozinha, chorando no quintal da frente da casa dela, que nossas vidas começaram a dar errado. Depois daquele dia, tudo mudou. Os repórteres apareceram, o estresse se intensificou e a confiança inocente que tínhamos nos outros desapareceu completamente.

Mamãe queria se mudar para outra cidade e papai não queria sair do emprego. Ela não gostava do fato de a gente continuar morando na frente de onde aquilo aconteceu. Lembra como ela passou anos sem deixar a gente sair de casa sozinho depois que Hope foi sequestrada? Morria de medo de que o mesmo acontecesse com a gente.

Eles tentaram impedir que o estresse afetasse o casamento, mas após certo tempo não deu mais. Lembro o dia em que nos contaram que iam se divorciar e vender a casa, e que mamãe ia se mudar com a gente para cá para ficar mais perto da família dela. Nunca vou me esquecer daquilo, pois, tirando o dia em que Hope foi levada, aquele foi o pior dia da minha vida.

Mas parecia o melhor dia da sua.

Ficou tão feliz porque a gente ia se mudar. Por que, Less? Queria ter perguntado isso enquanto você estava viva. Quero saber por que odiava tanto morar ali, pois realmente não quero voltar para Austin. Não quero ser obrigado a deixar mamãe sozinha. Não quero ser obrigado a morar com papai e a fingir que aceito o fato de ele ter desistido da própria família há tantos anos. Não quero voltar para uma cidade em que fico procurando Hope por todas as esquinas.

Sinto saudade para cacete de você, Less, mas é diferente da saudade que sinto de Hope. Com você, sei que vê-la novamente não é uma possibilidade. Sei que se foi e que não está mais sofrendo. Mas, com Hope, não tenho essa sensação de fim, pois não sei se não está mais sofrendo. Não sei se está morta ou viva. Minha mente fica fazendo algo terrível em que imagina as piores circunstâncias possíveis para ela, e eu odeio isso.

Qual a probabilidade de eu ter... perdido... as únicas garotas que já amei na vida? Está acabando comigo de pouquinho em pouquinho, todos os dias. Sei que devia encontrar uma maneira de tentar superar isso... de me livrar da culpa. Mas, para ser sincero, não quero superar isso. Não quero esquecer que o fato de eu ter sido incapaz de proteger vocês duas é a razão pela qual só sobrei eu. Mereço ser lembrado em todos os segundos da minha vida que desapontei vocês, pois assim vou prestar mais atenção e nunca mais me deixarei fazer isso com outras pessoas.

Pois é, preciso mesmo me lembrar disso. Talvez eu devesse fazer uma tatuagem.

Capítulo Cinco e Meio

Less,

Que fase. Quase esqueci que esse caderno existia. Devo ter deixado para trás ao fazer as malas na pressa em setembro. Ainda estava na minha cômoda e, pela camada de pó em cima, imagino que mamãe não xeretou nada. Se ela reagiu a minha mudança no ano passado da mesma maneira como reagiu a sua morte, tenho certeza de que nem pisou no meu quarto desde que fui embora. Para ela, parece mais fácil simplesmente fechar as portas e não pensar no silêncio dentro dos quartos.

Tenho certeza de que o plano original era eu ficar em Austin até me formar, mas me livrei do plano com minha habilidade mágica de completar 18 anos. Papai não podia mais me obrigar a morar lá contra a minha vontade. E por falar em completar 18 anos... foi estranho não ter que dividir meu aniversário com você. Mas foi bom porque papai comprou um carro novo para mim. Tenho certeza de que, se estivesse viva, teríamos que dividi-lo, mas, como não está, então o carro é só meu. E ele não me obrigou a deixá-lo em Austin quando voltei para cá alguns dias atrás, o que foi bom.

Estava com saudades da mamãe, e esse é o motivo principal da minha volta. E, por mais que eu odeie admitir, também senti falta de Daniel. Na verdade, vou sair com ele daqui a alguns minutos. Preciso encontrar o pessoal e me atualizar das coisas. É sábado à noite, então tenho certeza de que a gente vai encontrar algum lugar para ir e que vou virar o assunto da noite.

Daniel disse que inventaram uns boatos bem malucos sobre onde passei o último ano. Disse também que não perdeu tempo tentando acabar com eles. É a única pessoa que sabe onde eu realmente estava, então fico feliz por ele não ter sentido necessidade de corrigir o que as pessoas diziam. Acho que ele gosta de ser o único a saber da verdade.

Mais uma coisinha pode ter influenciado a minha volta. Minha imensa briga com papai. Me lembre de contar isso depois.

48

Ah, peraí. Você não pode mais me lembrar das coisas. Tá bom, eu me lembro sozinho.

Holder, não se esqueça de contar para Less da briga com seu pai.

H

Capítulo Seis

Não acredito que ele me convenceu a participar de um evento social na minha primeira semana de volta. Jurei que não ficaria perto desse pessoal novamente, mas já se passou um ano inteiro. Tive tempo para me acostumar, então talvez eles também tiveram.

Aproximo-me da casa desconhecida alguns metros à frente de Daniel, mas paro logo antes de passar pela porta. De todas as pessoas do colégio que não vi no último ano, Grayson é a última com quem espero esbarrar. Mas claro que a última coisa que se espera sempre é a primeira a acontecer.

Não o vejo desde a véspera da morte de Less, quando o deixei sangrando no chão da sala de estar da casa do melhor amigo dele. Grayson está saindo enquanto entro e, por alguns segundos, nós dois ficamos cara a cara, nos encarando. Nem pensei muito nele desde que fui embora, mas vê-lo agora faz todo o ódio que eu sentia aflorar como se nunca tivesse desaparecido.

Pela expressão em seus olhos, percebo que não faz ideia do que dizer para mim. Bloqueio sua saída e ele bloqueia minha entrada, e parece que nenhum de nós quer se afastar primeiro. Cerro os punhos defensivamente, preparando-me para o que quer que ele tenha a dizer. Ele poderia gritar comigo, cuspir em mim ou até mesmo me pedir desculpas. As palavras que vão sair de sua boca não importam. A vontade que sinto agora não é de escutar Grayson falando; é de fazê-lo calar a boca.

Daniel entra logo depois de mim e percebe o duelo silencioso que está acontecendo. Ele passa ao meu lado e para na minha frente, bloqueando minha visão de Grayson. Dá tapas nas minhas bochechas com as duas mãos até eu olhar para ele.

— Nada de perder tempo! — grita por cima da música.
— Nossa cerveja precisa ser consumida! — Ele segura meus ombros, ainda bloqueando minha visão de Grayson, e me puxa

para a direita. Continuo resistindo, sem querer ser o primeiro a ceder em nosso duelo visual.

Jaxon aproxima-se e põe a mão no braço de Grayson, puxando-o na direção oposta.

— Vamos ver o que Six e Sky estão aprontando! — grita ele para Grayson.

Grayson faz que sim com a cabeça, observando-me firmemente.

— Vamos — responde ele. — Essa festa acabou de perder a graça.

Se fosse o ano passado, ele estaria no chão com meu joelho confortavelmente posicionado em cima de sua garganta. Mas não é o ano passado, e a garganta dele não vale a pena. Apenas sorrio para ele enquanto deixo Daniel me puxar para longe, na direção da cozinha. Depois que Jaxon e Grayson saem da casa, solto a respiração que segurava. Fico aliviado por eles terem decidido sair da festa e ir atrás das garotas patéticas que querem entretê-los.

Faço uma careta após pensar nisso, pois acabei incluindo Less nessa categoria inadvertidamente. Mas, felizmente, não preciso mais me preocupar com as garotas com quem Grayson fica. Less não está aqui para ser traída, então, por mim, ele pode ficar com quem quer que esteja desesperada o suficiente.

— Encoste a boca na beira do copo, incline a cabeça para trás, vire sua dose e seja feliz — diz Daniel, entregando-me uma dose de alguma coisa. Não pergunto o que é, só obedeço e viro a bebida.

Outra dose, duas cervejas e meia hora depois, Daniel e eu estamos na sala de estar. Estou no sofá com meus pés em cima da mesa de centro e Daniel está do meu lado, listando nossos amigos e me dizendo o que fizeram no último ano. Esqueci o quanto ele fica tagarela quando bebe e estou achando difícil acompanhar. Levo os dedos até a ponte do nariz, apertando-a para que a dor de cabeça vá embora. Não conheço ninguém nessa festa. Daniel diz que muitos são amigos do garoto que mora aqui, mas nem sei quem mora aqui. Pergunto a Daniel por que estamos aqui se ele não conhece ninguém e milagrosamente a pergunta o cala. Ele olha para a cozinha e aponta a cabeça naquela direção.

— Por causa dela — diz ele.

Vejo duas garotas encostadas no balcão. Uma delas olha diretamente para Daniel, mexendo na bebida de um jeito sedutor.

— Se estamos aqui por causa dela, por que você não está lá?

Daniel vira-se para a frente, cruzando os braços.

— Nem a pau, cara. Não nos falamos desde que terminamos duas semanas atrás. Se quiser pedir desculpas, ela que venha até aqui.

Olho para a garota novamente e percebo que talvez não esteja olhando para ele com um jeito sedutor como eu tinha pensado. Há pouquíssima diferença entre sorrisos sedutores e sorrisos maldosos, e não sei distinguir em que categoria está o sorriso dela agora que notei o olhar fulminante.

— Por quanto tempo vocês dois ficaram juntos?

— Alguns meses. O suficiente para eu perceber que ela é louca para cacete — diz ele, revirando os olhos completamente. — E o suficiente para eu perceber que é *justo* por ser louca que eu a amo. — Ele vê que estou olhando para ela e estreita os olhos. — Para de olhar, cara. Ela vai perceber que estamos falando dela.

Rio e desvio o olhar, mas não a tempo de deixar de testemunhar a dupla entrando novamente na casa. Grayson está logo atrás de Jaxon e os dois estão indo para a cozinha. Encosto a cabeça no sofá, desejando ter tomado mais algumas doses. Não estou nada a fim de passar o resto da noite me preocupando com Grayson.

Daniel começa a falar sem parar mais uma vez. Paro de prestar atenção depois que ele menciona os pneus novos pela segunda vez, e consigo me desligar até Jaxon e Grayson se aproximarem da sala de estar. Não fazem ideia de que estou sentado no sofá e adoraria que isso continuasse assim. Seria ótimo se Daniel calasse a boca um segundinho para eu dizer que já podemos ir embora.

— Caraca, já cansei mesmo — diz Grayson, e eu escuto. — Toda noite de sábado é a mesma coisa. Juro por Deus que se ela não der no próximo fim de semana, para mim é o fim.

Jaxon ri.

— Tenho certeza de que Sky só precisa de um pouquinho de rejeição. As garotas gostam de ser rejeitadas.

Não sei quem é Sky, mas gosto do fato de ela não querer dar para Grayson. Garota esperta.

— Duvido que isso funcione com ela — diz Grayson, rindo. — Ela é teimosa demais.

— É, sim — concorda Jaxon. — Depois de tudo que ouvimos dela, imaginei que seria um pouco menos difícil. Aquela garota deve ser a *virgem* mais vagabunda que já conheci.

Grayson ri do comentário de Jaxon, e preciso me esforçar muito para não prestar atenção neles. Escutar a maneira como falam dessa garota me deixa furioso, pois sei que é bem provável que Grayson tenha falado de Less da mesma maneira enquanto os dois namoravam.

Grayson continua falando mal dela. Quanto mais tempo passo sentado, escutando a conversa, mais preciso escutar essa risada ridícula que sai da boca dele. Fico só com vontade de calar a sua boca.

Tiro os pés da mesa de centro e começo a me virar para mandá-lo se foder, mas Daniel põe a mão no meu ombro e balança a cabeça.

— Deixe comigo — diz ele com um sorriso malicioso. Daniel põe as pernas no sofá e se vira, ficando de frente para Grayson e Jaxon.

— Com licença — interrompe ele, levantando a mão como se estivesse no meio da aula. Sempre está tão entusiasmado, mesmo quando sabe que está prestes a levar uma surra. Talvez eu até consiga me defender de Grayson, mas Daniel sabe que não conseguiria e, ainda assim, isso não o impede de nada.

Grayson e Jaxon viram-se para ele, mas os olhos de Grayson param ao colidirem com os meus. Não tiro a vista de seu olhar repulsivo enquanto Daniel abraça a almofada do sofá e continua falando com eles.

— Não pude deixar de escutar a conversa de vocês dois agora. Por mais que eu queira concordar que Sky é a virgem mais vagabunda que já conheceram, preciso salientar que essa observação é totalmente imprecisa. Sabe, depois que passei a noite de ontem com ela, não pode mais ser considerada virgem. Então talvez não seja a *virgindade* que ela quer manter quando diz que não quer transar com você, Grayson. Acho mais provável que seja a dignidade.

Grayson salta por cima do sofá e prende Daniel no chão numa questão de segundos. Eu, com a mente um tanto sã, dou a Daniel os dez segundos de que ele precisa para reverter a situação antes de interrompê-lo. No entanto, fico desapontado com a minha falta de fé em Daniel, pois ele vira Grayson e o deixa deitado em menos de cinco. Deve ter malhado enquanto eu estava fora.

Eu me levanto lentamente quando vejo Jaxon vir para a frente do sofá para ajudar Grayson. Ele agarra o ombro de Daniel para tirá-lo de cima do amigo, mas eu seguro a sua camisa por trás e o puxo até ele sentar no sofá. Dou um passo para perto no instante em que Grayson dá um murro no queixo de Daniel. Ele está prestes a revidar o golpe, mas eu agarro seu braço e o obrigo a se levantar antes que possa fazer isso.

Ao longo dos anos, isso se tornou um jogo para Daniel. Ele provoca as pessoas e conta com a minha interrupção para acabar com as brigas antes que ele se ferre. Infelizmente, como sempre pareço estar por perto durante esses incidentes, meu nome ficou associado a todas as brigas e ao temperamento esquentado dele. Na realidade, só bati em três pessoas na vida.

1) *No babaca que falou merda de Less.*

2) *Em Grayson.*

3) *No meu pai.*

E só me arrependo do último.

As pessoas estão correndo pela porta para não perder a briga, mas vão se desapontar, pois estou empurrando Daniel para fora da casa antes que ele possa fazer ou dizer alguma outra coisa. A última coisa que quero agora é uma desculpa para brigar com Grayson. Voltei há menos de uma semana. Nem a pau que quero dar outro motivo para minha mãe me obrigar a voltar para Austin.

Daniel está enxugando sangue do lábio e ainda estou segurando seu braço quando chegamos ao carro. Ele solta o braço, agarra a bainha da camisa e a puxa até a boca.

— Droga — diz ele, afastando-a para olhar o sangue. — Por que fico provocando essas merdas e arriscando estragar esse meu lindo rosto? — Ele sorri e enxuga o sangue da boca pela segunda vez.

— Eu não me preocuparia com isso — digo, rindo do quanto ele sempre se preocupa com a própria aparência. — Você continua sendo mais lindo do que eu.

Daniel sorri.

— Valeu, amor — diz ele, brincando.

Alguém está se aproximando atrás de Daniel e, por um segundo, cerro os punhos por achar que pode ser Grayson. Relaxo ao perceber que é só a garota de quem Daniel estava falando, que o encarava lá da cozinha. Mas não sei por que relaxo, pois essa garota está com uma cara de assassina. Daniel ainda está enxugando o sangue da boca quando ela o alcança.

— Quem é essa tal de *Sky*?

Daniel vira a cabeça na direção dela e arregala os olhos, surpreso.

— *Quem?* De que merda você está falando, Val?

Ela revira os olhos e ergue a mão, apontando para a casa.

— Escutei você dizendo para Grayson que transou com ela ontem!

Daniel olha para a casa e depois para Val, e então a ficha cai.

— Não, Val! — diz, andando para a frente e segurando as mãos dela. — Não, não, não! Ele estava falando merda e eu só queria irritá-lo. Nem conheço a garota de quem ele falava. Juro...

Ela se afasta e ele a segue, implorando para que o escute. Decido que agora é um bom momento para ir para casa. Peguei carona com Daniel até aqui, mas pelo jeito ele vai passar um tempinho ocupado. Estou a apenas 6,5 quilômetros de casa, então mando uma mensagem avisando-o de que estou indo e dou o fora.

A noite inteira me lembrou de tudo que eu não queria ver novamente. Drama. Testosterona. Grayson. Tudo relacionado ao colégio em geral, na verdade. É para eu preencher os documentos de transferência na segunda, mas sinceramente não sei se quero voltar. Sei que posso fazer um supletivo ou algo assim. Mas de jeito nenhum minha mãe permitiria isso.

Capítulo Seis e Meio

Less,

Então, lá vai.

Na semana passada, nossa querida madrasta Pamela me flagrou com uma menina. Não era uma menina qualquer. O nome dela era Makenna e já tínhamos saído algumas vezes. Ela é legal, mas não era nada sério, e é só isso que vou comentar sobre o assunto. Mas, enfim, Pamela voltou para casa cedo e Makenna e eu estávamos numa posição meio comprometedora no sofá da sala. Lembra do sofá que Pamela deixou coberto com plástico por três anos para que ninguém o manchasse?

Pois é. Não foi nada bonito.

Especialmente porque Makenna e eu tínhamos ido para a sala depois de deixar um rastro de roupas desde a piscina, passando pelo corredor até o sofá. Então não só estávamos completamente pelados, mas eu tive que andar pelo corredor e ir até lá fora para encontrar minha bermuda e as roupas dela. Pamela ficou gritando comigo o tempo inteiro enquanto eu ia lá fora e enquanto eu voltava e enquanto ia para o carro de Makenna.

Makenna ficou morrendo de vergonha e meio que terminou tudo comigo depois daquilo. Mas tudo bem, porque agora tenho uma tatuagem maneira que diz *Hopeless* (lembra do apelido que dei para você e Hope?) e ela me lembra de que nunca devo me aproximar demais de ninguém, então eu ainda não estava sentindo nada muito intenso por Makenna. Era só pelo sexo mesmo.

Não acredito que acabei de dizer isso para minha irmã. Desculpe.

Enfim, como pode imaginar, papai ficou furioso quando chegou em casa. Ele só tem uma única regra nessa casa.

Não deixar Pamela com raiva.

Eu desobedeci à regra. Desobedeci e muito.

Ele até tentou me colocar de castigo, e talvez eu tenha rido um pouco quando sugeriu isso. Não estava tentando desrespeitar ninguém, porque você sabe que, por mais que ele tenha me desapontado ao longo dos anos, eu não seria capaz de fazer uma coisa para desrespeitá-lo abertamente. Mas o fato de ele ter tentado me deixar de castigo quatro dias depois do meu aniversário de 18 anos me pareceu engraçado e, caramba... eu ri.

Ele não viu nenhuma graça nisso e ficou furioso. Começou a gritar comigo, me chamar de desrespeitoso e ingrato, e fiquei puto porque tenho 18 anos! Sou um garoto! Garotos fazem essas merdas de transar na casa dos pais aos 18 anos. Mas, Jesus, parecia que eu tinha matado alguém! Então, sim. Ele me deixou puto e acabei perdendo o controle.

Mas a parte ruim não foi essa. A parte ruim aconteceu depois que gritei e ele estufou o peito como se fosse lutar comigo. Teve a coragem de fazer isso. Não que ele seja maior do que eu, mas mesmo assim. Sou o filho dele e ele estufa o peito como se quisesse me enfrentar.

Então o que fiz?

Bati nele.

Não bati com tanta força, mas foi forte o suficiente para machucá-lo no local mais sensível de todos. O orgulho.

Ele não revidou. Nem gritou comigo. Só levou a mão até o queixo e olhou para mim como se estivesse desapontado, e depois se virou e foi embora. Saí de lá uma hora depois e voltei para casa. Não nos falamos desde então.

Sei que provavelmente deveria ligar e pedir desculpas, mas não foi ele que começou quando estufou o peito? Ele não é nem um pouco responsável? Que tipo de pai faz isso com o próprio filho?

Mas, pensando bem, que tipo de filho bate no próprio pai?

Nossa, Less. Me sinto um merda. Nunca deveria ter feito aquilo. Sei que preciso ligar para ele, mas... não sei. Merda.

Pelo que sei, ele nem contou nada do que aconteceu para mamãe porque ela não tocou no assunto e ficou surpresa quando entrei aqui em casa alguns dias atrás. Feliz, mas surpresa. Não perguntou o que causou a minha volta, então também não contei. Ela parece diferente. Ainda dá para ver a mágoa em seus olhos, mas não é tão intensa quanto era na época em que fui embora. Ela até sorri agora, o que é bom.

Mas a felicidade dela não vai durar muito. É segunda e as aulas voltaram hoje. O primeiro dia do meu último ano. Ela saiu para o trabalho antes de eu acordar. Até liguei o despertador e deixei tudo pronto. Cheguei no colégio e fiz meu exercício matinal, mas enquanto corria na pista só conseguia pensar no quanto não queria estar ali.

Não quero ficar lá sem você. Não quero enfrentar tudo o que odeio a respeito desse colégio nem a maioria daquelas pessoas.

Então o que fiz quando terminei minha corrida? Fui para o estacionamento, entrei no carro, voltei para casa e dormi de novo. No momento são quase 15h e mamãe volta daqui a algumas horas. Vou sair agora para comprar algumas coisas no mercado, pois vou fazer um jantar para ela hoje. Aí pretendo contar que não vou voltar para o colégio. Sei que ela não vai ficar muito contente com a ideia de eu fazer o supletivo em vez de obter um diploma tradicional, então não posso deixar de comprar cookies. Mulheres adoram cookies, não é?

Não acredito que não vou voltar para o colégio. Nunca achei que fosse chegar a esse ponto. Também culpo você por isso.

H

Capítulo Sete

— Mais alguma coisa? — pergunta o caixa.

Confiro mentalmente os itens da minha lista, que termina com os cookies.

— Não — digo, enquanto tiro a carteira do bolso para pagar. Estou simplesmente aliviado por não ter encontrado ninguém conhecido.

— Oi, Holder.

Falei cedo demais.

Olho para cima e vejo a caixa que trabalha ao lado me encarando. Pela maneira como olha para mim, é como se estivesse praticamente se oferecendo numa bandeja. Quem quer que seja essa garota, sua expressão é de quem está implorando por atenção. Me sinto um pouco mal por ela, especialmente por causa da maneira como sua voz ficou mais alta, com aquele tom irritante e agudo, do tipo *por-que-as-garotas-acham-que-falar-com-voz-de-bebê-é-sexy.* Olho para o crachá, porque sinceramente não a estou reconhecendo de jeito nenhum.

— Oi... *Shayla.* — Balanço a cabeça rapidamente e olho de novo para o meu caixa, esperando que minha resposta comedida seja o suficiente para ela perceber que não estou a fim de alimentar seu ego.

— Meu nome é *Shayna* — retruca ela.

Ops.

Olho para o crachá mais uma vez, desapontado por estar dando mais um motivo para ela puxar conversa. No entanto, no crachá está mesmo escrito *Shayla.* Fico com vontade de rir, mas agora sinto ainda mais pena dela.

— Desculpe. Mas sabe que no seu crachá está escrito Shayla, não é?

Ela vira o crachá do uniforme para cima imediatamente e franze o rosto. Espero que isso seja tão vergonhoso que não olhe para mim de novo, mas nem se incomoda.

— Quando você chegou? — pergunta ela.

Não faço ideia de quem é essa garota, mas por algum motivo ela me conhece. Não só me conhece, mas também sabe que eu *saí* daqui e *cheguei* de novo. Suspiro, desapontado por ainda subestimar o apetite de todos por fofocas.

— Semana passada — digo, sem explicar mais nada.

— Então vão deixar você voltar para o colégio? — pergunta ela.

Como assim "*deixar*"? Desde quando não tive permissão para voltar ao colégio? Isso deve ter a ver com algum boato.

— Não importa. Não vou voltar.

Ainda não decidi se vou me matricular ou não amanhã, pois não me matriculei hoje. Vai depender muito da conversa que vou ter com minha mãe essa noite, no entanto, parece mais fácil dizer logo o que o povo quer escutar e alimentar as fofocas. Além disso, se eu desmentisse todas as coisas que falaram sobre mim no último ano, eu os deixaria sem nenhum assunto para novos boatos.

— Que saco, cara — diz o meu caixa, baixinho, enquanto tira o cartão de débito da minha mão. — A gente tinha apostado quanto tempo ela ia demorar para perceber que o nome está escrito errado no crachá. Está com ele há dois meses e eu tinha apostado três. Acabei de perder vinte paus por sua causa.

Rio. Ele devolve o cartão de débito e o guardo na carteira.

— Foi mal — digo. Tiro uma nota de vinte dólares e entrego para ele. — Tome, tenho certeza de que você teria ganhado.

Ele balança a cabeça, recusando-se a aceitar o dinheiro.

Enquanto guardo a nota novamente na carteira, percebo uma pessoa no caixa ao lado pelo canto do olho. A garota está totalmente virada para mim, me encarando, mais do que provavelmente para chamar minha atenção da mesma maneira como Shayna/Shayla tentou fazer. Só espero que essa não invente de falar com aquela voz de bebê.

Levanto o rosto para dar uma olhada rápida. Queria muito evitar olhar, mas quando tem alguém encarando você é difícil não fazer contato visual, mesmo que seja apenas por um segundo. Mas, no segundo em que o faço, fico paralisado.

Não consigo mais desviar o olhar, mesmo que esteja tentando com todas as minhas forças me desligar da imagem na minha frente.

Meu coração para.

O tempo para.

O *mundo* inteiro para.

Minha olhada rápida se transforma numa encarada total e involuntária.

Reconheço esses olhos.

São os olhos de *Hope*.

É o nariz, a boca, os lábios, o cabelo dela. Tudo a respeito dessa garota é Hope. De todas as vezes em que achei que a tinha visto no passado quando observava garotas da minha idade, nunca tive tanta certeza quanto agora. Tenho tanta certeza, que minha capacidade de falar fica totalmente comprometida. Acho que não conseguiria dizer o seu nome nem se ela implorasse.

Tantos sentimentos circulam dentro de mim nesse momento. Não sei se estou com raiva ou empolgado ou totalmente apavorado.

Será que ela também está me reconhecendo?

Ainda estamos nos encarando e não consigo deixar de me perguntar se ela também me acha familiar. Ela não sorri. Queria que sorrisse, pois eu reconheceria o sorriso de Hope em qualquer lugar.

Ela abaixa o queixo, desvia o olhar e se vira rapidamente para a caixa. É óbvio que ficou nervosa, e não é o tipo de nervosismo que causo em garotas como Shayna/Shayla. É uma reação completamente diferente, o que só me deixa ainda mais curioso para saber se ela acabou de se lembrar de mim ou não.

— Oi. — A palavra sai rápida e involuntariamente da minha boca e percebo que ela se contorce ao escutá-la. A essa altura está apressando a caixa, pegando as sacolas agitadamente. É quase como se estivesse tentando fugir de mim.

Por que está tentando fugir de mim? Se não tivesse me reconhecido... por que ficaria tão transtornada? E se *tiver* me reconhecido, por que não estaria feliz?

Ela sai do mercado com pressa, então pego minhas sacolas e deixo a nota fiscal com o caixa. Preciso ir para a área externa antes que ela vá embora. Não posso deixá-la desaparecer de novo. Passo diretamente pela saída e fico olhando o estacionamento até avistá-la. Felizmente, ainda está guardando as compras no banco de trás do carro. Paro antes de me aproximar, esperando não parecer um louco, pois é exatamente assim que me sinto nesse momento.

Ela está prestes a fechar a porta, então dou mais alguns passos para perto.

Acho que nunca senti tanto medo de falar alguma coisa.

O que devo dizer? O que diabos devo dizer?

Passei treze anos imaginando esse momento e agora não faço a mínima ideia de como abordá-la.

— Oi.

Oi? Nossa, Holder. Legal. Superlegal.

Ela congela no meio do movimento. Pela maneira como os ombros sobem e descem, percebo que está usando a respiração para se acalmar. Será que ela quer se acalmar por minha causa? Meu coração bate aceleradamente e treze anos de adrenalina reprimida atravessam meu corpo.

Treze anos. Passei treze anos a procurando e é bem provável que eu tenha acabado de encontrá-la. *Viva.* E na mesma *cidade* que eu. Eu devia estar radiante, mas não consigo parar de pensar em Less e em como ela rezava todo santo dia para que esse momento acontecesse. Minha irmã passou a vida inteira querendo que encontrássemos Hope e agora a encontrei e Less está morta. Se essa garota for mesmo Hope, vou ficar desolado por ela ter aparecido com treze meses de atraso.

Bem, *desolado* talvez não. Esqueci que essa palavra está guardada. Mas vou ficar bem furioso.

Agora ela está virada para mim, olhando bem na minha cara e isso está acabando comigo, pois quero agarrá-la e abraçá-la e dizer o quanto me arrependo por ter arruinado sua vida, mas não posso fazer nada disso porque ela olha para mim como se não fizesse ideia de quem sou. Tudo que quero é gritar: "Hope! Sou eu! O Dean!"

Agarro minha nuca e tento assimilar toda a situação. Não foi assim que imaginei que a encontraria. Talvez eu tenha inventado cenários na minha cabeça durante todos esses anos, mas achei que nosso reencontro seria bem mais dramático. Achei que ela choraria bem mais e ficaria bem mais emocionada e não estaria quase parecendo... *incomodada*.

A expressão em seu rosto não é mesmo de reconhecimento. Parece apavorada. Talvez *não* esteja me reconhecendo. Talvez parecesse nervosa no caixa por causa da maneira idiota como eu a encarei. Talvez pareça apavorada porque eu praticamente a persegui sem dar nenhuma explicação. Estou parado aqui como um perseguidor bizarro e não faço ideia de como perguntar se ela é a garota que perdi há tantos anos.

Ela olha para mim dos pés à cabeça cuidadosamente. Estendo a mão, esperando amenizar um pouco do seu medo ao me apresentar.

— Meu nome é Holder.

Ela olha para minha mão estendida e, em vez de aceitar o aperto de mão, dá um passo para longe.

— O que você quer? — pergunta firmemente, olhando com cautela para o meu rosto.

Não é mesmo a reação que eu esperava.

— Hum — digo, sem querer parecer surpreso.

Mas, sinceramente, isso não está indo na direção que eu esperava. Nem sei mais que direção eu esperava. Estou começando a duvidar da minha própria sanidade. Olho para o meu carro um pouco mais distante e fico achando que teria sido melhor ir direto até ele, mas, se eu tivesse feito isso, sei que terminaria me arrependendo de não falar com ela.

— Talvez isso soe ridículo — aviso, olhando para ela —, mas você me parece bem familiar. Posso saber seu nome?

Ela bufa, revira os olhos e estende o braço para trás, segurando a maçaneta do carro.

— Tenho namorado — diz ela. Vira-se e abre a porta, depois entra rapidamente no carro. Começa a fechar a porta, mas eu a seguro com a mão.

Não posso deixá-la ir embora antes de ter certeza de que não é Hope. Nunca tive tanta certeza de uma coisa na vida e não vou deixar treze anos de culpa e pensamentos obsessivos e análises sobre seu desaparecimento irem por água abaixo só porque estou com medo de irritá-la.

— Seu nome. É tudo o que quero.

Ela fita a mão que segura a porta do carro.

— Você se importa? — pergunta, cerrando os dentes. Seus olhos avistam a tatuagem no meu braço e a adrenalina se intensifica quando ela a lê, pois fico esperando que isso a faça se lembrar de alguma coisa. Se não consegue se lembrar do meu rosto, tenho quase certeza de que vai se lembrar do apelido que dei para ela e para Less.

Nem um pingo de emoção aparece em seus olhos.

Ela tenta fechar a porta novamente, mas me recuso a soltá-la até conseguir o que quero.

— Seu nome. *Por favor.*

Dessa vez, quando digo *por favor*, sua expressão se suaviza e ela olha para mim novamente. Quando me olha sem toda aquela raiva, percebo por que estou tão nervoso. É porque me importo mais com essa garota do que com qualquer outra garota no mundo que não seja Less. Eu amava Hope como uma irmã quando éramos crianças, e vê-la novamente fez todos aqueles sentimentos aflorarem. Está fazendo minhas mãos tremerem e meu coração disparar e meu peito doer porque tudo que quero é abraçá-la e apertá-la e agradecer a Deus por finalmente nós dois termos nos encontrado.

Mas todos esses sentimentos são interrompidos bruscamente quando a resposta errada sai de sua boca.

— Sky — diz ela, baixinho.

— Sky — repito em voz alta, tentando entender. Pois ela *não é* Sky. É Hope. É impossível que não seja minha Hope.

Sky.

Sky, Sky, Sky.

Ela não está dizendo que é Hope, mas o nome *Sky* me parece estranhamente familiar. Por que estou me lembrando desse nome?

Então cai a ficha.

Sky.

É garota de quem Grayson falava no sábado à noite.

— Tem certeza? — pergunto, esperando que, por um milagre, ela seja tão estúpida quanto Shayna e tenha simplesmente dito o nome errado. Se realmente não for Hope, dá para entender completamente a sua reação ao meu comportamento aparentemente inusitado.

Ela suspira e tira a identidade do bolso de trás da calça.

— É lógico que sei meu próprio nome — responde ela, mostrando a identidade para mim.

Pego a identidade.

Linden Sky Davis.

Uma onda de desapontamento colide contra mim, engolindo-me de uma vez só. Fazendo eu me *afogar*. Sinto como se a estivesse perdendo mais uma vez.

— Desculpe — digo, me afastando do carro. — Foi engano meu.

Ela me observa enquanto me afasto mais ainda para que possa fechar a porta. De certa maneira, até parece desapontada. Nem quero imaginar que tipo de expressão ela deve estar vendo no meu rosto nesse momento. Tenho certeza de que é uma mistura de raiva, desapontamento, vergonha... mas, acima de tudo, *medo*. Observo-a sair do estacionamento e sinto como se tivesse acabado de deixar Hope ir embora de novo.

Sei que ela não é Hope. Ela provou que não é Hope.

Mas por que meu instinto está dizendo que é para eu detê-la?

— Merda — resmungo, passando a mão no cabelo. Estou seriamente perturbado. Não consigo deixar Hope para trás. Não consigo deixar Less para trás. Está ficando tão grave a ponto de perseguir garotas aleatórias no estacionamento de uma droga de mercado?

Eu me viro e esmurro o capô do carro ao meu lado, furioso por ter pensado que finalmente tudo estava sob controle. Não está. Nem um pouco.

Nem saio completamente do carro antes de abrir o Facebook no telefone. Coloco o nome de Sky e não aparece nenhum resultado. Escancaro a porta de casa e subo direto a escada para pegar meu laptop.

Não dá para deixar isso de lado. Se eu não me convencer de que ela não é Hope, vou enlouquecer. Abro o laptop e coloco as informações dela novamente, mas nada aparece. Fico mais de meia hora procurando em todos os sites em que consigo pensar, mas o nome dela não gera nenhum resultado. Procuro pelo seu aniversário, mas também não dá em nada.

Digito as informações de Hope e imediatamente a tela se enche de notícias e resultados. Mas não preciso lê-los. Passei os últimos anos lendo todos os artigos e todas as chamadas que foram feitas sobre o desaparecimento de Hope. Sei todas de cor. Bato a tela do computador, fechando-o.

Preciso correr.

Capítulo Oito

Ela não tem nenhuma feição peculiar que eu lembre. Nenhuma marca de nascença. Ter visto uma garota de cabelos e olhos castanhos e ter sentido que era a mesma garota de cabelos e olhos castanhos de treze anos atrás é algo que possivelmente beira a obsessão.

Será que estou obcecado? Será que acho que só vou superar a morte de Less se corrigir pelo menos uma das merdas que fiz na vida?

Estou sendo ridículo. Preciso deixar isso para trás. Preciso deixar para trás o fato de que nunca mais vou ter Less de volta e que nunca mais encontrarei Hope.

Fico pensando essas mesmas coisas durante os 3 quilômetros da minha corrida. O peso no meu peito diminui um pouco a cada passo que dou. A cada passo que dou, lembro a mim mesmo que Sky é Sky e Hope é Hope e Less está morta e sou o único que sobrou e preciso me resolver com isso tudo.

A corrida começa a aliviar parte da tensão que o incidente no mercado causou. Eu me convenci de que Sky não é Hope, mas, por algum motivo, apesar de eu ter quase certeza de que ela não é Hope, continuo pensando em Sky. Não consigo tirá-la da cabeça e me pergunto se não é culpa de Grayson. Se eu não o tivesse escutado falar dela naquela festa, provavelmente teria superado o incidente do mercado bem rapidamente e nem estaria pensando nela.

No entanto, não consigo ignorar essa vontade crescente de protegê-la. Sei como Grayson é e, por alguma razão, só de ver essa garota por alguns minutos, já sei que ela não merece passar pelo que ele vai fazê-la passar. Não existe uma garota no mundo inteiro que mereça garotos como Grayson.

No mercado, Sky disse que tinha namorado e a possibilidade de ela considerar Grayson seu namorado me inquieta.

Não sei por que, mas me inquieta, sim. Estou me sentindo extremamente possessivo a respeito dela só por ter pensado por alguns segundos que era Hope.

Especialmente agora que dou a volta na esquina e a vejo parada na frente da minha casa.

Ela está aqui. *Por que diabos está aqui?*

Paro de correr e apoio as mãos nos joelhos, mantendo os olhos fixos em suas costas enquanto recobro o fôlego. *Por que diabos está parada na frente da minha casa?*

Ela está na beirada da entrada de carros, apoiada na caixa de correio. Tomou toda a garrafa d'água e a balança em cima da boca, tentando tirar mais um gole, mas está totalmente vazia. Ao perceber isso, seus ombros encurvam-se e ela inclina a cabeça para o céu.

Com essas pernas, está na cara que é uma corredora.

Puta merda, não consigo respirar.

Tento me lembrar de tudo que dizia na identidade dela e de tudo que Grayson falou no sábado, porque de repente tenho vontade de saber tudo a seu respeito. E não por ter achado que ela era Hope, mas porque quem quer que seja... ela é linda para cacete. Nem sei se percebi o quanto era atraente no mercado, pois meus pensamentos nem foram nessa direção. Mas agora, vendo-a bem na minha frente? É *somente* isso que passa pela minha cabeça.

Ela respira fundo e começa a andar. Começo a me mexer imediatamente e me aproximo.

— Oi, você.

Ela para ao escutar minha voz e seus ombros ficam tensos imediatamente. Vira-se lentamente e não posso deixar de sorrir ao ver a expressão receosa em seu rosto.

— Oi — responde ela, chocada por me ver em sua frente. Na verdade, agora parece mais à vontade. Não parece estar com tanto medo de mim quanto no estacionamento, o que é bom. Seus olhos abaixam-se até meu peito e depois até minha bermuda. Ela olha em meus olhos momentaneamente e desvia o olhar para os pés.

Encosto casualmente na caixa de correio e finjo ignorar que ela deu uma bela conferida em mim. Ignoro para poupá-la da vergonha, mas é claro que não vou me esquecer disso. Na verdade, vou passar o resto do dia pensando em como seus olhos percorreram meu corpo dos pés à cabeça.

— Você corre? — pergunto. Essa é provavelmente a pergunta mais óbvia para se fazer agora, mas estou sem nenhuma outra ideia.

Ela faz que sim com a cabeça, ainda ofegando por causa da corrida.

— Costumo correr de manhã — confirma ela. — Não lembrava como era quente à tarde. — Ela leva a mão até os olhos para protegê-los do sol enquanto olha para mim. Sua pele está corada, e seus lábios, secos. Estendo minha garrafa e ela se contrai mais uma vez. Tento não rir, mas estou me sentindo bem ridículo por tê-la assustado tanto no mercado a ponto de ela achar que eu realmente a *machucaria*.

— Beba isso. — Inclino a garrafa na direção dela. — Você parece exausta.

Ela pega a água sem hesitar e pressiona os lábios na boca da garrafa, tomando vários goles.

— Obrigada — diz, devolvendo-a. Ela enxuga a água do lábio superior com o dorso da mão e olha para trás. — Bem, tenho mais dois quilômetros e meio de volta, então é melhor eu ir.

— Está mais para quatro quilômetros — falo.

Tento não encará-la, mas é tão difícil quando ela está praticamente sem roupa e cada curva de sua boca e pescoço e ombros e peito e barriga parecem ter sido feitos só para mim. Se eu pudesse encomendar a garota perfeita, nem chegaria perto da versão que está parada na minha frente bem agora.

Pressiono a garrafa contra a boca, sabendo que é bem provável que eu nunca mais vá chegar tão perto de seus lábios. Não consigo deixar de olhar para ela nem para tomar a água.

— Hã? — diz ela, balançando a cabeça. Parece nervosa. Meu Deus, faça com que ela esteja nervosa, *por favor*.

— Eu disse que está mais para 4 quilômetros. Você mora na Conroe, que fica a quase 4 quilômetros daqui. São quase 8 quilômetros, ida e volta. — Não conheço muitas garotas que correm, muito menos 8 quilômetros. Impressionante.

Seus olhos se estreitam e ela levanta os braços, cruzando-os.

— Sabe em que rua eu moro?

— Sei.

Seu olhar continua hesitante e focado no meu, e ela fica em silêncio. Então, o olhar se estreita um pouco e ela parece ficar irritada com o meu silêncio prolongado.

— Linden Sky Davis, nascida em 29 de setembro. Conroe Street, 1455. 1,60m. Doadora.

Assim que a palavra "doadora" sai da minha boca, ela imediatamente dá um passo para trás e o seu olhar de irritação se transforma numa mistura de susto e pavor.

— Sua identidade — explico, rapidamente, por qual motivo sei tanto sobre ela. — Você me mostrou sua identidade mais cedo. No mercado.

— Você a olhou por dois segundos — diz ela, na defensiva.

Dou de ombros.

— Tenho boa memória.

— E persegue as pessoas.

Eu rio.

— *Eu* persigo? É você que está na frente da minha casa. — Aponto para a casa atrás de mim e bato os dedos na caixa de correio para mostrar que é ela que está invadindo meu terreno. Não eu.

Seus olhos arregalam-se de vergonha ao observar a casa atrás de mim. O rosto fica mais vermelho ao perceber a impressão que está deixando por estar parada na frente da minha casa sem nenhum motivo.

— Bem, obrigada pela água — diz, rapidamente. Depois acena e se vira, começando a correr.

— Espere aí — grito. Corro para a frente dela e me viro, tentando pensar em alguma desculpa para que não vá embora ainda. — Deixe eu encher sua garrafa. — Estendo o braço e pego a garrafa. — Já volto. — Corro na direção de casa, esperando ganhar mais um tempo com ela. Está na cara que tenho muito que compensar pela primeira impressão que dei.

— Quem é a garota? — pergunta minha mãe quando chego à cozinha. Deixo a garrafa de Sky debaixo da torneira até encher e depois me viro.

— O nome dela é Sky — digo, sorrindo. — Conheci no mercado mais cedo.

Minha mãe olha em sua direção pela janela, depois para mim e inclina a cabeça.

— E já a trouxe aqui para casa? Está sendo um pouco rápido, não acha?

Ergo a garrafa.

— Coincidiu de estar correndo por aqui e ter ficado sem água. — Vou até a porta, viro para minha mãe e dou uma piscada. — Sorte minha, porque a gente tem água aqui em casa.

Ela ri. É bom ver um sorriso no rosto da minha mãe, pois têm sido poucos e raros.

— Bem, boa sorte, Don Juan — diz ela.

Vou correndo devolver a água de Sky e ela toma outro gole imediatamente. Tento encontrar alguma maneira de corrigir a primeira impressão que teve de mim.

— Então... mais cedo... — falo, hesitantemente. — No mercado... se a deixei constrangida, peço desculpas.

Ela olha bem nos meus olhos.

— Você não me deixou constrangida.

Ela está mentindo. Tenho *certeza* de que a constrangi. E até mesmo a assustei. Mas agora está me olhando com tanta segurança.

Está me deixando confuso. *Muito* confuso.

Observo-a por um instante, fazendo o possível para interpretar seu comportamento, mas estou perdido. Se eu desse em cima dela agora, não sei se me daria um murro ou me beijaria. A essa altura, tenho certeza de que eu aceitaria as duas coisas.

— Também não estava tentando dar em cima de você — digo, tentando obter alguma reação. — Só achei que fosse outra pessoa.

— Está tudo bem — afirma ela, baixinho. Dá um sorriso de boca fechada e a decepção em sua voz é bem nítida. O fato de eu tê-la desapontado me faz sorrir.

— O que não quer dizer que eu *não* daria em cima de você — esclareço. — Só não estava fazendo isso naquele momento.

Ela sorri. É a primeira vez que a vejo sorrir genuinamente e parece que acabei de vencer um triatlo.

— Quer que eu corra com você? — pergunto, apontando na direção do caminho para a casa dela.

— Não, está tudo bem.

Balanço a cabeça, concordando, mas não gosto da resposta.

— Bem, eu estava indo naquela direção de qualquer jeito. Corro duas vezes ao dia e ainda tenho alguns...

Dou um passo para perto dela ao perceber o machucado novo e chamativo debaixo do seu olho. Seguro seu queixo e inclino sua cabeça para trás para olhar melhor. Esqueço o que estava pensando e sinto uma vontade repentina de dar a maior surra em quem quer que tenha encostado nela.

— Quem fez isso com você? Seu olho não estava assim mais cedo.

Ela afasta-se do meu toque.

— Foi um acidente. Jamais interrompa o cochilo de uma garota. — Ela ri para não fazer caso do assunto, mas sei das coisas. Já vi muitos machucados inexplicados em Less e aprendi que as garotas sabem esconder esse tipo de merda mais do que as pessoas gostam de admitir.

Passo o dedão por cima do machucado, acalmando a raiva que percorre o meu corpo.

— Você contaria para alguém, não é? Se fizessem isso com você?

Ela só me encara. Não responde. Não diz nada como "sim, óbvio que eu contaria". Nem mesmo um "talvez". A falta de resposta me faz pensar imediatamente nessas situações pelas quais Less passava. Nunca admitiu que Grayson a machucava fisicamente, mas as marcas que vi no seu braço na semana antes de obrigá-lo a acabar o namoro quase terminaram em assassinato. Se eu descobrir que foi ele quem fez isso com Sky, não vai mais ter mãos para encostar nela.

— Vou correr com você — digo. Ponho as mãos em seus ombros e a viro sem nem dar oportunidade para ela protestar.

Mas ela nem tenta protestar. Começa a correr, então entro num ritmo constante igual ao seu. Passo a corrida inteira até sua casa fumegando de raiva. Furioso por nunca ter descoberto o que realmente aconteceu com Less e furioso por saber que talvez Sky esteja passando pela mesma merda.

Não dizemos nada durante toda a corrida, até que ela se vira e me dá tchau na entrada de sua casa.

— Então até qualquer hora? — diz ela, andando de costas até sua casa.

— Com certeza — respondo, sabendo muito bem que nos veremos novamente. Especialmente agora que sei onde ela mora.

Ela sorri e se vira para casa. Só quando está na metade da entrada, percebo que não tenho nenhuma maneira de contatá-la. Ela não tem Facebook, então não posso contatá-la assim.

Não sei seu telefone. Não posso simplesmente aparecer na casa dela sem avisar.

Só quero que vá embora depois que eu tiver certeza de que vou falar com ela novamente.

Desenrosco imediatamente a tampa da minha garrafa de água e jogo o conteúdo na grama. Coloco a tampa de volta.

— Sky, espere — grito. Ela para e vira-se de volta. — Pode me fazer um favor?

— Sim?

Jogo em sua direção a garrafa convenientemente vazia. Ela pega, assente com a cabeça e corre para dentro de casa para enchê-la. Tiro o telefone do bolso e envio uma mensagem para Daniel imediatamente.

Sky Davis. A garota de quem Grayson falou no sábado. Ela tem namorado?

Sky abre a porta e começa a se aproximar de mim no instante em que ele responde.

Pelo que ouvi falar, vários.

Ainda encaro a mensagem quando ela me alcança. Pego a garrafa e tomo um gole, sem saber por que tenho dificuldade de acreditar na mensagem de Daniel. Por mais que ela ainda seja um enigma para mim, dá para perceber pelo seu comportamento resguardado que não se aproxima das pessoas com tanta facilidade. Julgando pela interação que tivemos, ela simplesmente não se encaixa na descrição que todos fazem de sua pessoa.

Ponho a tampa de volta na garrafa e faço o possível para continuar olhando em seus olhos, mas, caramba, esse top está parecendo um ímã.

— Você faz atletismo? — pergunto, tentando manter a concentração.

Ela cobre a barriga com os braços, o que me deixa com vontade de dar um murro em mim mesmo por ter dado uma conferida nela de maneira tão óbvia. A última coisa que quero é constrangê-la.

— Não — responde ela. — Mas estou pensando em tentar entrar para a equipe.

— Devia mesmo. Mal está ofegante e acabou de correr quase 8 quilômetros. Você está no último ano?

Ela sorri. É a segunda vez que sorri assim, e isso está mesmo mexendo com minha cabeça.

— Já devia saber que estou no último ano, não? — retruca ela, ainda sorrindo. — Suas habilidades de perseguidor estão deixando a desejar.

Eu rio.

— Bem, é meio difícil perseguir você. Não a encontrei nem no Facebook.

Ela sorri novamente. Odeio o fato de eu estar contando. *Terceira vez.*

— Não estou no Facebook — diz ela. — Não uso internet.

Não sei se está mentindo para me dispensar de uma maneira sutil ou se está mesmo sendo sincera a respeito de não ter internet. Não sei em qual das opções é mais difícil de acreditar.

— E seu celular? Não dá para usar internet no celular?

Ela ergue os braços para apertar o rabo de cavalo e sinto como se *eu* estivesse sem fôlego.

— Não tenho celular. Minha mãe não é fã dessas novas tecnologias. Também não tenho televisão.

Espero ela começar a rir, mas em alguns segundos fica bem nítido que está falando sério. Isso não é bom. Como vou entrar em contato com ela? Não que eu precise fazer isso. Mas estou com uma forte impressão de que vou *querer* fazer isso.

— Caraca. — Rio. — Está falando sério? O que faz para se divertir?

Ela dá de ombros.

— Eu corro.

Sim, corre mesmo. E, se depender de mim, não vai mais correr sozinha.

— Bem, então por acaso — digo, inclinando-me para perto dela —, você não saberia o horário em que uma certa pessoa se levanta para correr de manhã, saberia?

Ela inspira rapidamente e tenta controlar a respiração com um sorriso. *Três e meio.*

— Não sei se você ia gostar de acordar tão cedo — afirma ela.

Ah, se ela soubesse que eu toparia até nunca mais *dormir* só para ela correr comigo. Inclino o corpo um pouco mais para perto e abaixo a voz.

— Você não tem *ideia* do quanto eu quero acordar tão cedo assim.

Logo que o quarto sorriso aparece, ela *desaparece*. Acontece tão rápido que nem tenho tempo de reagir. O barulho que faz ao colidir com o chão me faz estremecer. Ajoelho-me imediatamente e a rolo para o lado.

— Sky? — digo, balançando-a. Ela apagou. Olho para a casa dela, ponho-a no colo e corro até a porta. Não me dou ao trabalho de bater, pois estou sem nenhuma mão livre. Ergo o pé e chuto a porta, esperando que tenha alguém lá dentro para me deixar entrar.

Numa questão de segundos, a porta da frente se escancara e uma mulher aparece, olhando para mim extremamente confusa até reconhecer Sky nos meus braços.

— Meu Deus! — Ela abre a porta imediatamente para que eu entre.

— Ela desmaiou na entrada da casa — digo. — Acho que está desidratada.

A mulher corre para a cozinha imediatamente enquanto coloco Sky no sofá da sala. Assim que a cabeça encosta no braço do sofá, ela solta um gemido e suas pálpebras abrem agitadas. Suspiro aliviado e me afasto quando sua mãe volta.

— Sky, tome um pouco d'água — diz ela. Ajuda-a a tomar um gole e põe o copo na mesa. — Vou pegar um pano úmido — avisa ela, indo para o corredor.

Sky olha para mim e seu corpo se contrai. Ajoelho ao seu lado, sentindo-me péssimo por tê-la deixado cair daquele jeito. Mas é que aconteceu tão rápido. Num segundo estava na minha frente e no próximo não estava mais.

— Tem certeza de que está bem? — pergunto depois que sua mãe sai da sala. — Você caiu muito feio.

Tem cascalho e terra na sua bochecha, então limpo quase tudo. Ela aperta os olhos e joga o braço em cima do rosto.

— Ah, meu Deus — lamenta ela. — Mil desculpas. Estou morrendo de vergonha.

Seguro seu pulso e o afasto do rosto. A última coisa que quero que sinta é vergonha. Estou contente por ela estar bem, só isso. E ainda mais contente por ter conseguido uma desculpa para carregá-la para dentro de casa. Agora estou dentro da sua casa com uma desculpa para voltar aqui essa semana e ver como ela está. As coisas não poderiam ter acontecido de uma maneira melhor para mim.

— Shh — sussurro. — Meio que estou curtindo isso.

Sua boca se encurva e forma um sorriso. *Cinco.*

Aqui está o pano, querida. Quer algo para a dor? Está enjoada? — A mãe dela me entrega o pano e vai até a cozinha. — Devo ter um pouco de extrato de calêndula ou de bardana.

Sky revira os olhos.

— Estou bem, mãe. Não estou com dor nenhuma.

Uso o pano para tirar o resto de terra de sua bochecha.

— Talvez não esteja sentindo dor agora, mas depois vai sentir, sim — digo, baixinho. Ela não percebeu com quanta força o corpo bateu no chão. Com certeza vai ficar dolorida amanhã. — Você deveria tomar alguma coisa, só para garantir.

Ela concorda e tenta se sentar, então a ajudo. Sua mãe volta para a sala com um pequeno copo de suco e o entrega para Sky.

— Desculpe — diz ela, estendendo a mão para mim. — Meu nome é Karen Davis.

Eu me levanto e faço o mesmo.

— Dean Holder — digo, olhando rapidamente para Sky. — Meus amigos me chamam de Holder.

Karen sorri.

— De onde você e Sky se conhecem?

— Na verdade, não nos conhecemos — respondo. — Acho que eu estava no lugar certo na hora certa, só isso.

— Bem, agradeço por tê-la ajudado. Não sei por que ela desmaiou. Ela nunca havia desmaiado. — Ela vira-se para Sky. — Você comeu alguma coisa hoje?

— Um pedaço de frango no almoço — diz Sky. — A comida do refeitório é um lixo.

Comida do refeitório. Então estuda em colégio público. Talvez seja melhor eu repensar o meu futuro educacional.

Karen revira os olhos e joga as mãos para cima.

— Por que foi correr sem antes comer?

— Esqueci — responde Sky, na defensiva. — Não costumo correr à tarde.

Karen volta para a cozinha com o copo e suspira com força.

— Não quero que corra mais, Sky. O que poderia ter acontecido se estivesse sozinha? Além disso, você corre demais.

A expressão no rosto de Sky não tem preço. Pelo jeito correr é algo tão vital para ela quanto respirar.

— Olhe — digo, encontrando uma oportunidade para agradar a todas as partes envolvidas, inclusive a mim mesmo. — Moro aqui perto, na Ricker, e passo correndo por aqui todas as tardes. Se isso a deixar mais tranquila, seria ótimo correr com ela na próxima semana ou durante as manhãs. Costumo correr nas pistas do colégio, mas não tem problema. Só para garantir que isso não vai acontecer de novo.

Karen volta para a sala e fica olhando para nós dois.

— Por mim, tudo bem — diz ela. Depois volta a prestar atenção em Sky. — Se Sky gostar da ideia.

Por favor, goste da ideia.

— Gosto — afirma ela, dando de ombros.

Esperava um "lógico que sim!", mas "gosto" está valendo.

Ela tenta se levantar novamente, mas termina cambaleando para a esquerda. Imediatamente estendo a mão e seguro seu braço, fazendo-a se sentar novamente.

— Calma — falo para ela. Olho para Karen. — Você tem algum biscoito? Talvez ajude.

Karen vai até a cozinha e volto a concentrar toda a minha atenção em Sky.

— Tem certeza de que está bem? — Passo o dedão em sua bochecha só porque quero tocá-la novamente. Assim que os dedos roçam sua pele, calafrios surgem em seus braços. Ela cruza os braços e os esfrega para o arrepio passar. Não consigo deixar de sorrir, sabendo que foi a minha mão na sua pele que causou isso. Melhor. Sensação. Do Mundo.

Olho para Karen, querendo garantir que não está voltando para a sala, e me inclino para perto de Sky.

— Que horas você quer que eu venha persegui-la amanhã?

— Seis e meia? — sugere ela, ofegantemente.

— Seis e meia está ótimo. — *Seis e meia passou a ser minha hora preferida do dia.*

— Holder, você não precisa fazer isso. — Ela olha nos meus olhos diretamente, como se quisesse me dar a oportunidade de desistir. Por que diabos eu desistiria?

— Sei que não preciso fazer isso, Sky. Faço o que tenho vontade. — Eu me aproximo mais ainda, esperando que os calafrios apareçam novamente em seus braços. — E eu quero correr com você.

Afasto-me no instante em que Karen volta para a sala. Sky continua com o olhar bem focado no meu, o que me faz desejar que já fosse amanhã de manhã.

— Coma — pede a mãe, colocando biscoitos na mão de Sky.

Eu me levanto e me despeço de Karen.

— Se cuida — digo para Sky enquanto vou até a porta da casa. — Vejo você de manhã?

Ela assente com a cabeça, e é toda a confirmação de que preciso. Fecho a porta ao sair, satisfeito por ter conseguido me redimir de alguma maneira. Assim que saio da entrada de sua casa e volto para a calçada, tiro o celular do bolso e ligo para Daniel.

— E aí, Caso Perdido — diz ele ao responder.

— Eu disse para parar de me chamar disso, babaca.

— Devia ter pensado nisso antes de fazer a tatuagem — retruca ele rapidamente. — E aí?

— Sky Davis — digo, rapidamente. — Quem ela é, de onde é, estuda no nosso colégio, namora Grayson?

Daniel ri.

— Nossa, cara. Calma aí. Primeiro de tudo, nunca a conheci. Segundo, se é a mesma Sky que eu disse que deflorei na frente de Val naquela festa, não vou sair por aí perguntando sobre ela de jeito nenhum. Ainda estou tentando convencer Val de que não transei com a garota. Perguntar sobre ela só vai piorar as coisas, cara.

Murmuro.

— Daniel, por favor. Preciso saber e você é melhor nesse tipo de merda do que eu.

Há uma longa pausa do outro lado da ligação.

— Tá bom — diz ele. — Mas com uma condição.

Sabia que ia ter uma condição. Com Daniel, sempre tem.

— Qual condição?

— Você vai para o colégio amanhã. Só um dia. Matricule-se amanhã e tente por um dia e, se odiar demais, pode abandonar os estudos oficialmente com minha bênção.

— Combinado — digo, imediatamente. Um dia eu aguento. Especialmente se Sky estiver lá.

Capítulo Oito e Meio

Less,

Puta merda, Less. PUTA. MERDA.

Parece que faz uma eternidade desde que a escrevi pela última vez, mas foi hoje de manhã. Tanta coisa aconteceu. Minhas mãos estão tremendo e mal consigo escrever.

Ainda não conversei com mamãe sobre abandonar o colégio, mas só porque não tenho mais tanta certeza de que quero fazer isso. Amanhã decido.

Está sentada? Senta a bunda aí, Less.

Eu.

Encontrei.

Hope.

Mas não encontrei.

Bem, ainda não tenho certeza de que não a encontrei, mas tenho mais certeza de que não é Hope do que certeza de que é. Isso faz algum sentido? Quer dizer, no instante em que a vi, tive certeza de que era ela. Mas quando percebi que não me reconheceu, achei que estava errado ou que ela estava fingindo ou... não sei. Comecei a duvidar de mim mesmo. Depois ficou parecendo que eu era um louco perseguindo a menina então ela me mostrou a identidade, o que foi a maior burrice da parte dela, levando em consideração o meu comportamento de perseguidor. Mas a identidade provou que não era Hope, o que acabou comigo, mas só por algumas horas. Porque a encontrei novamente quando fui correr, graças ao destino ou a alguma coincidência ou à intervenção divina ou talvez você tenha tido alguma coisa a ver com isso. Seja lá quem ou o que causou a situação, lá estava ela, parada na frente da nossa casa, toda linda e tal. Nossa, estava muito gata, Less.

Tenho certeza de que quer ouvir isso, não é?

Enfim, agora estou convencido de que, se fosse mesmo Hope, ela teria se lembrado de mim. Especialmente depois que contei para a mãe dela que me chamo Dean Holder. Olhei para Sky querendo ver se o nome fazia a ficha cair, mas, com base na falta de reação, eu diria que não caiu nenhuma ficha, então não tem como ser a mesma garota.

Quer saber a parte mais estranha, Less? A parte desse dia que me deixou mais confuso?

Nem quero que ela seja Hope.

Se for Hope, todo o drama e o estresse e a atenção da mídia voltariam para nossas vidas e não quero isso para ela. Essa garota parece feliz e saudável, totalmente diferente de como eu imaginava que a nossa Hope estaria se um dia a encontrássemos. Então estou contente por Sky não ser Hope e Hope não ser Sky.

Pedi para Daniel investigar um pouco e descobri algumas coisas sobre ela. Ela mora por aqui há anos e tem estudado em casa com a ajuda da mãe, que a propósito parece bem legal.

Daniel também disse que ela não está namorando Grayson oficialmente, o que é bom. Ainda não sei qual a relação dos dois, pois, de acordo com Daniel, com certeza tem alguma relação entre eles. Mas espero que eu consiga acabar com isso antes que vire algo sério.

Desculpe a minha tagarelice. É que foi um daqueles dias que pega a pessoa completamente de surpresa. Depois vou contar como foi amanhã. Devo um dia de colégio a Daniel.

P.S. Hoje Sky estava com o olho roxo. Não chegou a me explicar o que aconteceu, mas você sabe o quanto sou paranoico em relação a tudo que tem a ver com Grayson. Nunca vou me esquecer do dia em que você chegou em casa com aqueles machucados no braço, Less. Você me implorou para não matá-lo. Juro que teria feito isso se você não tivesse jurado que não foi ele.

Não sei se você estava contando a verdade quando disse que se machucou durante a aula de atletismo. Não sei se Grayson é capaz de fazer algo daquele tipo. Mas ver Sky com aquele hematoma debaixo do olho me deixou tão agitado quanto no momento em que achei que Grayson tinha machucado você. E você não está mais aqui para que eu a proteja, então sinto uma necessidade implacável de proteger Sky, e olha que nem a conheço.

Não conte para Daniel, não que você possa fazer isso, mas eu teria ido para o colégio amanhã mesmo que ele não tivesse pedido. Preciso ver a interação de Sky e Grayson com meus próprios olhos para poder resolver se dessa vez eu realmente preciso matá-lo.

H

Capítulo Nove

Estou dez minutos adiantado ao chegar na casa dela, então sento no meio-fio e me alongo. Após ir embora daqui ontem, fiquei achando que me oferecer para correr com ela talvez tenha sido um pouco demais. Não fica no meu caminho e normalmente não corro tanto num dia só, mas não sei que outra maneira eu tinha de vê-la novamente.

Escuto-a se aproximar atrás de mim, então me viro e me levanto.

— Oi, você.

Fico esperando que sorria ou me cumprimente de alguma maneira, mas tudo que faz é me olhar dos pés à cabeça franzindo o rosto, constrangida. Deixo isso de lado, esperando que seja só porque não gosta tanto de acordar cedo.

— Precisa se alongar primeiro? — pergunto.

Ela balança a cabeça.

— Já me alonguei.

Fico curioso para saber se o seu jeito sério é por estar dolorida da queda de ontem. O olho roxo ainda está bem chamativo, mas a bochecha não parece tão mal quanto achei. Estendo o braço e passo o dedão por cima do arranhão em seu rosto.

— Não está tão ruim. Está sentindo dor? — Ela balança a cabeça. — Ótimo. Está pronta?

Sky assente.

— Estou.

Tudo que vou obter dela são quatro palavras? Ela vira-se e nós dois começamos a correr em silêncio. Nunca corri com uma garota antes, mas achei que íamos interagir um pouco mais. Depois da maneira resguardada como nos cumprimentamos agora pouco na frente de sua casa, não dá para saber se está constrangida com a minha presença ou se o silêncio é um *sinal* de que está se sentindo à vontade. Pode ser qualquer um dos dois.

O clima tenso ameniza depois que começo a correr atrás dela. É mais fácil ficar sem falar quando não estou correndo ao seu lado. É que não faço ideia do que dizer. Já não sou muito de puxar papo, mas sua presença reprime ainda mais o meu lado conversador. Mas acho que preciso ser persistente se quero algo com ela. Acelero e volto a correr ao seu lado.

— Você devia mesmo tentar entrar para a equipe de atletismo — digo. — Tem mais resistência que a maioria do pessoal da equipe do ano passado.

Ela balança a cabeça e continua olhando para a calçada à nossa frente.

— Não sei se quero — responde ela. — Não conheço ninguém no colégio. Pensei em tentar, mas até agora a maioria das pessoas foi meio... malvada. Não quero ficar sujeita a eles ainda mais tempo por causa de uma equipe.

Odeio que ela já saiba o quanto as pessoas são malvadas após um dia de aula. Fico imaginando que merda fizeram para que o seu primeiro dia fosse tão ruim.

— Você só teve um dia de aula na escola. Espere mais um pouco. Depois de passar a vida inteira estudando dentro de casa, não dá para esperar que chegue no colégio e faça vários amigos no primeiro dia.

Fico me sentindo mal por dizer o oposto do que realmente penso. Se estivesse sendo sincero, diria para voltar a estudar em casa, pois com certeza era melhor do que o colégio. Olho para o lado, mas não está mais correndo junto de mim. Eu me viro e vejo que ela parou há vários metros, com as mãos nos quadris. Corro até ela.

— Você está bem? Ficou tonta? — Seguro seus ombros caso esteja com vontade de desmaiar novamente. Eu me sentiria o maior babaca de todos se a deixasse cair no chão mais uma vez.

Ela balança a cabeça e tira minhas mãos dos ombros.

— Estou bem — diz.

Ela está com raiva de alguma coisa. Tento pensar em algo que eu tenha dito, mas nada me pareceu ofensivo.

— Eu disse algo de errado?

Ela olha para a calçada e começa a andar novamente, então a acompanho.

— Um pouco — responde, com um tom zangado. — Estava meio que brincando com a história de estar me perseguindo ontem, mas você admitiu que me procurou no Facebook logo depois de me conhecer. E depois insistiu em correr comigo, apesar de não ser seu caminho. E agora descubro que de alguma maneira você sabe há quanto tempo estudo na escola? E que eu estudava em casa antes? Não vou mentir, é um pouco assustador.

Merda. Qual o meu problema, hein? Como vou admitir que descobri o que sei escutando a conversa de Grayson na festa e pelos boatos especulativos de Daniel? Ela não precisa saber disso. Não *quero* que saiba disso.

Suspiro e continuo a acompanhando na direção de sua casa.

— Perguntei por aí — digo. — Moro aqui desde os 10 anos, então tenho muitos amigos. Estava curioso sobre você.

Ela fica me encarando como se estivesse tentando descobrir como sei tanta coisa sobre ela. Não vou admitir que ouvi as coisas que Grayson disse, pois não quero magoá-la. Mas também não quero admitir que implorei para Daniel conseguir mais informações, pois não quero assustá-la. Mas, pela expressão cética em seu rosto, já está bem desconfiada.

Seguro seu cotovelo e ela para de andar. Eu a viro para que fique de frente para mim.

— Sky. Acho que ontem começamos as coisas com o pé esquerdo no mercado. E aquele papo de perseguir você, juro que foi brincadeira. Não quero que fique constrangida perto de mim. Se sentiria melhor se soubesse mais a meu respeito? Pergunte alguma coisa que eu respondo. Qualquer coisa.

— Se eu fizer uma pergunta, você vai ser sincero?

Olho-a bem nos olhos.

— Isso serei sempre — respondo. E pretendo ser completamente sincero com ela, a não ser que eu ache que a verdade vai magoá-la.

— Por que desistiu do colégio?

Suspiro, desejando que tivesse me perguntado algo um pouco menos complicado. Mas eu devia ter percebido que as coisas não seriam tão simples com ela.

Volto a andar.

— Tecnicamente, ainda não desisti.

— Bem, é óbvio que faz mais de um ano que você não aparece. Para mim isso é desistir.

Esse comentário me deixa curioso para saber se ela ouviu os boatos a *meu* respeito. É lógico que frequentei o colégio esse ano, só não foi o colégio *daqui*. Mas ela não perguntou sobre o meu suposto ano na prisão, então não vou dizer nada desnecessário.

— Eu me mudei de volta para cá só faz alguns dias — digo.

— O ano passado foi péssimo para minha mãe e eu, então fui morar por um tempo com meu pai em Austin. Estava estudando por lá, mas senti que era hora de voltar para casa. Então aqui estou.

Ela estreita os olhos como se estivesse querendo dar a impressão de que está com raiva de mim, mas é difícil achar intimidante uma expressão tão fofa. No entanto, controlo meu sorriso, pois dá para perceber que está levando esse assunto de colégio a sério.

— Nada disso explica por que você preferiu desistir em vez de pedir transferência para cá.

Ela tem razão, mas só porque realmente não sei responder essa pergunta.

— Não sei. Para falar a verdade, ainda estou decidindo o que quero fazer. Este ano tem sido foda. Sem falar que eu odeio a escola daqui. Cansei de todas as palhaçadas e às vezes penso que seria mais fácil fazer outra coisa.

Ela para de andar imediatamente e me fulmina com o olhar.

— Que desculpa de merda.

— É uma desculpa de merda eu odiar o colégio?

— Não. É uma desculpa de merda você deixar um ano ruim determinar o resto de sua vida. Faltam nove meses para a formatura e vai desistir? É só... é burrice.

Ela está mesmo levando isso a sério. Rio, apesar de estar fazendo o máximo para não rir.

— Bem, se está explicando com tanta eloquência.

Ela cruza os braços e bufa.

— Pode rir o quanto quiser. Sair do colégio é simplesmente desistir. Está dando razão a quem quer que tenha duvidado de você.

Seus olhos descem até a tatuagem no meu braço. Nunca quis escondê-la antes, mas o fato de ela estar lendo-a parece uma invasão de privacidade por algum motivo. Talvez por estar tão certo ontem de que ela era a metade do motivo por eu ter feito a tatuagem. Mas, agora que sei que não é, realmente não quero que pergunte sobre esse assunto.

— Vai desistir e mostrar ao mundo que é mesmo um caso perdido? Que maneira de enfrentá-los.

Olho para a tatuagem. Ela não faz ideia do significado por trás da palavra, sei disso. Mas presumir que o significado é outro me deixa meio zangado. Não quero explicar isso para ela, nem quero de jeito nenhum ser julgado por alguém que também parece ser julgada por várias pessoas. Em vez de ficar por perto, permitindo que me decifre ainda mais, inclino a cabeça na direção de sua casa.

— Chegamos — digo, sem nenhuma expressão.

Eu me viro e vou para casa sem nem olhar para trás. E, enfim, não preciso contar nenhum detalhe para ela antes de saber melhor qual a sua relação com Grayson. Para fazer isso, preciso me apressar, voltar para casa, tomar banho e trocar de roupa antes do meu primeiro — e talvez *único* — dia do último ano do colégio.

* * *

Esse colégio é grande, então não esperava ter alguma aula em comum com ela, muito menos a primeira. E ainda por cima com o Sr. Mulligan.

Ela também não pareceu muito contente em me ver. E o fato de ter praticamente passado correndo por mim para sair da sala não foi um bom sinal. Pego meu livro e saio. Em vez de procurar o local da minha próxima aula, vou logo atrás dela.

Ela está de frente para o armário, trocando de livros. Eu me aproximo por trás, mas paro por um momento antes de falar. Deixo que pegue o que precisa no armário, pois queria acompanhá-la até a próxima aula.

— Oi, você — digo, com um jeito otimista. Há uma pausa.

— Você veio — responde ela, com a voz fria e composta. Vira-se para mim e eu sorrio só por ver seus olhos. Encosto-me no armário ao lado do seu e apoio a cabeça no metal frio. Observo sua roupa por um instante, assimilando o fato de que ela consegue ficar ainda mais bonita depois de um banho.

— Você fica bonita quando se arruma. Mas sua versão suada também não é nada mal — falo, sorrindo. Tento amenizar um pouco seu jeito tenso, mas parece que não estou conseguindo.

— Está aqui para me perseguir ou se rematriculou mesmo? *Uma piada. Ela fez uma piada.*

— Os dois — digo, batendo os dedos no metal. Ainda sorrio, mas ela não quer manter contato visual comigo por mais de dois segundos. Ela transfere o peso de um pé para o outro e olha, nervosa, ao redor.

— Bem, preciso ir — diz, com a voz monótona. — Bem-vindo de volta.

Ela está estranha.

— Você está estranha.

Ela revira os olhos e se volta para o armário novamente.

— Estou surpresa por ver você aqui, só isso.

— Não — digo. — É alguma outra coisa. O que há de errado?

A minha persistência parece estar compensando, pois ela suspira, encosta a cabeça no armário e olha para mim.

— Quer que eu seja sincera?

— É tudo que sempre quero.

Ela pressiona os lábios.

— Tudo bem — diz. — Não quero que fique com uma impressão errada das coisas. Você dá em cima de mim e fala coisas como se tivesse certas intenções comigo, só que eu não quero que a recíproca seja verdadeira. E você é...

Ela não quer que eu fique com uma impressão errada? Quem é essa pessoa e o que ela fez com a garota que estava flertando comigo descaradamente ontem à noite? Estreito o olhar na sua direção.

— Sou o *quê*? — pergunto, desafiando-a a completar o pensamento.

— Você é... *intenso*. Intenso demais. E instável. E um pouco assustador. E tem mais outra coisa... Não quero que fique com uma impressão errada.

E aí está. Ela acreditou nas mentiras e agora tenho que me defender para a única pessoa que incorretamente presumi que iria me entender.

— *Que* outra coisa?

— Você sabe — diz ela, lançando o olhar para o chão.

Dou um passo para perto e apoio as mãos no armário, ao lado de sua cabeça.

— Eu *não* sei, porque você está evitando falar qual é esse problema que tem comigo, como se tivesse medo demais de dizer o que é. Fale logo.

Seus olhos arregalam-se e me arrependo imediatamente de ser tão duro com ela. É que fico tão frustrado por ela acreditar nesse tipo de fofoca de merda. O *mesmo* tipo de fofoca que falam sobre *ela*.

— Ouvi falar do que você fez — diz ela, abruptamente. — Sei que bateu em um cara. Sei que foi preso. Sei que, nesses dois dias desde que nos conhecemos, me deixou bastante apavorada pelo menos três vezes. E, como estamos sendo sinceros, também sei que andou perguntando por aí sobre mim, então é óbvio que ouviu falar da minha reputação, assim é mais do que provável que só esteja gastando essa energia toda comigo por causa disso. Odeio ter de desapontá-lo, mas não vou transar com você. Não quero que fique achando que vai acontecer algo entre nós além do que já está acontecendo. Corremos juntos. Só isso.

Caramba.

Esperava que ela tivesse ouvido os boatos sobre mim, mas não esperava que achasse que acreditei nos boatos sobre ela. Então por isso está tão defensiva? Por achar que ouvi os boatos e agora apenas estou tentando *transar* com ela?

Quer dizer, não me entenda mal. Não estou dizendo que não pensei nisso. Mas*, nossa*, não é *assim*. Só de ela sentir isso já me deixa com vontade de abraçá-la. Quando penso que alguém poderia tentar se aproximar dela só por causa disso, fico furioso. Agora Grayson está parado ao seu lado, o que não ajuda em nada.

De onde foi que apareceu, caramba? E por que diabos está com o braço ao redor dela como se fosse seu dono?

— Holder — diz Grayson. — Não sabia que ia voltar.

São as primeiras palavras que diz para mim desde a véspera da morte de Less. Tenho medo de perder a calma se olhar para ele, então fico encarando Sky. Infelizmente, meus olhos não conseguem parar de olhar para a mão que ainda segura sua cintura. A mão que Sky não afastou. A mão que obviamente já esteve nessa cintura antes. A mesma mão que costumava ficar em Less.

Toda essa situação é irônica demais. Tão irônica que sorrio. *Que sorte.*

Endireito a postura e continuo encarando a mão ao redor da cintura de Sky.

— Pois é, estou de volta — respondo. Não consigo ver isso nem por mais um segundo. A sensação familiar de querer arrancar a porra da mão dele voltou dez vezes mais forte.

Afasto-me e, depois de alguns metros, me viro para Sky mais uma vez.

— Os testes para a equipe de atletismo acontecem na quinta depois das aulas. Você devia ir.

Não espero pela resposta. Sigo até meu armário, troco os livros e vou para a próxima aula. Mas não sei por que faço isso. Tenho certeza de que não vou voltar amanhã.

— Ei, babaca. Que paixão repentina é essa por Sky? — pergunta Daniel enquanto vamos para o refeitório.

— Não é nada — digo, tentando trocar de assunto. — Eu a conheci ontem e fiquei curioso a respeito dela. Mas pelo jeito ela e Grayson estão juntos, então... deixa pra lá.

Daniel ergue a sobrancelha, mas não fala nada sobre o comentário a respeito de Grayson. Ele empurra as portas do refeitório e vamos até nossa mesa. Sento-me e dou uma olhada na multidão, procurando-a.

— Vai comer hoje? — pergunta ele.

Balanço a cabeça.

— Não. Não estou muito a fim. — Perdi o apetite assim que Grayson colocou o braço ao redor da cintura de Sky.

Daniel dá de ombros e vai pegar o almoço. Dou mais uma olhada no refeitório e finalmente a avisto a algumas mesas de distância, sentada com um garoto. Mas não é Grayson. Procuro Grayson no meio da multidão e o vejo sentado do outro lado do refeitório. Não estão na mesma mesa. Por que não sentariam juntos se estivessem namorando? E, se não estão namorando, por que ele tocou nela daquela maneira?

— Peguei uma água para você — diz Daniel, deslizando-a por cima da mesa.

— Obrigado.

Ele põe a bandeja na mesa e se senta na minha frente.

— Por que está se comportando como uma teta murcha?

Cuspo a água, ponho os braços na mesa e rio, limpando a boca.

— *Teta murcha?*

Ele faz que sim com a cabeça e abre a tampa do refrigerante.

— Tem algo de errado com você. Não parou de encarar essa garota enquanto eu estava na fila da comida. Não quer me falar nada sobre ela. Está irritado desde que chegou aqui de manhã e não tem nada a ver com o fato de hoje ser seu primeiro dia de aulas desde... bem... desde o seu *último* dia de aula. E nem comentou nada sobre como ninguém está nem aí para a sua presença. Não está nem um pouco feliz com o fim das fofocas?

Estaria feliz se realmente tivesse certeza de que as fofocas acabaram. Mas não acabaram, só mudaram de direção. Escutei o nome de Sky em todas as aulas que tive hoje. Sem falar nas merdas que vi coladas no armário dela no formato de post-its.

— As fofocas não acabaram, Daniel. Só mudaram de alvo.

Daniel começa a responder, mas é interrompido pelo barulho de várias bandejas batendo na mesa. Vários caras se sentam e me dão as boas-vindas, dizendo que cheguei na hora certa para o campeonato de futebol americano. O que leva a uma conversa sobre os treinos e o treinador Riley, mas nada consegue prender minha atenção como ela. Ignoro todos ao meu redor e a observo, ainda tentando compreendê-la.

Não quero mesmo atrapalhar se ela estiver namorando Grayson. Se estiver contente com ele, tudo bem. Bom para os dois. Mas não vou deixar de descobrir o que aconteceu com seu olho de maneira alguma. Preciso que me dê uma explicação direta, só assim vou esquecer o assunto. Caso contrário, vou tentar descobrir o que aconteceu com seu olho com o próprio Grayson, e sei muito bem como isso vai acabar.

O cara que está sentado com ela aponta a cabeça na minha direção quando percebe que os encaro. Faço questão de não virar o rosto, pois quero mesmo chamar a atenção dela. Quando ela olha para mim, aponto a cabeça na direção das portas do refeitório, levanto e vou até lá.

Saio para o corredor, esperando que ela venha atrás. Sei que não é da minha conta, mas preciso saber a verdade para conseguir sobreviver o resto do dia sem assassinar Grayson. Dou a volta no corredor para termos mais privacidade e me encosto nos armários. Ela também dá a volta, me vê e para.

— Você está saindo com Grayson? — pergunto. Vou direto ao ponto. Parece que ela não gosta de conversar comigo, então não quero obrigá-la a fazer algo que não está a fim. Tudo o que quero é a verdade para justificar a minha próxima jogada.

Ela revira os olhos e vai até os armários do outro lado, encostando-se neles e ficando de frente para mim.

— Isso importa?

Hum. Não devia importar, mas importa. Não faço ideia do tipo de pessoa que ela é, mas Grayson não a merece. Então, sim, isso importa.

— Ele é um babaca — digo.

— Às vezes você também é — retruca ela.

— Ele não vai fazer bem para você.

Ela ri e revira os olhos na direção do teto, balançando a cabeça.

— E *você* vai?

Solto um murmúrio. Ela está entendendo tudo errado. Eu me viro para os armários e bato a palma da mão contra um deles, liberando parte da frustração que sua teimosia está me fazendo sentir. Quando o barulho ecoa pelo corredor, me contorço. O gesto terminou sendo mais forte do que eu queria

Mas estou com raiva e odeio ficar assim, porque eu devia estar cagando para isso tudo. Less não está mais por aqui para Grayson fazer merda com ela, então *por que* me importo?

Porque não quero que ela fique com ele. Por isso.

Eu me viro para ela novamente.

— Não me inclua nisso. Estou falando sobre Grayson, não sobre mim. Você não devia estar com ele. Não faz ideia do tipo de pessoa que ele é.

Ela encosta a cabeça no armário, de saco cheio de mim.

— Dois dias, Holder. Conheço você há apenas dois dias — diz ela. Depois se afasta dos armários e se aproxima de mim, olhando-me com raiva. — Nesses dois dias, já vi cinco personalidades diferentes suas, e somente uma delas era agradável. O fato de você achar que tem o direito até mesmo de dar sua opinião sobre mim ou minhas decisões é um absurdo. É ridículo.

Inspiro pelo nariz e exalo por entre os dentes cerrados, pois estou furioso. Furioso por ela ter *razão*. Sky viu o meu temperamento mudar da água para o vinho mais de uma vez nesses últimos dois dias e não expliquei absolutamente nada. Ela merece uma explicação para o meu comportamento estranhamente protetor, então é o que tento fazer.

Dou um passo para perto dela.

— Não gosto dele. E quando vejo coisas desse tipo? — Levo os dedos até o hematoma debaixo de seu olho. — E depois o vejo com o braço a seu redor? Me desculpe se fico me comportando de uma maneira um pouco *ridícula*.

Depois que meus dedos param de encostar no machucado, não consigo afastá-los de sua bochecha. Ela solta uma arfada e os olhos se arregalam, e não posso deixar de perceber a nítida reação que ela tem ao meu toque. Sinto uma vontade avassaladora de passar a mão no seu cabelo e puxar sua boca para a minha, mas ela se afasta e dá um passo para trás.

— Você acha que devo ficar longe de Grayson porque tem medo de que ele seja esquentado? — Ela estreita os olhos e inclina a cabeça. — Isso é um pouco hipócrita, não acha?

Fico com o olhar fixo no seu enquanto assimilo o comentário. Ela está me comparando a *Grayson*?

Preciso me virar para que ela não veja o desapontamento no meu rosto. Seguro a nuca com as duas mãos e me viro de volta lentamente, mas fico encarando o chão.

— Ele bateu em você — digo, suspirando frustrado. Olho de volta para ela, bem em seus olhos. — Ele já bateu em você *alguma vez*?

Ela não se contorce nem desvia o olhar. Só faz balançar a cabeça.

— Não — responde ela calmamente. — E não. Já disse... foi um acidente.

Por sua reação, dá para perceber que diz a verdade. Ele não bateu nela. Nunca bateu nela, e estou mais do que aliviado. Mas continuo confuso. Se não o namora e ele não bateu nela, qual a ligação que tem com ele? Será que *quer* namorá-lo? Porque não quero que ela faça isso nem a pau.

O sinal soa no instante em que abro a boca para perguntar qual é a sua relação com Grayson. O corredor enche-se de alunos, e ela desvia o olhar do meu e volta para o refeitório.

Não vi Daniel de novo. Também não tive nenhuma outra aula com Sky, o que me deixou desapontado. Mas não sei por quê. Toda vez que conversamos acabamos discutindo, e mesmo assim continuo com vontade de conversar com ela de novo.

Deixo os livros no armário, ainda sem saber se vou voltar amanhã. Pego as chaves e vou até o estacionamento. Estou a vários metros de distância do carro quando vejo Grayson encostado nele. Paro para analisar a situação. Ele me olha friamente, mas está sozinho. Não sei o que quer nem por que está tocando no meu carro.

— Grayson, seja lá o que for, não estou interessado. Esqueça o assunto. — Não estou a fim de lidar com ele agora, e ele precisa se afastar do meu carro imediatamente.

— Sabe — diz ele, afastando-se do meu carro. Cruza os braços e se aproxima de mim. — Eu queria mesmo *poder* esquecer o assunto, Holder. Mas por algum motivo você parece querer se meter tanto na minha vida que assim fica impossível deixar para lá.

Agora ele está ao alcance do meu punho, o que não é muito inteligente de sua parte. Fico olhando-o nos olhos, mas não paro de prestar atenção em suas mãos com minha visão periférica.

— Voltou há menos de um dia e já está se metendo de novo — diz ele, fazendo a estupidez de se aproximar ainda mais de mim. — Sky está proibida para você, Holder. Não fale com ela. Não olhe para ela. — *Não acredito que ainda o estou deixando falar.* — Nem chegue *perto* dela, porra. A última coisa que preciso é que mais uma namorada minha se mate por sua causa.

Estou bem naquele momento.

O momento em que o pensamento racional é abafado pela raiva.

O momento em que a consciência é sufocada pela fúria.

O momento em que surge a ideia de liberar todos os sentimentos que reprimi por treze meses, e é até *bom* sentir isso. Seria tão bom sentir o rosto dele contra o meu punho bem agora. Só de pensar nisso, sorrio, cerrando os punhos e inspirando.

Mas Grayson se transforma em apenas um detalhe no instante em que olho por cima de seu ombro e avisto Sky do outro lado do estacionamento, entrando no carro. Ela nem dá uma olhada no estacionamento para procurá-lo. Só entra no carro, fecha a porta e vai embora.

É naquele instante que percebo que ele está mentindo descaradamente.

Eles não se sentaram juntos durante o almoço.

Ela não foi com ele para a festa do sábado.

Não o esperou depois das aulas.

Nem o procurou no estacionamento agora.

Começo a compreender tudo quando Grayson dá um passo para trás, observando minha reação e esperando que eu morda a isca. Sky não está nem aí para ele. Por isso está tão furioso por ter me visto conversando com ela no corredor. Ela não liga a mínima para Grayson e ele não quer que eu saiba disso.

Não vale a pena perder meu tempo com ele, repito para mim mesmo.

Observo Sky sair do estacionamento e depois volto a focar o olhar em Grayson lentamente. Estou estranhamente calmo após ter percebido isso, mas ele está contraindo o maxilar mais do que os punhos. Ele quer que eu brigue com ele. Quer que eu seja expulso do colégio.

Ele não merece conseguir absolutamente nada do que quer.

Ergo o braço. Seu olhar dispara para minha mão e ele ergue as suas para se defender. Aponto o controle para o carro e aperto o botão, destravando as portas. Dou a volta ao redor dele silenciosamente, entro no carro e saio do estacionamento sem ele obter a reação que queria.

Ele que se foda. Não vale a pena perder meu tempo com ele.

Capítulo Dez

Abro a porta da geladeira por estar esfomeado, mas faz treze meses que não como nada. Não mordo nenhuma comida desde que Less morreu e é estranho eu ainda estar vivo depois de todo esse tempo.

A luz da geladeira demora um segundo para se acender, mesmo depois de eu ter aberto a porta. Assim que consigo ver o que tem dentro dela, fico desapontado. Todas as prateleiras estão lotadas com as calças jeans de Less. Estão dobradas organizadamente nas prateleiras da geladeira, e fico puto porque era para ter comida aqui e estou morrendo de fome.

Abro uma das gavetas, esperando que a comida esteja escondida ali, mas não tem nenhuma comida. Só mais uma calça jeans toda dobrada. Fecho-a e abro outra, que também está com mais uma calça dela.

De quantas calças jeans ela *precisa*, porra? E por que estão na geladeira, no lugar da comida?

Fecho a porta da geladeira e abro o freezer, mas vejo a mesma coisa, só que dessa vez as calças estão congeladas. Estão todas dentro de sacos de freezer com etiquetas que dizem "Calças de Less". Bato a porta, irritado, e me viro para o armário na esperança de encontrar algo para comer ali.

Dou a volta na ilha da cozinha e olho para baixo.

Eu a vejo.

Aperto os olhos e os abro novamente, mas ela continua lá.

Less está em posição fetal no chão da cozinha, pressionando as costas contra a porta do armário.

Isso não faz sentido.

Como ela está aqui?

Morreu há treze meses.

Estou com fome.

— Dean — sussurra ela.

Seus olhos abrem-se rapidamente e estendo a mão para me segurar na ilha. De repente meu corpo fica pesado demais para que eu continue em pé e dou um pequeno passo para trás, logo antes de minhas pernas cederem e eu cair de joelhos na frente dela.

Seus olhos estão bem abertos agora, totalmente acinzentados. Sem pupila, sem íris. Olhos acinzentados e desfocados que me procuram e não conseguem me encontrar.

— Dean — diz ela mais uma vez, sussurrando roucamente. Sem enxergar, Less estende o braço na minha direção e tateia o chão a sua frente.

Quero ajudá-la. Quero estender o braço e segurá-la, mas estou fraco demais para me mexer. Ou meu corpo está pesado demais. Não sei o que me impede, mas estou a apenas meio metro dela, fazendo tudo que posso para levantar o braço e segurar sua mão, mas não consigo de maneira alguma. Quanto mais me esforço para voltar a controlar meus movimentos, mais dificuldade tenho para respirar. Ela começa a chorar, dizendo meu nome. Sinto um aperto no peito e minha garganta começa a se fechar, e agora não dá nem para acalmá-la com palavras, pois não consigo falar nada. Movo os músculos do maxilar, mas meus dentes estão bem cerrados e minha boca não quer abrir.

Ela se apoia no cotovelo e se arrasta lentamente para perto de mim. Tenta me alcançar, mas seus olhos sem vida não conseguem me encontrar. Agora está chorando mais ainda.

— Me ajude, Dean — pede ela.

Ela não me chama de Dean desde que éramos crianças e não sei por que está fazendo isso agora. Não gosto.

Fecho os olhos com firmeza e me encontro na tentativa de falar ou mover os braços, mas, por mais que me concentre, não adianta nada.

— Dean, *por favor* — exclama ela, mas dessa vez não é sua voz. É a voz de uma criança. — Não vá embora — implora a criança.

Abro os olhos e Less não está mais na minha frente, uma outra pessoa apareceu em seu lugar. Uma garotinha está sentada, encostada na porta do armário, com a cabeça enterrada nos braços, que estão ao redor de suas pernas.

Hope.

Ainda não consigo me mexer, falar ou respirar, e sinto o aperto no meu peito se intensificar a cada soluço que atormenta o corpo da garotinha. Tudo o que posso fazer é ficar sentado e vê-la chorar, pois estou fisicamente impossibilitado até mesmo de virar a cabeça ou fechar os olhos.

— Dean — diz ela, com a voz abafada pelos braços e pelas lágrimas. É a primeira vez que a escuto dizer o meu nome desde o dia em que foi levada, fazendo desaparecer o resto de fôlego que eu ainda tinha. Ela levanta a cabeça aos poucos e arregala os olhos. Seus olhos são completamente acinzentados, iguais aos de Less. Ela encosta a cabeça na porta do armário e enxuga uma lágrima com o dorso da mão.

— Você me encontrou — sussurra ela.

Só que dessa vez não é mais a voz da garotinha. Não é nem a voz de Less.

É a de Sky.

Capítulo Onze

Abro os olhos e não estou mais no chão da cozinha.
Estou na minha cama.
Coberto de suor.
Ofegante.

Capítulo Doze

Não consegui dormir de novo depois do pesadelo. Estou acordado desde as duas da manhã e agora são mais de seis horas.

Após chegar na casa dela, sento na calçada. Alongo as pernas na frente do corpo e me inclino, segurando no tênis enquanto alongo os músculos das costas. Estou tenso há dias e parece que nada do que faço ajuda.

Quando fui dormir ontem, eu não tinha a menor intenção de correr com ela hoje. Mas passei mais de quatro horas sentado sozinho, acordadíssimo, e a única coisa que me pareceu remotamente interessante foi a ideia de ver Sky de novo.

Também não tinha nenhuma intenção de voltar para o colégio hoje, mas parece bem mais interessante do que passar o dia em casa. É como se eu estivesse vivendo de minuto a minuto desde que voltei de Austin na semana passada. Não sei o que vou fazer no próximo momento nem o que estarei sentindo.

Não gosto dessa instabilidade.

Também não gosto de estar na casa dela novamente, esperando-a sair para sua corrida matinal. Não gosto de continuar sentindo essa necessidade de ficar perto dela. Não gosto do fato de que não quero que acredite nos boatos a meu respeito. Não dou a mínima para o que as pessoas acham de mim. Por que me importo com o que *ela* acha?

Não deveria me importar. Eu deveria simplesmente voltar para casa e deixá-la acreditando no que quiser.

Eu me levanto para tentar me convencer a ir embora, mas tudo o que faço é ficar parado, a sua espera. Sei que preciso ir embora e que não quero me envolver com ninguém que se sente remotamente interessada por Grayson, mas não consigo ir. Não consigo porque minha vontade de vê-la novamente é bem maior do que minha vontade de ir embora.

Escuto um barulho na lateral da casa, então dou alguns passos para dar uma olhada. Ela está saindo pela janela do quarto.

Vê-la novamente, mesmo à distância, faz com que eu entenda por que quero tanto ficar perto dela. Só se passaram alguns dias, mas, desde que a conheci, não importa onde estou, não paro de pensar nela. Minha atenção está sempre voltada para ela, como se eu fosse uma bússola e ela, o meu norte.

Após sair, Sky para e olha para o céu, inspirando profundamente. Dou alguns passos hesitantes em sua direção.

— Você sempre sai pela janela ou estava apenas tentando me evitar?

Ela vira-se, de olhos arregalados. Tento evitar que meus olhos se fixem em algum local abaixo de seu pescoço, mas é difícil não encará-la com as roupas que usa para correr.

Continue olhando para o rosto dela, Holder. Você consegue.

Ela olha para mim, mas não faz contato visual. O olhar está na minha barriga, e fico curioso para saber se é porque gostou de me ver sem camisa ou se é por me achar tão insuportável a ponto de nem conseguir me olhar nos olhos.

— Se estivesse tentando evitá-lo, teria simplesmente ficado na cama. — Ela passa por mim e se senta na calçada.

Odeio o fato de a voz dela ter um efeito no meu corpo que nenhuma outra voz tem. Mas também adoro isso e quero que ela continue falando, mesmo se for para passar a maior parte do tempo sendo *grossa* comigo.

Observo enquanto ela estende as pernas na frente do corpo e começa a se alongar. Parece bem calma hoje, apesar de eu ter vindo. Eu já esperava que ela fosse mandar eu dar o fora daqui depois de como a nossa conversa no corredor ontem terminou.

— Não sabia se você viria — digo, sentando-me na calçada, na frente dela.

Ela ergue a cabeça e dessa vez me olha nos olhos.

— Por que eu não viria? Não sou eu a problemática. Além disso, nenhum de nós é dono da rua.

Problemático?

Ela acha que sou *problemático?*

Não sou eu quem acredita nos boatos, é ela. Também não sou eu quem deixa bilhetes em seu armário, nem sou uma das muitas pessoas do colégio que a tratou mal para cacete. Na verdade, sou uma das poucas pessoas que foi legal com ela.

E ela acha que *eu* sou o problemático?

— Me dê as mãos — digo, imitando a posição dela. — Também preciso me alongar.

Ela lança um olhar de curiosidade para mim, mas segura minhas mãos e se inclina para trás, puxando-me para frente.

— Só para constar — falo. — Ontem não fui eu o problemático.

Dá para sentir que ela se inclina mais para trás, segurando meus punhos com mais força.

— Está insinuando que *eu* sou a problemática? — pergunta.

— E não é?

— Esclareça — diz ela. — Não gosto de coisas vagas.

Ela não gosta de coisas vagas.

Engraçado, eu também não. Gosto da verdade e é exatamente isso que estou tentando explicar para essa garota.

— Sky, se tem uma coisa que deve saber sobre mim é que não sou vago. Já disse que vou ser sempre sincero com você, e, para mim, ser vago é a mesma coisa que ser desonesto. — Troco de posição e a puxo para a frente enquanto me inclino para trás.

— Acabou de me dar uma resposta bastante vaga — diz ela.

— Você não me perguntou nada. Já disse que se quiser saber alguma coisa, é só me perguntar. Parece que você acha que me conhece, quando na verdade nunca me perguntou nada.

— Eu *não* conheço você — retruca ela.

Eu rio, pois ela tem toda a razão. Não me conhece nem um pouco e está me julgando bem rapidamente.

Nem sei por que estou me dando a todo esse trabalho. Está na cara que ela não *quer* que eu faça isso. Seria melhor ir logo embora e deixá-la pensar a idiotice que quiser.

Solto suas mãos e me levanto.

— Deixe para lá — murmuro, virando-me para ir embora. Por mais que goste de ficar na presença dela, também tenho meus limites.

— Espere — diz Sky, vindo atrás de mim.

Sinceramente esperava que ela fosse me deixar ir embora. Ouvir a palavra "espere" sair de sua boca e saber que está vindo atrás de mim faz o meu peito se sentir vivo de novo, o que me deixa furioso porque não quero que ela me afete tanto assim.

— O que foi que acabei de dizer? — pergunta ela, me alcançando. — Que *não* conheço você. Por que está todo irritado comigo de novo?

Todo irritado?

Sua escolha de palavras me deixa com vontade de sorrir, mas o fato de ela não reconhecer que passou dois dias *toda irritada* me deixa bastante revoltado. Paro de andar e me viro, dando dois passos em sua direção.

— Achei que depois de passar um tempo juntos nos últimos dias, você teria uma reação um pouco diferente no colégio. Já dei várias oportunidades para me perguntar o que quiser, mas, por algum motivo, prefere acreditar no que ouve por aí, apesar de não ter ouvido nada da *minha* boca. E, vindo de alguém que também é vítima de vários boatos, imaginei que não seria tão rápida em julgar.

Seus olhos estreitam-se e ela põe as mãos nos quadris.

— Então é isso? Você achou que a periguete novata se identificaria com o babaca que bate em gays?

Solto um murmúrio, frustrado. Odeio escutá-la falando de si mesma dessa maneira.

— Não faça isso, Sky.

Ela dá um passo na minha direção

— Não fazer o quê? Chamar você de babaca que bate em gays? Está bem. Vamos colocar em prática essa sua sinceridade. Você deu ou não deu uma surra tão grande num aluno no ano passado e, por isso, acabou sendo preso?

Quero segurá-la pelos ombros e sacudi-la de tanto que estou frustrado. Por que não percebe que está se comportando como todo mundo? Sei que ela não é como eles, então não entendo nem um pouco o seu comportamento. Uma pessoa que ignora boatos sobre si mesma não espalha boatos sobre outras pessoas. Então por que *acredita* neles, merda?

Olho-a nos olhos seriamente.

— Quando eu disse *não faça isso*, não estava me referindo a me insultar. Estava me referindo a insultar *a si mesma*. — Aproximo-me o máximo possível dela, o que a faz inspirar rapidamente e fechar a boca. Abaixo a voz e confirmo a única parte verdadeira dos boatos. — E, sim. Bati tanto que por pouco ele não morreu, e, se aquele canalha aparecesse na minha frente agora, eu faria tudo de novo.

Ficamos nos encarando em silêncio. Ela me olha com uma mistura de raiva e medo, e odeio o fato de ela sentir essas coisas. Sky dá um passo para trás lentamente, criando espaço entre nós, mas não desvia o olhar firme.

— Não quero correr com você hoje — diz ela diretamente.

— Também não estou muito a fim de correr com você.

Eu me viro no mesmo instante que ela e sou tomado imediatamente pelo arrependimento. Não consegui nada vindo até aqui hoje. Na verdade, acho que só piorei tudo. Eu não deveria precisar explicar que boa parte do que pensa sobre mim é mentira. Não deveria precisar me explicar para ninguém, e ela também não.

Mas me arrependo de *não* ter me explicado, pois preciso que ela saiba que não sou aquele cara.

Só não sei por que preciso que saiba disso.

Capítulo Doze e Meio

Less,

Lembra quando a gente tinha 14 anos e fiquei a fim da Ava? Você mal a conhecia, mas eu a obriguei a se tornar amiga dela só para que ela viesse na nossa casa e dormisse aqui. Foi a primeira garota que beijei e ficamos juntos duas semanas inteiras antes que ela começasse a me irritar. Infelizmente, quando terminamos, você já gostava de verdade dela. Então, depois daquilo, fui obrigado a vê-la com frequência durante um ano, até ela se mudar.

Sei que ficou triste quando ela se mudou, mas fiquei tão aliviado. Era constrangedor demais ter que interagir com a Ava regularmente depois daquilo.

Também sei que foi crueldade minha obrigar você a fazer amizade com ela só para que ela viesse dormir aqui em casa. Achei que tinha aprendido a lição e nunca mais pedi para você fazer aquilo de novo.

Bem, não aprendi a lição. Hoje fiquei desejando que você ainda estivesse aqui por motivos puramente egoístas, pois eu daria tudo para que você se tornasse amiga de Sky. Depois de correr com ela hoje de manhã, ficou bem claro que ela é irritante e irracional e teimosa e linda para cacete e quero demais parar de pensar nela, mas não consigo. Se você estivesse aqui, eu poderia pedir para se tornar amiga dela para que tivesse uma razão para vir na nossa casa, apesar de agora termos 18 anos e não 14. Mas quero uma desculpa para falar com ela novamente. Quero que Sky tenha mais uma oportunidade de me escutar, mas não sei como fazer isso. Não quero fazer isso no colégio e não estamos mais correndo juntos. Tirando aparecer na casa dela e bater na porta, não consigo pensar em nenhuma outra maneira de fazê-la falar comigo.

Pera aí. Essa ideia não é nada ruim.

Valeu, Less.

H

Capítulo Treze

— Vamos sair hoje? — pergunto a Daniel enquanto andamos até o estacionamento. Normalmente saímos nas noites de sexta, mas, na verdade, espero que hoje ele diga não. Alguns dias atrás, decidi que quero passar na casa de Sky hoje para tentar conversar com ela. Não sei se é uma boa ideia, mas sei que, se não tentar, vou terminar enlouquecendo de tanto me perguntar se isso teria mudado alguma coisa.

— Não posso — diz Daniel. — Vou sair com Val. Mas podemos sair amanhã. Ligo para você.

Faço que sim com a cabeça, e ele se vira na direção de seu carro. Abro a porta do meu, mas paro ao avistar o carro de Sky pelo canto do olho. Ela está encostada nele, conversando com Grayson.

Pela cena, acho que não estão apenas conversando.

Estaria mentindo se não admitisse que ver as mãos dele no corpo dela faz todos os meus músculos se contraírem. Apoio o braço na porta e os observo por algum motivo ridículo e masoquista.

Vendo daqui, ela não parece muito contente. Sky o afasta e dá um passo para longe. Observa-o enquanto fala, mas ele se aproxima e a abraça mais uma vez. Dou um passo para longe do carro, preparando-me para cruzar o estacionamento e tirar esse ignorante de cima dela. Está claro que ela não o quer encostando nela, mas paro e dou um passo para trás quando parece que ela cede. Assim que ele se inclina para beijá-la, preciso desviar o olhar.

É fisicamente impossível ver isso. Não a entendo. Não entendo o que ela vê nele e realmente não entendo por que parece que não me suporta quando, na verdade, o babaca é ele.

Talvez eu esteja errado sobre Sky. Talvez seja *mesmo* como o resto do pessoal. Talvez eu estivesse apenas desejando que ela fosse diferente.

Mas talvez *não*.

Ao olhar novamente, vejo como ela reage ao que ele faz. Seus braços ainda estão ao redor do corpo dela, e parece que ainda está beijando seu pescoço ou ombro ou onde quer que a porra de sua boca esteja. Mas podia jurar que ela acabou de revirar os olhos.

Agora está olhando o relógio, sem reagir a nada do que ele faz. Ela abaixa o braço, põe as mãos nas laterais do corpo e fica parada, parecendo mais incomodada do que interessada.

Continuo observando os dois e fico cada vez mais confuso com a falta de interesse dela. A expressão em seu rosto é praticamente inanimada até o instante em que seus olhos encontram os meus. Seu corpo inteiro fica tenso e os olhos arregalam-se. Desvia o olhar imediatamente e empurra Grayson para longe. Vira-se de costas e entra no carro. Estou longe demais para escutar o que ela diz, mas o fato de estar indo embora enquanto ele mostra os dois dedos do meio prova que o que quer que ela tenha dito não era o que ele queria ouvir de jeito nenhum.

Sorrio.

Ainda estou confuso, ainda estou com raiva, ainda estou intrigado e ainda planejo aparecer na casa dela essa noite. Especialmente depois de testemunhar seja lá o que for que acabei de testemunhar.

Toco a campainha e espero.

Estou uma pilha de nervos nesse momento, mas só porque não faço a mínima ideia de como ela vai reagir ao me ver aqui. Também não sei que merda vou dizer quando ela enfim abrir a porta.

Toco a campainha novamente após esperar vários instantes. Tenho certeza de que sou a última pessoa que ela esperava ver aqui numa sexta à noite.

Merda. É sexta à noite. Provavelmente Sky nem está em casa

Escuto passos se aproximando e a porta se abre. Ela está parada na minha frente, toda desgrenhada. O cabelo está preso num rabo de cavalo frouxo, mas algumas mechas caíram ao redor do seu rosto. Está com um pó branco espalhado pelo nariz e pela bochecha e até mesmo em algumas das mechas soltas ao redor do rosto. Está uma graça. E chocada.

Vários segundos se passam sem que nenhum de nós faça nada, então percebo que eu que deveria falar alguma coisa considerando que apareci na casa dela.

Nossa, por que tudo nela me deixa tão confuso?

— Oi — diz Sky.

Sua voz calma é como uma brisa fresca. Ela não parece estar com raiva por eu ter aparecido sem avisar.

— Oi — respondo.

Após mais uma rodada de silêncio constrangedor, ela inclina a cabeça para o lado.

— Hum... — Estreita os olhos e enruga o nariz, e percebo que não sabe o que dizer ou fazer.

— Está ocupada? — pergunto, sabendo pela sua aparência bagunçada que estava trabalhando pesado no que quer que estivesse fazendo.

Ela vira-se e olha para dentro de casa, e depois fica de frente para mim novamente.

— Mais ou menos.

Mais ou menos.

Interpreto a resposta como deve ser interpretada. Está na cara que não quer ser mal-educada, mas essa minha ideia idiota de aparecer aqui sem avisar não passou disso... de uma ideia idiota.

Olho para o meu carro atrás de mim, calculando a distância da caminhada vergonhosa que estou prestes a fazer.

— Ok — digo, apontando para o carro por cima do ombro. — Acho que... vou embora. — Desço o degrau e começo a me virar, desejando estar em algum outro lugar, e não nessa situação constrangedora.

— Não — diz ela, rapidamente. Dá um passo para trás e abre a porta para mim. — Pode entrar, mas pode ser que precise me ajudar.

Um alívio imediato toma conta de mim e faço que sim com a cabeça, entrando na casa. Após uma rápida olhada na sala, percebo que ela parece estar sozinha. Espero que sim, pois tudo ficaria muito mais fácil se estivéssemos a sós.

Ela passa por mim e entra na cozinha. Pega o copo de medidas e volta a fazer o que quer que estivesse fazendo antes de eu aparecer aqui. Está de costas para mim, em silêncio. Lentamente, vou até a cozinha e olho para os doces que ela assou e deixou em cima do balcão.

— Vai fazer doces para vender? — pergunto, dando a volta no balcão para que ela não fique completamente de costas para mim.

— Minha mãe vai passar o fim de semana fora — responde ela, olhando para mim. — Ela é contra o consumo de açúcar, então dou uma enlouquecida quando não está aqui.

A mãe viaja e ela aproveita para fazer doces? Não entendo mesmo essa garota. Estendo o braço na direção do prato com cookies no balcão entre a gente e pego um, olhando para ela para ver se posso provar.

— Pode se servir — diz ela. — Mas vou logo avisando: só porque gosto de assar doces não significa que sejam bons.

— Então fica com a casa inteira para você e passa a noite de sexta cozinhando? Que adolescente mais típica — brinco. Dou uma mordida no cookie e *meudeusdocéu*. Como sabe cozinhar. Estou gostando mais ainda dela.

— O que posso dizer? — retruca ela, dando de ombros. — Sou uma rebelde.

Sorrio e olho para o prato de cookies mais uma vez. Deve ter uma dúzia e planejo comer pelo menos metade antes que ela me expulse de sua casa. Vou precisar de leite.

Ela ainda está bem concentrada na tigela em sua frente, então decido que vou encontrar um copo sozinho.

— Tem leite? — pergunto, indo até a geladeira. Ela não me responde, então abro a geladeira, tiro o leite e me sirvo. Após comer o resto do cookie, tomo um gole. Faço uma careta, pois não sei que merda é isso, mas não é leite de verdade. Ou vai ver está estragado. Olho para a embalagem antes de fechar a geladeira e vejo que é leite de amêndoas. Não quero ser mal-educado, então tomo outro gole e me viro.

Ela está olhando diretamente para mim de sobrancelha erguida. Sorrio.

— Não devia oferecer cookies sem leite, sabia? É uma péssima anfitriã. — Pego outro cookie e me sento na frente do balcão.

Ela sorri antes de se virar para o balcão novamente.

— Tento guardar a hospitalidade para as pessoas que foram *convidadas.*

Eu rio.

— Essa doeu.

Mas é bom ouvir sarcasmo na sua voz, pois assim fico menos tenso. Ela liga o mixer e continua concentrada na tigela em sua frente. Adoro o fato de ela não ter perguntado o motivo da minha visita. Sei que está se perguntando o que estou fazendo aqui, mas, com base nas nossas interações passadas, também sei que é incrivelmente teimosa e que é muito provável que nem pergunte o que vim fazer aqui, por mais que queira saber.

Ela desliga o mixer, solta as lâminas, leva uma até a boca e lambe.

Puta merda.

Engulo a seco.

— Quer? — pergunta ela, estendendo uma lâmina para eu pegar. — É chocolate alemão.

— Quanta hospitalidade.

— Cale a boca e lamba, ou vou ficar com isso para mim — fala ela, provocante. Sorri, vai até o armário e depois enche um copo de água. — Quer um pouco de água ou prefere continuar fingindo que aguenta essa merda vegana?

Rio e empurro meu copo imediatamente para ela.

— Estava tentando ser educado, mas não aguento nem mais um gole, seja lá o que isso for. Sim, água. *Por favor.*

Ela ri, enche o copo com água e se senta na minha frente. Pega um brownie e dá uma mordida, mantendo o contato visual. Ela não diz nada, mas sei que está curiosa para saber por que estou aqui. O fato de ainda não ter perguntado, contudo, me faz admirar sua teimosia.

Sei que devia explicar por que apareci aqui do nada, mas também sou um pouco teimoso e estou a fim de prolongar mais um pouco esse nosso dilema. Meio estou curtindo isso.

Ficamos nos observando em silêncio até ela quase terminar de comer o brownie. A maneira como ela meio que sorri para mim enquanto come faz o meu pulso disparar. Se eu não desviar o olhar, vou terminar desembuchando tudo o que quero dizer de uma vez só.

Para evitar isso, levanto e vou até a sala dar uma olhada. Não posso passar nem mais um segundo vendo-a comer e preciso me concentrar para lembrar por que estou aqui, pois até mesmo *eu* estou começando a esquecer.

Há várias fotos nas paredes, então me aproximo para olhá-las. Não tem nenhuma foto em que ela esteja com menos de determinada idade, mas fico chocado ao ver as fotos em que ela era mais nova do que agora. Ela é mesmo igualzinha à Hope.

É surreal ver os olhos grandes e castanhos da garotinha na foto. Se não fosse o fato de que está com a mãe em várias fotos, eu teria certeza de que é mesmo Hope.

Mas não pode ser, pois a mãe de Hope faleceu quando ela era bem pequena. A não ser que Karen não seja a mãe de Sky.

Odeio ainda pensar nessas coisas.

— Sua mãe parece ser bem jovem — digo, percebendo **a** pequena diferença de idade entre as duas.

— Ela *é.*

— Você não se parece com ela. Se parece com seu pai?

Sky dá de ombros.

— Não sei. Não me lembro da aparência dele.

Ela parece triste ao dizer isso, mas estou curioso para saber por que não se lembra da aparência do pai.

— Seu pai faleceu?

Ela suspira. Percebo que fica constrangida ao falar desse assunto.

— Não sei. Não o vejo desde que tinha 3 anos. — Está na cara que não está muito a fim de entrar em detalhes. Volto para **a** cozinha e me sento mais uma vez.

— É só isso? Não vai me contar nenhuma história?

— Ah, tenho uma história, sim. Só não estou a fim de contá-la.

Dá para perceber que não vou conseguir obter mais nenhuma informação agora, então mudo de assunto.

— Seus cookies estavam bons. Você não devia falar mal de sua habilidade culinária.

Ela sorri, mas o sorriso desaparece no instante em que o celular em cima do balcão faz um barulho, indicando uma mensagem nova. Olho para ele enquanto ela pula e vai correndo até o fogão. Abre para conferir o bolo e percebo que achou que o barulho tinha vindo do fogão e não do celular.

Pego o telefone enquanto ela fecha o forno e olha para mim.

— Você recebeu uma mensagem. — Rio. — Seu bolo está bem.

Ela revira os olhos, joga a luva de cozinha em cima do balcão e se senta novamente. Fico curioso a respeito do celular, pois no início da semana ela me disse que não tinha um.

— Achei que você não pudesse ter telefone — digo, olhando para todas as mensagens enquanto desço o dedo pela tela. — Ou foi só uma desculpa ridícula para não me dar seu número?

— Eu *não* posso. Minha melhor amiga me deu isso há alguns dias. Ele não faz nada, só manda e recebe mensagens de texto.

Viro o telefone para ela.

— Que tipo de mensagens são essas? — Leio uma em voz alta. — *Sky, você é linda. É bem possível que você seja a criatura mais encantadora de todo o universo e se alguma pessoa contestar isso, caio na porrada com ela.* — Olho para ela; as mensagens me deixam mais curioso ainda a seu respeito. — Ai, meu Deus. São todas assim. Por favor, não me diga que você manda essas mensagens para si mesma como uma espécie de motivação diária.

Ela ri e arranca o telefone da minha mão.

— Pare. Você está acabando com a graça da brincadeira.

— Meu Deus, é sério? Foi você mesma que mandou todas essas mensagens?

— Não! — diz ela, na defensiva. — São de Six. Ela é minha melhor amiga e está do outro lado do mundo com saudades de mim. Não quer que eu fique triste, então me manda mensagens legais todos os dias. Acho meigo.

— Ah, não acha mesmo — falo. — Você acha irritante e provavelmente nem lê.

— A intenção é boa — diz ela, cruzando os braços defensivamente.

— Elas vão arruinar você — brinco. — Essas mensagens vão inflar tanto seu ego que você vai acabar explodindo. — Vou para as configurações do celular e coloco o número dela no meu telefone. Não vou sair daqui sem o seu número de maneira alguma, e essa é a desculpa perfeita para pegá-lo. —

Precisamos corrigir essa situação antes que você comece a ter ilusões de grandeza. — Devolvo o telefone para ela e envio uma mensagem.

Seus cookies são péssimos. E você não é tão bonita assim.

— Melhorou? — pergunto depois que ela lê. — O seu ego desinflou o bastante?

Ela ri e coloca o telefone no balcão com a tela virada para baixo.

— Você sabe mesmo dizer o que uma garota quer ouvir. — Ela vai até a sala e se vira para mim. — Quer conhecer o resto da casa?

Não hesito. É lógico que quero. Sigo-a pela casa e escuto o que ela diz. Finjo estar interessado em tudo que ouço, mas na verdade só consigo me concentrar no som de sua voz. Sky podia passar a noite inteira falando e eu nunca me cansaria de escutá-la.

— Meu quarto — diz ela, abrindo a porta. — Pode entrar e dar uma olhada, mas, como não tem ninguém de 18 anos ou mais na casa, fique longe da cama. Não posso engravidar esse fim de semana.

Paro enquanto passo pela porta e olho para ela.

— Só *nesse* fim de semana? — pergunto, com a mesma sagacidade. — Está planejando engravidar no próximo, é?

Ela sorri e continuo entrando no quarto.

— Que nada — retruca ela. — Provavelmente vou esperar mais algumas semanas.

Eu não devia estar aqui. Cada minuto que passamos juntos me faz gostar dela mais e mais. Agora estou no seu quarto e não tem ninguém na casa além de nós dois, sem falar nessa cama entre a gente em que, segundo ela, não posso encostar.

Eu não devia estar aqui.

Vim para mostrar que sou o cara legal, e não o babaca. Então por que estou olhando para sua cama e tendo pensamentos nada corretos?

— Eu tenho 18 anos — afirmo, sem conseguir parar de imaginar como ela deve ficar quando está deitada nessa cama.

— Que legal? — diz ela, confusa.

Sorrio para ela e aponto a cabeça na direção da cama para explicar.

— Você disse que eu precisava ficar longe de sua cama porque não tinha 18 anos. Só estou confirmando que tenho 18 anos.

Seus ombros ficam tensos e ela inspira rapidamente.

— Ah. — diz, levemente agitada. — Bem, na verdade eu quis dizer 19.

Gostei um pouco demais de sua reação, então tento me concentrar e lembrar por que estou aqui.

E *por que* estou aqui, hein? Pois agora meu único pensamento é *cama, cama, cama*.

Estou aqui porque quero deixar algo bem claro. Algo muito necessário e relevante. Eu me distancio o máximo possível da cama e acabo chegando perto da janela.

A mesma janela de que tanto ouvi falar no colégio durante a semana. É incrível o quanto alguém descobre ficando calado e prestando atenção.

Coloco a cabeça lá fora, dou uma olhada e volto para dentro. Não gosto que a deixe aberta. Não é seguro.

— Então essa é a famosa janela, hein?

Se esse comentário não fizer a nossa conversa tomar a direção que quero, não sei o que vai fazer.

— O que você quer, Holder? — pergunta ela, firmemente.

Viro em sua direção e ela me encara com intensidade.

— Eu disse algo de errado, Sky? Ou alguma mentira? Talvez algo infundado?

Ela vai imediatamente até a porta e fica segurando-a.

— Você sabe exatamente o que disse e conseguiu a reação que queria. Está contente? Agora pode ir embora.

Odeio o fato de estar deixando-a com raiva, mas ignoro o seu pedido para que eu vá embora. Desvio o olhar, vou para o lado da cama e pego um livro. Finjo folheá-lo enquanto penso em como iniciar a conversa.

— Holder, estou pedindo com o máximo de educação possível. Por favor, vá embora.

Ponho o livro no lugar e me sento na cama, apesar de ela ter dito para não fazer isso. Sky já está furiosa comigo mesmo. Que diferença vai fazer?

Ela anda firmemente até a cama e segura minhas pernas, querendo me puxar para fora. Em seguida, estende os braços e agarra meus pulsos para que eu me levante, mas a puxo para a cama e a viro, deixando-a de costas e segurando seus braços no colchão.

Agora seria uma boa hora para dizer o que eu vim dizer, pois já a deixei zangada. Quero dizer que *não sou* o cara que ela acha que sou. Que não passei um ano na prisão. Que não bati naquele garoto porque ele era gay.

Mas aqui estou eu, segurando-a no colchão, sem ter a mínima ideia de como as coisas chegaram a esse ponto, e não consigo raciocinar direito. Ela não está se debatendo para sair de debaixo de mim e nós dois estamos apenas nos encarando, como se estivéssemos desafiando um ao outro a tomar a iniciativa.

Meu coração está martelando contra o peito e, se eu não desviar o olhar agora, vou terminar fazendo alguma coisa com esses lábios, o que só pode resultar em tapa.

Ou em beijo.

A ideia é tentadora, mas não arrisco. Solto seus braços e passo o dedão na ponta de seu nariz.

— Farinha. Estava me incomodando — digo. Eu me afasto e me encosto na cabeceira.

Ela não se mexe. Respira fortemente e encara o teto. Não sei o que está pensando, mas pelo menos não está mais tentando me expulsar do quarto, o que é bom.

— Não sabia que ele era gay. — falo.

Ela vira a cabeça para mim, ainda deitada. Não diz nada, então aproveito a oportunidade para explicar com mais detalhes enquanto tenho toda a sua atenção.

— Bati nele porque ele era um babaca. Não fazia ideia de que era gay.

Ela olha para mim inexpressivamente e depois vira a cabeça de volta para o teto. Dou um instante para ela pensar no que acabei de dizer. Ou vai acreditar em mim e se sentir culpada ou *não* vai acreditar em mim e continuará furiosa. No entanto, não quero que se sinta culpada *nem* furiosa. Mas não temos nenhum outro sentimento para escolher nessa situação.

Continuo em silêncio, querendo que ela demonstre *alguma* reação.

Escutamos um barulho da cozinha que realmente parece o timer do forno e não o telefone.

— Bolo! — grita ela. Sky dá um pulo, sai do quarto e eu fico sozinho na sua cama, no seu quarto. Fecho os olhos e encosto a cabeça na cabeceira.

Quero que ela acredite em mim. Quero que confie em mim e que saiba a verdade sobre o meu passado. Algo me diz que Sky não é igual a todas as pessoas que conheci e que me desapontaram. Só espero que não esteja errado, pois gosto de ficar perto dela. Com ela, sinto como se eu tivesse algum propósito na vida. Não sinto isso há mais de treze meses.

Olho para cima quando ela reaparece no quarto e sorri timidamente. Está com um cookie na boca e outro na mão. Estende-o para mim e se deita ao meu lado na cama. Sua cabeça encosta no travesseiro e ela suspira.

— Acho que chamar você de babaca que bate em gays foi precipitado de minha parte então, não é? Você não é um homofóbico preconceituoso que passou o último ano na cadeia, é?

Missão cumprida.

E foi bem mais fácil do que pensei.

Sorrio e desço na cama até ficar deitado ao seu lado.

— Não. — digo, olhando para as estrelas coladas no teto. — De jeito algum. Passei o último ano inteiro morando com meu pai em Austin. Não sei nem de onde tiraram essa história de que fui preso.

— Por que não se defende dos boatos se eles não são verdadeiros?

Que pergunta estranha vindo de alguém que não se defendeu em nenhum momento durante toda a semana. Olho para ela.

— Por que *você* não faz isso?

Ela assente com a cabeça silenciosamente.

— Touché.

Nós dois olhamos de volta para o teto. Fico contente por ter sido tão fácil fazê-la mudar de ideia. E por ela não ter entrado numa discussão sobre o assunto, especialmente sabendo o quanto é teimosa.

E porque eu estava certo a seu respeito.

— E seu comentário mais cedo sobre a janela? — pergunta ela. — Estava apenas querendo provar essa questão dos boatos? Não estava tentando ser malvado?

Odeio o fato de ela ter achado que eu estava querendo ser cruel, mesmo que apenas por um instante. Não quero que pense isso sobre mim nunca.

— Não sou malvado, Sky.

— Você é intenso. Disso eu sei.

— Posso ser intenso, mas malvado, não.

— Bem, e eu não sou uma puta.

— Não sou um babaca que bate em gays.

— Então agora tudo ficou resolvido?

Dou uma risada.

— É, acho que sim.

Ficamos em silêncio por um instante até ela inspirar longa e profundamente.

— Me desculpe, Holder.

— Eu sei, Sky — digo. Não vim aqui atrás de um pedido de desculpas. Não quero que se sinta culpada por seu equívoco.

— Eu sei.

Ela não diz mais nada e continuamos encarando as estrelas. Agora estou confuso, pois nós dois estamos em sua cama e, por mais que eu queira ignorar a atração que sinto por ela, isso fica meio complicado quando estamos a apenas centímetros de distância.

Fico curioso querendo saber se ela *me* acha atraente. Tenho quase certeza que sim, considerando as pequenas coisas que faz quando estou por perto e que tenta disfarçar. Como as vezes em que a flagrei encarando meu peitoral quando corremos juntos. Ou como inspira quando me aproximo para falar com ela. Ou como sempre parece tentar não sorrir quando está se esforçando para ficar com raiva de mim.

Não tenho certeza sobre o que ela acha de mim nem sobre o que sente, mas uma coisa eu sei... com certeza Sky não age comigo com a mesma indiferença que demonstra em relação a Grayson.

Pensar naquele incidente e em como algumas horas atrás ela o beijava me faz franzir o rosto. Talvez não seja apropriado perguntar sobre isso, mas não consigo parar de pensar no quanto odeio a ideia de ela beijar alguém, *especialmente* Grayson. E para que a possibilidade de eu beijá-la exista, preciso saber que não vai beijá-lo de novo.

Nunca mais.

— Preciso perguntar uma coisa — digo. Me preparo para mencionar o assunto, sabendo que é bem provável que ela não queira falar sobre isso. Mas preciso saber o que sente por ele.

Inspiro profundamente e me viro para ela. — Por que deixou Grayson fazer aquilo com você no estacionamento?

Sky franze o rosto e balança a cabeça bem sutilmente

— Já disse. Ele não é meu namorado e não foi ele que me deixou com o olho roxo.

— Não estou perguntando por causa de nada disso. — respondo, apesar de estar. — Estou perguntando porque vi como você reagiu. Estava irritada com ele. Até parecia um pouco entediada. Só queria saber por que deixa ele fazer essas coisas se está na cara que não quer que ele encoste em você.

Ela fica em silêncio por um segundo.

— Minha falta de interesse era tão óbvia assim?

— Sim. E a 50 metros de distância. Só me surpreende ele não ter se ligado.

Ela se vira imediatamente e apoia a cabeça no braço.

— É mesmo, não é? Eu o rejeitei tantas vezes, mas ele simplesmente não para. É muito ridículo. E nada atraente.

Não tenho nem palavras para descrever o quanto é bom escutá-la dizer isso

— Então por que deixa ele fazer isso?

Ela continua me olhando bem nos olhos, mas não responde. Estamos a centímetros de distância. Na cama dela. A sua boca está logo aqui.

Tão perto.

Nós dois nos deitamos de costas quase simultaneamente.

— É complicado — diz ela. Sua voz parece triste, e não vim aqui para deixá-la triste de maneira alguma.

— Não precisa explicar. Só estava curioso. Mas não é da minha conta.

Ela leva os braços para trás da cabeça e apoia a cabeça nas mãos.

— Você já teve algum namoro sério?

Não faço ideia de onde ela quer chegar com essa pergunta, mas pelo menos está dizendo alguma coisa, então entro no jogo.

— Já — afirmo. — Mas espero que não queira perguntar mais sobre isso, pois não toco nesse assunto.

— Não é por isso que estou perguntando — diz ela, balançando a cabeça. — Quando você a beijava, o que sentia?

Não sei *mesmo* aonde quer chegar com isso. Mesmo assim, dou a ela o que ela quer. É o mínimo que posso fazer depois de aparecer aqui sem avisar e praticamente insultar sua reputação antes de esclarecer o que queria.

— Quer uma resposta sincera, não é?

— É tudo o que sempre vou querer — responde ela, repetindo minhas próprias palavras.

Sorrio.

— Tudo bem. Acho que me sentia... com tesão.

Após dizer a palavra tesão, posso jurar que Sky arfa. Mas se recupera rapidamente.

— Então você sente frio na barriga, as palmas das mãos suadas, o coração acelerado e todas essas coisas? — pergunta ela.

— Sinto. Não com todas as garotas com quem já fiquei, mas com a maioria.

Ela inclina a cabeça para mim e ergue a sobrancelha, o que me faz sorrir.

— Não foram *tantas* assim — digo. Pelo menos não *acho* que tenham sido tantas. Não sei que número é considerado alto demais, e mesmo assim as pessoas usam escalas diferentes para medir as coisas. — Aonde quer chegar com isso? — pergunto, aliviado por ela não me pedir para dizer exatamente quantas foram.

— Estou querendo dizer que *não* sinto nada disso. Quando fico com garotos, não sinto absolutamente nada. Apenas apatia. Então, às vezes, deixo Grayson fazer essas coisas comigo não porque curto, mas porque gosto de não sentir absolutamente nada.

Não estava esperando essa resposta de jeito nenhum. Não sei se *gosto* dessa resposta. Quer dizer, é bom saber que ela realmente não sente nada por Grayson, mas odeio o fato de que isso não a impediu de deixá-lo tentar o que queria.

Também não gosto de ela ter admitido que nunca sente nada, pois posso dizer com sinceridade que, quando estou perto dela, sinto *mais* coisas do que já senti na vida.

— Sei que não faz sentido, e, não, não sou lésbica. É só que nunca me senti atraída por ninguém antes de você, e não sei explicar isso.

Eu me viro rapidamente e olho para ela, sem saber se ouvi corretamente. Mas, com base na sua reação e na maneira como seu braço cobre imediatamente o rosto, tenho certeza de que ouvi corretamente.

Ela se sente atraída por mim.

E não pretendia admitir em voz alta.

E tenho certeza de que essa confissão acidental me fez ganhar o ano inteiro.

Estendo o braço e deslizo os dedos ao redor de seu punho, tirando seu braço do rosto. Sei que está envergonhada, mas não vou deixar isso de lado de maneira alguma.

— Você se sente atraída por mim?

— Ai, meu Deus — lamenta-se. — Essa é a última coisa que seu ego precisa ouvir.

— É verdade — admito, rindo. — É melhor me insultar logo, antes que meu ego fique tão grande quanto o seu.

— Está precisando cortar o cabelo — diz ela, rapidamente. — Urgente. Ele fica caindo nos olhos, e você os aperta e também fica afastando a franja, como se fosse o Justin Bieber. Isso distrai muito a pessoa.

Sei que ela não tem acesso à tecnologia, então nem menciono o fato de que Justin Bieber cortou o cabelo há muito tempo. Fico desapontado até mesmo por eu saber disso. Puxo meu cabelo com os dedos e caio de volta no travesseiro.

— Caramba. Isso me magoou mesmo. E, pelo visto, você está com isso na cabeça há um tempo.

— Só desde segunda — confirma ela.

— Você me *conheceu* na segunda. Então tecnicamente tem pensado no quanto odeia meu cabelo desde que nos conhecemos?

— Não o tempo *inteiro*.

Rio. Fico me perguntando se é possível se apaixonar por uma característica de cada vez ou se o normal é se apaixonar pela pessoa inteira de uma vez só. Porque acho que acabei de me apaixonar pela sua sagacidade. E pela sua franqueza. Talvez até por sua boca, mas não vou me deixar encará-la por tempo suficiente para confirmar isso.

Merda. Já são três características e estou aqui há apenas uma hora.

— Não acredito que você me acha atraente — digo, quebrando o silêncio.

— Cale a boca.

— Você provavelmente fingiu que desmaiou naquele dia só para ser carregada nos meus lindos braços másculos e suados.

— Cale a boca — diz ela, novamente.

— Aposto que fica fantasiando comigo durante a noite, bem aqui nesta cama.

— Cale a boca, Holder.

— Você já deve até...

Ela tapa minha boca com a mão.

— Você é bem mais atraente quando não está falando.

Calo a boca, mas só porque quero parar e curtir um pouco o fato de que essa noite está sendo bem melhor do que jamais imaginei. A cada segundo que se passa, gosto dela mais e mais. Gosto do seu senso de humor e gosto do fato de que ela compreende o *meu* senso de humor. Tirando Less, ela é a primeira garota tão rápida quanto eu, e estou adorando isso.

— Estou entediado — digo, esperando que ela sugira uma sessão de beijos bem interessante em vez de ficar encarando o teto. No entanto, se minhas opções forem somente encarar o teto a noite inteira e ir para casa, aceito fazer isso com alegria.

— Então vá para casa.

— Não quero. — falo, decididamente. — O que você faz quando fica entediada? Aqui não tem internet nem televisão. Passa o dia inteiro pensando no quanto sou gostoso?

— Eu leio — diz ela. — Muito. Às vezes cozinho. Outras vezes corro.

— Ler, cozinhar e correr. E fantasiar comigo. Que vida empolgante.

— Gosto dela.

— Eu também meio gosto dela — digo. E gosto *mesmo*. Já temos a corrida em comum. E talvez ela não tenha percebido, mas também temos em comum a parte de fantasiar um com o outro. Não cozinho, mas gosto do que *ela* cozinha.

Assim, sobra a leitura. Leio quando é necessário, o que não acontece muito. Mas de repente quero saber tudo sobre o que a interessa. Se a leitura a interessa, também me interessa. Estendo o braço e pego um livro em sua mesa de cabeceira.

— Tome, leia isso.

— Quer que eu leia em voz alta? Está tão entediado assim?

— Entediado para caramba.

— É um romance — diz ela como se estivesse me advertindo.

— Já disse. Estou entediado para caramba. Leia.

Ela dá de ombros, ajeita o travesseiro e começa a ler.

— *Eu tinha quase três dias de vida quando o hospital os obrigou a tomar uma decisão. Eles concordaram em pegar as três primeiras letras de cada nome e chegaram ao meio-termo: Layken...*

Ela continua lendo e eu a deixo ler. Depois de vários capítulos, não sei mais se a minha pulsação acelerada é consequência de passar tanto tempo ouvindo sua voz ou da tensão sexual do livro. Talvez sejam as duas coisas. Sky devia mesmo pensar em fazer uma carreira em dublagem ou livros em áudio ou algo assim, pois a voz dela é...

— *Ele percorre a sala...*

A voz dela está ficando mais baixa.

— *E se inclina para baixo, agarrando os...*

E... ela apaga. O livro cai em seu peito e eu rio baixinho, mas não me levanto. Ela ter pegado no sono não significa que eu queira ir embora.

Fico deitado com ela por meia hora, confirmando o fato de que, sim, estou realmente apaixonado por sua boca. Observo-a dormir até meu telefone fazer barulho. Afasto-a de mim, deixo-a deitada e tiro o celular do bolso.

Cara. Sou eu, Daniel. Val é louca pra cacete e acho que estou naquele Burker Ging e vem me buscar não consigo dirigir. Estou bêbado e odeio ela.

Respondo imediatamente.

Ótima ideia. Fique aí. Chego em meia hora.

Ponho o celular de volta no bolso, mas faz barulho de nova mensagem mais uma vez.

Holder?

Balanço a cabeça e respondo com uma mensagem que diz "Sim?". Ele responde imediatamente.

Ah, que bom. Só queria garantir que era vc, cara.

Caraca. Ele está mais do que *bêbado*.

Levanto, tiro o livro de suas mãos e o coloco na mesa de cabeceira. Deixo marcado na página em que parou, assim vou ter uma desculpa para voltar aqui amanhã. Vou até a cozinha e passo os próximos dez minutos arrumando sua bagunça Dá até para achar que ela tem algum ressentimento relacionado a farinha, considerando a quantidade que tive que limpar. Depois de embrulhar toda a comida em papel-filme (tirando os cookies que eu talvez tenha pego), volto para o quarto e sento na beira da cama.

Ela está roncando.

Adorei.

Merda. Já são quatro coisas então.

Preciso mesmo ir embora.

Antes de me levantar para ir, me inclino lentamente para a frente, hesitando, pois não quero acordá-la. Mas não posso ir embora sem uma pequena prévia. Continuo me inclinando para perto até minha boca roçar seus lábios, e a beijo.

Capítulo Treze e Meio

Less,

sky, sky, sky, sky, sky, sky, sky, sky, sky.

Pronto. É bom se acostumar, pois tenho a impressão de que só vou falar dela por um tempo. Meu Deus, Less. Nem tenho palavras para explicar o quanto essa garota é perfeita. E quando digo perfeita, quero dizer imperfeita, porque tem muita coisa de errado com ela. Mas tudo que tem de errado é tudo que me atrai e a torna perfeita.

Ela é totalmente grosseira comigo, adoro isso. É teimosa, adoro isso. É esperta e sarcástica e todo comentário sagaz que sai de sua boca é música para meus ouvidos, pois é exatamente isso que quero ouvir. Ela é o que preciso e não quero que mude nada. Não tem absolutamente nada nela que eu mudaria.

Mas tem uma coisa que me preocupa: ela parece ser um pouco fria emocionalmente. E, por mais que isso tenha sido bem óbvio quando a vi com Grayson, não percebo nada disso quando está comigo. Estou quase convencido de que ela sente algo diferente por mim, mas seria mentira dizer que não estou preocupado com a possibilidade de ela não sentir nada se eu a beijar. Porque caramba, Less, quero beijá-la para cacete, mas estou morrendo de medo. Tenho medo de beijá-la antes da hora, fazendo com que o beijo seja igual a todos os outros beijos que ela já deu. E assim ela não sentiria nada.

Não quero que ela não sinta nada quando eu a beijar. Quero que sinta tudo.

H

Capítulo Catorze

O que quer fazer hoje à noite?

Leio a mensagem de Daniel e respondo.

Foi mal. Tenho planos.

PQP, periquita fresca?! Não! Eu. Você. Planos.

Não posso. Certeza que tenho um encontro.

Sky?

Sim.

Posso ir?

Não.

Posso ter um encontro com você no próximo sábado então?

Claro, linda.

Não vejo a hora, docinho.

Rio da mensagem de Daniel, mudo a tela e encontro o número de Sky. Não tenho notícias suas desde que pegou no sono em cima de mim ontem à noite, então nem tenho certeza se ela quer que eu vá para sua casa essa noite.

Que horas posso ir praí? Não que esteja ansioso ou algo assim. Você é muito, muito chata.

Depois de apertar enviar, recebo mais uma mensagem de um número que não conheço.

Se está saindo com minha menina, compre seus próprios minutos pré-pagos e pare de desperdiçar os meus, babaca.

A única pessoa que conheço que usa minutos pré-pagos é Sky. E ela disse que foi sua melhor amiga quem comprou o telefone para ela, então realmente espero que essa mensagem seja dessa amiga, e não de outra pessoa. Respondo imediatamente, esperando descobrir mais alguma coisa.

Como compro mais minutos?

Assim que aperto enviar, recebo a resposta de Sky.

Chegue às 19 horas. E traga alguma coisa para comer. Não vou cozinhar para você.

Mal-educada.
Adoro.

Ela mandou outra mensagem enquanto eu estava no mercado, dizendo para eu chegar logo. Gostei demais de saber que Sky quer que eu chegue mais cedo. Gostei demais. Estou gostando demais *dela*. Estou gostando demais de todo esse *fim de semana*.

A porta se abre apenas alguns instantes depois de eu tocar a campainha. Ela sorri assim que me vê e eu solto um palavrão baixinho, porque é mais uma coisa a seu respeito pela qual acabei de me apaixonar. Ela olha para as sacolas de compras nas minhas mãos e ergue a sobrancelha.

Dou de ombros.

— Um de nós precisa cuidar da hospitalidade. — Subo os degraus, passo por ela e vou até a cozinha. — Espero que goste de espaguete com almôndegas, pois é isso o que vai comer.

— Vai cozinhar para mim? — pergunta ela, ceticamente, por trás de mim.

— Na verdade, vou cozinhar para *mim*, mas pode comer um pouco se quiser. — Olho para ela e sorrio para que perceba que estou brincando.

— Você é sempre tão sarcástico?

Dou de ombros.

— *Você é?*

— Você sempre responde com outras perguntas?

— *Você faz·isso?*

Ela tira uma toalha do balcão e a joga em mim, mas eu desvio.

— Quer beber alguma coisa? — pergunto.

— Está me oferecendo algo para beber na minha própria casa?

Vou até a geladeira e dou uma olhada nas prateleiras, mas minhas opções são poucas.

— Quer leite que tem gosto de bunda ou refrigerante?

— E temos refrigerante?

Dou uma olhada para ela e sorrio.

— Será que não somos capazes de dizer alguma coisa que não seja uma pergunta?

— Não sei, somos?

— Por quanto tempo acha que a gente consegue fazer isso? — pergunto, tirando o último refrigerante da geladeira. — Quer gelo?

— *Você* vai querer gelo?

Caraca, como ela é fofa.

— Você *acha* que eu devia querer gelo?

— Você *gosta* de gelo?

É rápida. Estou impressionado.

— Seu gelo é bom?

— Bem, você prefere gelo em cubo ou gelo esmagado?

Quase respondo em cubo, mas percebo que isso não seria uma pergunta. Estreito os olhos e a fulmino com o olhar.

— Você não vai ganhar gelo.

— Há! Ganhei — vangloria-se ela.

— Deixei você ganhar porque fiquei com pena — digo, voltando para perto do fogão. — Uma pessoa que ronca tanto quanto você merece um desconto de vez em quando.

— Sabe, os insultos só são engraçados quando estão em mensagens — retruca ela.

Ela levanta-se e vai até o freezer no mesmo instante em que me viro para pegar o alho picado na geladeira. Está de costas para mim, enchendo o copo de gelo. Quando chego à geladeira, ela se vira, e me olha com seus grandes olhos castanhos e lábios grossos. Eu me aproximo, querendo deixá-la nervosa novamente. Adoro deixá-la nervosa.

Ergo o braço, pressiono a palma da mão contra a porta da geladeira e a olho nos olhos.

— Sabe que estou brincando, não é?

Ela arfa imediatamente, fazendo que sim com a cabeça. Sorrio e me aproximo ainda mais.

— Ótimo. Porque você *não* ronca. Na verdade, fica bem bonitinha dormindo. — Não sei por que disse que não ronca. Talvez eu não queira que ela saiba que passei muito tempo a observando depois que pegou no sono.

Ela puxa o lábio inferior para dentro da boca, olhando para mim esperançosamente. Seu peito está ofegando, os braços estão arrepiados e o que eu mais queria era segurar seu rosto e beijá-la. Quero beijá-la mais do que quero respirar.

Mas já disse para mim mesmo que não faria isso, então não faço.

Mas isso não significa que não posso me divertir um pouco. Movo os lábios até eles quase encostarem em sua orelha.

— Sky. Eu *preciso* de você... — Paro um instante e a espero recobrar o fôlego. — Longe da porta da geladeira. Preciso abri-la. — Eu me afasto, esperando sua reação. Ela está com as palmas das mãos encostadas na geladeira atrás de si, como se estivesse com dificuldade para ficar em pé.

Sorrio ao ver sua reação por estar tão perto de mim. Quando sorrio, ela percebe que eu estava a provocando propositalmente e estreita os olhos. Eu rio.

Ela pressiona meu peito e me empurra para trás.

— Você é um grande babaca! — diz, indo até o balcão.

— Desculpe, mas caramba. Sua atração por mim é tanta que fica difícil não provocar você.

Continuo rindo ao voltar para o fogão com o alho. Ponho um pouco dentro da panela e olho para ela. Sky está cobrindo o rosto com as mãos, com vergonha, e me sinto culpado imediatamente. Não quero que pense que não estou a fim dela, pois tenho certeza de que estou bem mais a fim dela do que ela de mim. Mas pelo jeito não deixei isso muito claro, o que é meio injusto.

— Quer saber de uma coisa? — pergunto.

Ela olha para mim e balança a cabeça.

— Provavelmente não.

— Talvez faça você se sentir melhor.

— Duvido.

Vejo que não está sorrindo, odeio isso. Era para ter sido uma brincadeira leve; não queria magoá-la.

— Talvez eu também me sinta um pouco atraído por você — admito, esperando que isso a ajude a perceber que não queria deixá-la envergonhada.

— Só um pouco? — pergunta ela, me provocando.

Não. Não só um pouco. Muito e para cacete.

Continuo preparando a refeição. Faço o que posso para ajeitar tudo e podermos sentar e conversar enquanto esperamos a comida ficar pronta. Ela fica sentada silenciosamente na frente do balcão, me observando na sua cozinha. Adoro a maneira como me observa sem nenhuma discrição. Ela me encara como se não quisesse olhar para mais nada e eu gosto disso.

— O que significa *lol*?

— Sério?

— É sério. Você digitou isso na mensagem mais cedo.

— Significa *laugh out loud:* "rir em voz alta." Usamos quando achamos alguma coisa engraçada.

— Hum — diz ela. — Que idiotice.

— Pois é, é bem idiota. Mas é apenas costume, e as abreviações fazem a pessoa digitar bem mais rápido depois que se pega o jeito. Tipo PQP, ABÇS e BJS...

— Ai, meu Deus, pare com isso — exclama ela, rapidamente. — Você falando de abreviações não é nada atraente.

Dou uma piscadela.

— Então nunca mais vou fazer isso. — Vou até o balcão e tiro os vegetais da sacola. Coloco-os debaixo da água e levo a tábua para o balcão, na frente dela. — Prefere molho de espaguete com pedaços de tomate ou sem? — pergunto, colocando o tomate na minha frente. Ela está com o olhar fixo em outro lugar, perdida nos próprios pensamentos. Espero um pouco para ver se vai responder quando voltar ao normal, mas continua encarando o nada.

— Você está bem? — pergunto, acenando a mão na frente de seus olhos. Ela finalmente acorda e olha para mim. — Onde você estava? Ficou distraída por um tempinho.

Ela reage casualmente.

— Estou bem.

Não gosto do tom da sua voz. Não parece bem.

— Onde você estava, Sky? — pergunto novamente. Quero saber o que estava pensando. Ou talvez não queira saber. Se estivesse pensando no quanto quer que eu vá embora, espero que continue fingindo que está tudo bem.

— Promete que não vai rir? — diz ela.

Um alívio percorre meu corpo, pois acho que não perguntaria isso se quisesse que eu fosse embora. Mas não vou prometer que não vou rir, então balanço a cabeça.

— Já disse que sempre serei sincero, então, não. Não posso prometer que não vou rir porque você é meio engraçada e assim vai acabar pegando mal para mim.

— Você é sempre tão difícil?

Sorrio, mas não respondo. Adoro quando ela fica irritada comigo, então não respondo de propósito.

Sky endireita a postura na cadeira e diz:

— Ok, tudo bem. — Ela inspira profundamente, como se estivesse se preparando para fazer um longo discurso.

Fico nervoso.

— Não sou nada boa nisso de encontro, não sei nem se isso *é* um encontro, mas pelo menos sei que é mais que apenas dois amigos passando algum tempo juntos, e saber disso me faz pensar em mais tarde, na hora de você ir para casa, e se está planejando me beijar ou não, e sou o tipo de pessoa que odeia surpresas então não consigo deixar de ficar constrangida com isso porque *quero* que me beije e, talvez, esteja sendo presunçosa, mas acho que você também quer me beijar, então estava pensando o quanto seria mais fácil se nós simplesmente nos beijássemos logo para você poder continuar cozinhando e eu poder parar de mapear mentalmente como será o resto da noite.

Tenho certeza de que é cedo demais para amá-la, mas *caraca*. Sky tem que parar de fazer essas coisas inesperadas que me deixam com vontade de acelerar o que quer que esteja acontecendo entre a gente. Porque quero beijá-la e fazer amor com ela e casar com ela e quero que ela tenha meus filhos e quero que tudo aconteça *essa noite*.

Mas assim as nossas primeiras vezes acabariam, e as primeiras vezes são a melhor parte. Ainda bem que sou paciente.

Ponho a faca no balcão e a olho nos olhos.

— Essa — digo — foi a frase mais longa que já ouvi na vida.

Ela não gosta do meu comentário. Bufa e se encosta de novo, fazendo bico.

— Relaxe. — Rio. Demoro um instante para terminar o molho e preparar a massa e fazer tudo que preciso para poder conversar com ela sem ter que cozinhar ao mesmo tempo. Após finalmente deixar a massa cozinhando, enxugo as mãos no pano de prato e o coloco no balcão. Dou a volta na bancada e vou até onde ela está.

— Levante-se — peço.

Ela se levanta lentamente, e eu coloco as mãos nos seus ombros e dou uma olhada ao redor, querendo encontrar um bom local para dar a notícia de que não vou beijá-la hoje. Por mais que eu queira, e por mais que eu saiba que ela quer, continuo achando melhor esperar.

E sei que disse que não sou malvado, mas nunca disse que não era cruel. Estou me divertindo demais a vendo nervosa e quero muito deixá-la nervosa novamente.

— Hum — digo, ainda fingindo que estou procurando o local perfeito para beijá-la. Dou uma olhada na cozinha, seguro seus pulsos e a puxo comigo. — Eu meio que gostei de ter a geladeira como fundo. — Empurro-a contra a geladeira e ela deixa. Sky fica prestando bastante atenção em mim o tempo inteiro e eu adoro isso. Ergo os braços até as laterais de sua cabeça e começo a me aproximar. Ela fecha os olhos.

Eu continuo de olhos abertos.

Olho seus lábios por um instante. Graças ao selinho que roubei enquanto ela dormia, já tenho alguma ideia de como é senti-los. Mas agora não consigo parar de imaginar como deve ser o gosto deles. Estou me sentindo muito tentado a me inclinar mais alguns centímetros e descobrir, mas não faço isso.

Sim, eu consigo.

Não passam de lábios.

Observo-a por mais alguns segundos até seus olhos se abrirem após eu não beijá-la. Seu corpo inteiro se contorce ao perceber o quanto estamos próximos, o que me faz rir.

Por que gosto tanto de provocá-la?

— Sky? — digo, olhando para ela. — Não estou querendo torturá-la nem nada do tipo, mas já me decidi antes de vir para cá. Não vou beijá-la hoje.

A esperança em seu rosto diminui quase imediatamente.

— Por que não? — pergunta ela. Seus olhos estão cheios de rejeição, o que eu odeio muito, mas mesmo assim não vou beijá-la. Contudo, quero que ela saiba o quanto *quero* beijá-la.

Levo a mão até seu rosto e passo os dedos por sua bochecha. Sua pele parece seda nas pontas dos meus dedos. Continuo percorrendo a linha do maxilar e depois vou até o pescoço. Meu corpo inteiro fica tenso, pois não sei se ela sente tudo isso da mesma maneira que eu. Não consigo imaginar como alguém igual a Grayson pode ter a sorte de tocar no seu rosto ou sentir o gosto de sua boca e não se importar se ela estava gostando ou não.

Quando minha mão chega no seu ombro, paro e a olho nos olhos.

— Quero beijar você — digo. — Acredite em mim, quero mesmo.

Quero muito, muito.

Tiro a mão de seu ombro, levando-a até sua bochecha. Ela se inclina para perto da minha mão e olha para mim, com os olhos completamente desapontados.

— Mas, se você quer, então por que não vai me beijar?

Argh. Odeio esse olhar. Se continuar me olhando dessa maneira, vou perder tudo que restou da minha força de vontade. E não foi muita coisa.

Inclino o seu rosto na direção do meu.

— Porque — sussurro — tenho medo de que você não sinta.

141

Depois que digo isso, a expressão em seu rosto se torna uma mistura de compreensão e arrependimento. Ela sabe que me refiro à ausência de reação com os outros garotos e não tenho certeza se sabe o que responder. Sky fica em silêncio, mas tudo que quero é que argumente. Que diga o quanto estou errado. Quero que diga que já está sentindo o que estou sentindo, mas apenas concorda com a cabeça e cobre minha mão com a sua.

Fecho os olhos, desejando que ela tivesse reagido de alguma outra maneira. Mas o fato de não ter feito isso prova que não beijá-la hoje é realmente a escolha certa. Não entendo por que é tão fechada, mas vou esperar o tempo que for necessário. Não sou mais capaz de abandonar essa garota.

Puxo-a para longe da geladeira e a abraço. Ela retribui lentamente, colocando os braços ao redor da minha cintura e se acomodando no meu peito. Sky aproxima-se voluntariamente e sentir a sua vontade de me abraçar é a melhor sensação que tive no ano inteiro. Tudo que fez foi retribuir meu abraço, mas mal sabe ela que acabou de injetar um monte de vida de volta em mim. Pressiono os lábios em seu cabelo e inspiro. Eu seria capaz de passar a noite inteira assim.

Mas o maldito timer do fogão toca, lembrando-me de que estou preparando o jantar. Se isso significa que vou ter que soltá-la, prefiro passar fome. Mas prometi cozinhar para ela, então solto-a e dou um passo para trás.

A expressão envergonhada e quase arrasada em seu rosto é a última coisa que eu esperava ver. Ela olha para o chão e percebo que a desapontei. Muito. Tudo que estou tentando fazer é seguir um ritmo que seja bom para ela. Não posso deixá-la pensar que ir devagar é escolha minha. Pois, se ela não tivesse esse dilema que tem com garotos, não estaríamos aqui na cozinha agora. Estaríamos na sua cama, assim como ontem à noite, mas dessa vez ela não estaria lendo para mim.

Seguro suas mãos e entrelaço nossos dedos.

— Olhe para mim. — Ela ergue o rosto hesitantemente, me olhando. — Sky, não vou beijá-la hoje porque, acredite em mim, jamais quis tanto beijar uma garota. Então pare de achar que não me sinto atraído porque você não faz ideia do quanto estou. Pode segurar minha mão, pode passar a mão pelo meu cabelo, pode ficar em cima de mim enquanto dou espaguete em sua boca, mas não vai ganhar um beijo hoje à noite. E provavelmente nem amanhã. Preciso disso. Preciso ter certeza de que está sentindo o mesmo que eu no instante em que meus lábios encostarem nos seus. Porque quero que seu primeiro beijo seja o melhor primeiro beijo na história dos primeiros beijos.

A tristeza desaparece de seus olhos e agora ela sorri para mim. Levanto sua mão e a beijo.

— Agora pare de ficar emburrada e me ajude com as almôndegas. Tudo bem? — pergunto, querendo que ela deixe claro que acredita em mim. — Isso é suficiente para você aguentar mais alguns encontros?

Ela faz que sim com a cabeça, ainda sorrindo.

— É. Mas você está errado sobre uma coisa.

— Que coisa?

— Você disse que quer que meu primeiro beijo seja o melhor primeiro beijo de todos, mas esse não vai ser meu primeiro beijo. Sabe disso.

Não sei como explicar para ela, mas ela nunca foi beijada antes. Pelo menos não da maneira como merece ser beijada. Odeio que não perceba isso, então decido que é meu dever mostrar como é um beijo de verdade.

Solto suas mãos e seguro seu rosto, empurrando-a contra a geladeira. Eu me inclino até conseguir sentir seu hálito nos meus lábios, e ela arfa. Adoro o olhar indefeso e desejoso que vejo, mas não é nada em comparação ao efeito que Sky causa em mim ao morder o lábio.

— Vou lhe avisar uma coisa — digo, abaixando a voz. — Assim que meus lábios encostarem nos seus, vai ser, *sim*, seu primeiro beijo. Porque, se nunca sentiu nada enquanto alguém a beijava, então ninguém jamais a beijou de verdade. Não da maneira como *eu* planejo beijá-la.

Ela expira o ar que tinha segurado e seus braços estão totalmente arrepiados mais uma vez.

Isso ela sentiu.

Sorrio vitoriosamente, afasto-me e volto a prestar atenção no fogão. Escuto o barulho do seu corpo deslizando contra a porta da geladeira. Eu me viro e ela está sentada no chão, olhando para mim em estado de choque. Rio.

— Você está bem? — pergunto, dando uma piscadela.

Sky sorri para mim do chão e puxa as pernas para perto do peito, dando de ombros.

— Minhas pernas pararam de funcionar. — Ela ri. — Deve ser por causa da atração *enorme* que sinto por você — diz ela, sarcasticamente.

Dou uma olhada ao meu redor.

— Acha que sua mãe tem algum extrato para tratar pessoas que sentem atração demais por mim?

— Minha mãe tem extrato para tudo — retruca ela.

Vou até Sky, seguro sua mão e a levanto. Pressiono minha mão contra sua lombar, puxando-a para perto. Ela olha para mim com os olhos semicerrados e uma pequena abertura surge entre seus lábios. Abaixo a boca e sussurro:

— Bem, você pode fazer qualquer coisa... menos tomar esse extrato.

Seu peito sobe contra o meu e ela olha para mim como se tudo que eu tivesse dito hoje não significasse nada. Ela quer que eu a beije e não está nem aí se estou fazendo meu máximo para *não* beijá-la.

Deslizo a mão por suas costas e dou um tapa na sua bunda.

— Concentre-se, menina. Temos que cozinhar.

* * *

— Pronto, tenho uma pergunta — diz ela, colocando o copo na mesa.

Estamos fazendo uma brincadeira que ela sugeriu, chamada Questionário do Jantar, em que podemos perguntar qualquer coisa e só podemos comer e beber quando a pergunta for respondida. Nunca ouvi falar disso antes, mas gosto da ideia de poder saber o que eu quiser.

— Por que me seguiu até o carro no mercado? — pergunta ela.

Dou de ombros.

— Como já disse, achei que era outra pessoa.

— Eu sei — afirma ela. — Mas quem?

Talvez eu não queira brincar disso. Não estou pronto para contar a ela sobre Hope. Também não estou nada pronto para contar sobre Less, mas não tenho mais como fugir, pois a minha resposta me deixou encurralado. Mudo de posição e estendo o braço para pegar o copo, mas Sky o agarra das minhas mãos.

— Nada de beber. Primeiro responda. — Ela põe o copo de volta na mesa e fica esperando minha explicação. Realmente não quero começar a falar do meu passado conturbado, então tento dar uma resposta simples.

— Não tinha certeza de quem você me lembrava — minto. — Simplesmente parecia com alguém. Só depois percebi que era com minha irmã.

Ela faz uma careta e diz:

— Eu o lembro de sua irmã? Isso é um pouco perturbador, Holder.

Ah, *merda*. Não quis dizer isso *de jeito nenhum*.

— Não, não desse jeito. Não desse jeito mesmo. Você é bem diferente dela. Mas tinha algo em você que me fez pensar nela. E não sei por que te segui. Foi tudo tão surreal. Toda aquela situação foi um pouco bizarra, e, depois, encontrá-la na frente da minha casa mais tarde...

145

Será que realmente devia contar o que aquilo me fez sentir? Que pensei que com certeza Less tinha alguma coisa a ver com aquilo ou que era intervenção divina ou um maldito milagre? Porque, sinceramente, acho que foi perfeito demais para ser chamado de coincidência.

— Foi como se fosse predestinado — digo, finalmente.

Sky inspira profundamente, e olho para ela, com medo de ter exagerado. Ela sorri e aponta para o meu copo.

— Pode beber agora — diz ela. — Sua vez de me fazer uma pergunta.

— Ah, essa é fácil. Quero saber quem foi que andei irritando. Recebi uma mensagem misteriosa hoje. Tudo que dizia era: "Se está saindo com minha menina, compre seus próprios minutos pré-pagos e pare de desperdiçar os meus, babaca."

— Foi Six — responde ela, sorrindo. — A fonte das minhas doses diárias de elogios.

Graças a Deus.

— Achei mesmo que fosse dizer isso. Porque sou muito competitivo e, se tivesse sido enviada por um garoto, minha resposta não teria sido tão boazinha.

— Você respondeu? O que disse?

— É essa sua pergunta? Porque, se não for, vou dar outra mordida.

— Sossegue o facho e responda a pergunta — diz Sky.

— Sim, respondi a mensagem. Eu disse: "Como compro mais minutos?"

Suas bochechas ficam coradas e ela sorri.

— Estava brincando, essa não foi minha pergunta. Ainda é minha vez.

Solto o garfo e suspiro por causa da teimosia dela.

— Minha comida está esfriando.

Ela ignora a minha falsa irritação e se inclina para a frente, olhando-me bem nos olhos.

— Quero saber sobre sua irmã. E por que você se referiu a ela no passado.

Ah, merda. Eu me referi a ela no passado? Olho para o teto e suspiro.

— Argh. Você pergunta mesmo sobre as coisas mais sérias, não é?

— Essa é a brincadeira. Não fui eu que inventei as regras.

Acho que não tenho como fugir da explicação. Mas, sinceramente, não me incomodo em contar para ela. Prefiro não discutir algumas coisas do passado, mas não parece que Less faz parte do passado. Ainda sinto como se fizesse parte do presente.

— Se lembra de quando contei que o ano passado foi foda para minha família?

Ela confirma com a cabeça, e odeio o fato de que estou prestes a deixar nossa conversa com um ar triste. Mas Sky não gosta de coisas vagas, então...

— Ela morreu 13 meses atrás. Ela se matou, apesar de minha mãe preferir usar o termo "overdose proposital".

Fico com o olhar fixo no seu, esperando o "meus pêsames" ou o "o destino quis assim" sair de sua boca como sai da boca de todo mundo.

— Qual era o nome dela? — pergunta Sky. Só o fato de perguntar, como se estivesse genuinamente interessada, é inesperado.

— Lesslie. Eu a chamava de Less.

— Ela era mais velha que você?

Só três minutos.

— Éramos gêmeos — digo, antes de pôr a comida na boca.

Seus olhos se arregalam um pouco e ela pega a bebida. Eu a interrompo.

— Minha vez — digo. Agora que sei que qualquer assunto é permitido, quero perguntar sobre a única coisa de que ela não quis falar ontem. — Quero saber sobre seu pai.

Sky murmura, mas aceita. Sabe que não pode se recusar a responder essa pergunta, pois acabei de ser completamente sincero a respeito de Less.

— Como já disse, não o vejo desde que tinha 3 anos. Não tenho nenhuma lembrança dele. Pelo menos acho que não. Nem lembro como ele é.

— Sua mãe não tem nenhuma foto dele?

Ela inclina um pouco a cabeça e se encosta na cadeira.

— Lembra quando você comentou que minha mãe parecia bem jovem? Bem, é porque ela é mesmo. Ela me adotou.

Solto o garfo.

Adotada.

A possibilidade genuína de ser Hope bombardeia meus pensamentos. No entanto, não faria sentido ser adotada com 3 anos, pois Hope tinha cinco quando foi levada. A não ser que alguém tenha mentido para ela.

Mas qual a probabilidade disso? Qual a probabilidade de alguém como Karen ser capaz de roubar uma criança?

— *O que foi?* — pergunta ela. — Nunca conheceu ninguém que tenha sido adotado?

Percebo que o choque que sinto na cabeça e no coração também se revela na minha expressão. Limpo a garganta e tento me recompor, mas um milhão de perguntas se forma na minha mente.

— Você foi adotada quando tinha 3 anos? Por Karen?

Ela balança a cabeça.

— Fui colocada com uma família de acolhimento temporário quando tinha 3 anos, depois que minha mãe biológica morreu. Meu pai não conseguia me criar sozinho. Ou não *queria* me criar sozinho. Seja como for, não ligo. Dei sorte de encontrar Karen e não tenho a mínima vontade de tentar entender isso tudo. Se ele quisesse saber onde estou, teria vindo atrás de mim.

A mãe dela está morta? A mãe de Hope está morta.

Mas Hope nunca foi colocada com uma família de acolhimento e o pai de Hope não a colocou para adoção. Tudo isso não faz o menor sentido, mas também não posso descartar a possibilidade. Ou mentiram completamente a respeito de seu passado ou estou enlouquecendo.

É mais provável que seja a segunda opção.

— O que sua tatuagem significa? — pergunta ela, apontando com o garfo.

Olho para os braços e toco nas letras que formam o nome de Hope.

Se ela fosse Hope, se lembraria desse nome. É a única coisa que me impede de acreditar que ela é Hope.

Hope lembraria.

— É um lembrete — digo. — Fiz depois que Less morreu.

— Um lembrete de quê?

E essa vai ser a única resposta vaga que vai escutar, pois não vou explicar isso agora de jeito nenhum.

— É para eu me lembrar das pessoas que desapontei na vida.

Sua expressão se compadece.

— Essa brincadeira não é tão divertida, não é?

— Não mesmo. — Eu rio. — É péssima. Mas a gente precisa continuar porque tenho mais perguntas. Você se lembra de alguma coisa antes de ser adotada?

— Não muito. Uma ou outra coisa, mas chega um momento em que você simplesmente perde todas as lembranças quando não tem ninguém para validá-las. A única coisa que guardo de antes da adoção são algumas joias, e não faço ideia de onde vieram. Não sou capaz de distinguir o que era realidade, sonho ou algo que vi na televisão.

— Você se lembra de sua mãe?

Ela para por um instante.

— Karen é minha mãe — responde, secamente. Percebo que não quer falar sobre isso e não quero irritá-la. — Minha vez. Última pergunta e partimos para a sobremesa.

— Você acha que temos sobremesa suficiente? — pergunto, tentando amenizar o clima pesado.

— Por que você bateu nele? — pergunta ela, deixando o clima totalmente pesado.

Disso não quero falar. Afasto minha tigela. Vou deixá-la ganhar essa rodada.

— Essa resposta você não quer saber, Sky. Prefiro o castigo.

— Mas quero saber, sim.

Fico esquentado só de pensar naquele dia. Estalo o maxilar para me acalmar.

— Já contei. Bati nele porque ele era um babaca.

— Essa resposta foi vaga — diz ela, estreitando os olhos. — Você disse que não é vago.

Sei que gosto de sua teimosia, mas só quando ela não está insistindo para eu falar do passado. No entanto, também não faço ideia do que ouviu sobre essa história. Fiz questão de que se abrisse comigo e me fizesse perguntas para que escutasse a verdade de mim. Se eu me recusar a responder, ela vai parar de se abrir.

— Era minha primeira semana de volta ao colégio depois da morte de Less — digo. — Ela estudava lá também, então todo mundo sabia o que tinha acontecido. Escutei o cara falando alguma coisa sobre Less quando passei por ele no corredor. Discordei do que falou e demonstrei isso. Fui longe demais, e chegou um momento em que eu estava em cima dele e não me importava mais. Estava batendo nele, sem parar nem por um segundo, e nem ligava. A parte mais perturbadora é que o garoto provavelmente vai passar o resto da vida surdo do ouvido esquerdo e, mesmo assim, *continuo* não ligando.

Estou com o punho cerrado em cima da mesa. Fico completamente furioso mais uma vez só de pensar na maneira como todo mundo se comportou depois da morte dela.

— O que ele disse sobre Less?

Eu me encosto na cadeira e encaro a mesa entre nós dois. Não estou muito a fim de olhá-la nos olhos enquanto penso nessas coisas que me enfurecem.

— Eu o escutei rindo, dizendo para o amigo que Less escolheu a saída mais fácil e egoísta. Disse que ela teria aguentado mais se não fosse tão covarde.

— Aguentado o quê?

— A vida.

— Você não acha que ela escolheu a saída mais fácil. — Ela não diz como uma pergunta. Diz como se realmente estivesse tentando me entender. É tudo que quis dela nessa semana. Tudo que quero é que me entenda. Que acredite *em mim*, e não no que todo mundo diz por aí.

E não. *Não* acho que ela escolheu a saída mais fácil. Não acho isso de maneira alguma.

Estendo o braço e ponho sua mão entre as minhas.

— Less era a pessoa mais corajosa que já conheci, porra. Precisou de muita coragem para fazer o que fez. Acabar com tudo, sem saber o que ia acontecer em seguida? Sem saber se havia *alguma coisa* em seguida? É mais fácil viver a vida sem motivo algum para continuar vivendo que simplesmente ligar o "foda-se" e partir. Ela foi uma das poucas pessoas que disse "foda-se" e pronto. E aplaudo o que ela fez todos os dias de minha vida, porque morro de medo de fazer o mesmo.

Olho para ela após terminar de falar, e seus olhos estão arregalados. Sua mão está tremendo, então a cerco com as minhas. Ficamos nos encarando por vários segundos e percebo que ela não faz ideia do que dizer. Tento amenizar a tensão mudando de assunto. Ela disse que era a última pergunta e que depois íamos pegar a sobremesa.

Eu me inclino para a frente, beijo o topo de sua cabeça e vou até a cozinha.

— Quer brownies ou cookies? — Observo-a da cozinha enquanto pego as sobremesas. Sky me encara de olhos arregalados.

Eu a assustei.

Acabei de assustá-la completamente.

Volto para onde ela está e me ajoelho em sua frente.

— Ei. Não queria assustá-la — falo, segurando seu rosto.

— Não queria assustá-la. Não tenho tendências suicidas, se é isso que a está perturbando. Não sou ruim da cabeça. Não sou pirado. Não estou sofrendo de transtorno de estresse pós-traumático. Sou apenas um irmão que amava a irmã mais que a própria vida, então fico um pouco intenso quando penso nela. E eu lido melhor com isso se penso que o que ela fez foi algo nobre, apesar de não ter sido, então é só isso que estou fazendo. Apenas tentando lidar com a situação. — Dou um tempo para que assimile minhas palavras e depois termino a explicação. — Porra, eu amava muito aquela menina, Sky. Preciso acreditar que o que fez era a única opção que restava para ela, pois, se isso não for verdade, nunca vou me perdoar por não tê-la ajudado a encontrar alguma outra solução. — Pressiono minha testa na sua, olhando-a firmemente nos olhos. — Ok?

Preciso que ela entenda que estou tentando. Talvez eu não esteja bem e talvez nunca descubra como superar a morte de Less, mas estou tentando.

Ela aperta os lábios, faz que sim com a cabeça e afasta minhas mãos.

— Preciso ir ao banheiro — diz, passando por mim rapidamente. Corre até o banheiro e fecha a porta.

Jesus Cristo, por que sequer falei desse assunto? Vou até o corredor, preparado para bater à porta e pedir desculpas, mas decido dar alguns minutos antes de fazer isso. Sei que foi um assunto pesado. Talvez só precise de um instante sozinha.

Fico esperando do outro lado do corredor até a porta do banheiro se abrir. Não parece que estava chorando.

— Está tudo bem conosco? — pergunto, dando um passo para perto.

Ela sorri e exala tremulamente.

— Já disse que considero você bem intenso. Isso acaba de provar meu ponto.

Ela já voltou ao normal. Adoro isso nela.

Sorrio, ponho os braços ao seu redor e apoio o queixo no topo de sua cabeça enquanto vamos para o quarto.

— Já pode engravidar?

Ela ri.

— Não. Não neste fim de semana. Além disso, é preciso beijar a garota antes de engravidá-la.

— Será que alguém não teve aula de educação sexual quando estudava em casa? Porque é óbvio que posso engravidá-la sem dar um único beijo em você. Quer que mostre como?

Ela pula na cama e pega o livro que leu para mim ontem à noite.

— Não precisa, acredito em você — diz ela. — Além disso, acho que estamos prestes a ter uma boa dose de educação sexual antes de chegarmos à última página.

Deito ao seu lado e a puxo para perto Ela apoia a cabeça no meu peito e começa a ler para mim.

Cerro o punho firmemente e o mantenho ao lado do corpo, fazendo de tudo para não encostar na sua boca. É que nunca vi nada tão perfeito.

Está lendo há bem mais de meia hora e não escutei uma palavra sequer do que disse. Ontem foi muito mais fácil prestar atenção na história porque eu não estava olhando diretamente para ela. Hoje preciso de cada milímetro de força de vontade para não tomar sua boca com a minha. Ela está apoiada em mim, com a cabeça no meu peito, usando-me como um travesseiro. Espero que esteja sentindo o meu coração acelerado, pois, toda vez que olha para mim ao virar a página, cerro mais ainda os punhos e tento me segurar, mas minha resistência ressoa no meu pulso. E não é que eu não *queira* tocar nela. Quero tanto tocar nela e beijá-la que até dói.

153

Só não quero que seja algo insignificante para ela. Quando eu tocá-la... quero que sinta. Quero que tudo que eu diga para ela e tudo que eu faça com ela tenha significado.

Ontem à noite, quando me disse que nunca tinha sentido nada ao ser beijada, meu coração ficou louco: pareceu que estava preso, sendo apertado, assim como os pulmões no meu peito. Já saí com muitas garotas, apesar de eu ter amenizado um pouco esse fato quando contei para ela. Com todas essas garotas, meu coração nunca reagiu da maneira como reage a ela. E não me refiro aos *sentimentos* do meu coração por ela, porque, sejamos sinceros, mal a conheço. Estou me referindo à reação literal, *física*, que meu coração tem a ela. Toda vez que fala ou sorri, ou, Deus me acuda, *ri*... meu coração reage como se tivesse levado um murro inesperado. Odeio isso, e adoro isso, e de alguma maneira já me viciei nisso. Toda vez que ela fala, o murro no meu peito me lembra de que ainda tem alguma coisa aqui dentro.

Perdi boa parte de mim mesmo quando perdi Hope, e estava convencido de que tinha perdido o que sobrara quando Less morreu no ano passado. Depois de passar esses últimos dois dias com Sky, não tenho mais tanta certeza disso. Acho que meu peito não estava vazio como pensei durante todo esse tempo. O que quer que ainda reste dentro de mim estava adormecido, e ela está fazendo isso despertar lentamente.

Cada palavra que diz e cada olhar que lança na minha direção me tira desse pesadelo em que passei treze anos preso, e ela nem faz ideia. Quero continuar deixando que faça isso.

Foda-se.

Abro o punho e o levo até seu cabelo, que está espalhado pelo meu peito. Pego uma mecha solta e a enrosco no dedo, mantendo o olhar fixo em sua boca enquanto ela lê para mim. De vez em quando, ainda a comparo com Hope, apesar de tentar não fazer isso. Procuro lembrar como exatamente eram os olhos de Hope ou se tinha as mesmas quatro sardas na ponta do nariz que Sky tem. Toda vez que comparo as duas, me obrigo a parar. Isso não importa mais, e preciso esquecer esse assunto. Sky provou que não pode ser Hope e tenho que aceitar isso. A probabilidade de a garota que perdi estar aqui, encostada no meu peito, com a mecha de cabelo entre meus dedos... é impossível. Preciso separar as duas na minha cabeça antes que eu faça alguma besteira, como chamar Sky do nome errado.

Isso seria péssimo.

Percebo que seus lábios estão se pressionando um contra o outro, formando uma linha fina, e ela não está mais falando. É a maior pena, pois a sua boca é hipnotizante para caramba.

— Por que parou de falar? — pergunto, sem olhar em seus olhos. Fico somente encarando seus lábios, esperando que se movam novamente.

— De falar? — diz ela, com o lábio superior formando um sorriso. — Holder, eu estou *lendo*. Existe uma diferença entre essas duas coisas. E, pelo jeito, você não estava prestando a menor atenção.

Sua resposta briguenta me faz sorrir.

— Ah, eu estava prestando atenção, sim — digo, apoiando-me nos cotovelos. — Na sua boca. Talvez não nas palavras que saíam dela, mas na sua boca com certeza. — Deslizo para longe dela, até ela ficar deitada de costas, e me acomodo ao seu lado. Puxo-a contra mim e coloco seu cabelo entre meus dedos mais uma vez. O fato de ela não se opor nem um pouco só significa que vou passar o resto da maldita noite numa guerra comigo mesmo. Sky já deixou claro que quer que eu a beije, e não tenho dúvida de que me afastar depois de pressioná-la contra a geladeira foi uma das coisas mais difíceis que já fiz.

Merda. Só a lembrança daquilo já é quase tão intensa quanto o próprio momento.

Solto a mecha de cabelo e observo meus dedos se abaixarem e pararem bem em cima dos seus lábios. Não sei como os últimos cinco segundos aconteceram, mas estou olhando para minha mão roçando sua boca como se não tivesse mais nenhum controle sobre meus braços. Minha mão segue o próprio desejo, mas não me importo... nem quero que pare.

Sinto sua respiração nas pontas dos meus dedos e preciso morder o interior da minha bochecha para me concentrar em alguma coisa que não seja a minha vontade. Porque nesse momento não são as minhas vontades que importam — são as de Sky. E duvido muito que ela queira sentir minha boca tanto quanto eu preciso sentir a sua bem agora.

— Você tem uma boca bonita — digo, passando as pontas dos dedos por cima dela lentamente. — Não consigo parar de olhar para ela.

— Devia sentir o gosto dela — provoca Sky. — É muito bom.

Puta merda.

Fecho os olhos e abaixo minha cabeça até seu pescoço, me forçando a parar de encarar seus lábios.

— Pare com isso, sua malvada.

Ela ri.

— De jeito algum. Você criou essa regra idiota, por que eu deveria apoiá-la?

Ai, meu Deus. Ela transformou isso num jogo. Essa coisa toda de *não beijar* virou um jogo e ela vai me provocar o máximo possível. Não aguento. Se eu ceder e beijá-la antes que esteja pronta, sei que não vou conseguir parar. E não sei o que está acontecendo dentro do meu peito nesse momento, mas adoro o que sinto quando estou perto dela. Se eu puder prolongar o que quer que seja isso, só para garantir que ela esteja sentindo a mesma coisa que eu, é exatamente o que vou fazer. Se eu precisar de semanas para garantir que ela chegou a esse ponto, espero as semanas. Enquanto isso, vou fazer o meu possível para garantir que sua próxima primeira vez não seja nada insignificante.

— Porque sabe que tenho razão — digo, explicando exatamente por que ela precisa me ajudar a obedecermos à regra.

156

— Não posso beijá-la hoje porque o beijo vai levar a outra coisa, que vai levar a outra, e, pela nossa velocidade, vamos ter todas as primeiras vezes no próximo fim de semana. Não quer que nossas primeiras vezes se estendam mais um pouco? — Afasto-me de seu pescoço e olho para ela, muito consciente de que há menos espaço entre nossas bocas agora que entre nossos corpos.

— Primeiras vezes? — diz ela, olhando para mim curiosamente. — Quantas primeiras vezes existem?

— Não muitas, e, por isso, precisamos espaçá-las. Já passamos por várias desde que nos conhecemos.

Ela inclina a cabeça e sua expressão fica séria de modo muito atraente.

— Quais primeiras vezes já tivemos?

— As mais fáceis — digo. — O primeiro abraço, o primeiro encontro, a primeira vez que dormimos juntos, apesar de eu não ter dormido. Agora não nos resta quase nada. O primeiro beijo. A primeira vez que dormimos juntos *os dois*, sem ninguém pegar no sono antes da hora. Que casamos. Que temos um filho. Depois disso já era. Nossas vidas vão ficar entediantes e sem graça e vou ter de me divorciar para me casar com uma mulher vinte anos mais jovem só para ter muitas outras primeiras vezes e vai sobrar para você criar nossos filhos. — Levo minha mão até sua bochecha e sorrio para ela. — Então está vendo, querida? Só estou fazendo isso pelo seu bem. Quanto mais eu esperar para beijá-la, mais tempo vai demorar para que seja obrigado a abandoná-la.

Ela ri e o som de sua risada é tão tóxico que sou obrigado a engolir em seco só para conseguir respirar novamente.

— Sua lógica me apavora. — diz ela. — Meio não me sinto mais atraída por você.

Desafio aceito.

Deslizo para cima dela lentamente, tomando cuidado para me apoiar nas minhas mãos. Se meu corpo encostasse em qualquer parte do seu agora, já estaríamos partindo para as segundas e terceiras vezes.

— Você *meio* não se sente mais atraída por mim? — digo, olhando-a bem nos olhos. — Isso também significa que você meio que me *acha* atraente.

Seus olhos ficam sérios, e ela balança a cabeça. Consigo ver a base de sua garganta se mover sutilmente enquanto engole em seco antes de falar.

— Não o acho nada atraente. Você é repugnante. Na verdade, acho bom nem me beijar, pois tenho certeza de que acabei de vomitar internamente.

Rio, passando a me apoiar nos cotovelos para me aproximar de sua orelha, mas continuo tomando cuidado para não encostar em nenhuma outra parte de seu corpo.

— Você é uma mentirosa — sussurro. — Você sente *muita* atração por mim, e vou provar isso agora mesmo.

Eu tinha toda a intenção de me afastar, mas depois que sinto seu cheiro não consigo mais fazer isso. Meus lábios se pressionam contra seu pescoço antes mesmo de eu ter a oportunidade de avaliar essa decisão. Mas agora parece que sentir seu gosto é bem mais uma *necessidade* do que uma mera *decisão*. Ela arfa quando me afasto e é claro que espero que a arfada tenha sido genuína. Só de pensar nela sentindo o que senti quando meus lábios encostaram em seu pescoço, faz com que eu me sinta ridiculamente vitorioso. Pena que adoro um desafio, pois essa arfada acabou de me deixar com vontade de intensificar a brincadeira. Volto com a boca para sua orelha e sussurro:

— Sentiu isso?

Seus olhos estão fechados e ela balança a cabeça, respirando fortemente. Olho para o peito dela, subindo e descendo, perigosamente perto do meu.

— Quer que eu faça isso de novo? — pergunto baixo.

Quero que *implore* para eu fazer de novo, mas ela balança a cabeça. Está respirando com o dobro da velocidade de sessenta segundos atrás, então sei que está ficando abalada. Rio por ela estar balançando a cabeça com tanta determinação ao mesmo tempo em que agarra o lençol ao lado do corpo. Aproximo-me de sua boca porque, de repente, sinto uma necessidade avassaladora de inspirar o ar que ela desperdiça. Sinto como se eu precisasse mais desse ar do que ela, então inspiro no mesmo instante em que meus lábios encostam na sua bochecha. Mas não paro. Não *posso* parar. Continuo dando beijos por sua bochecha, descendo até sua orelha. Paro e recobro o fôlego para falar com a voz calma.

— E isso?

Mais uma vez, ela balança a cabeça teimosamente, mas a inclina para trás e um pouco para a esquerda, me dando mais acesso. Tiro a mão da cama e a levo até sua cintura, olhando para ela enquanto deslizo a mão por debaixo de sua camisa, só o suficiente para roçar sua barriga com o dedão. Fico olhando-a para ver se reage, mas está com uma expressão séria e tensa no rosto, como se tentasse prender a respiração. Não quero que ela prenda a respiração. Preciso ouvi-la respirar.

Quando abaixo a boca e o nariz até seu maxilar, ela solta a respiração que reprimia, exatamente como eu esperava. Percorro a linha de seu queixo com o nariz, inspirando seu cheiro, e depois desço, escutando todas as arfadas que escapam de seus lábios como se fossem os últimos sons que eu fosse ouvir na vida. Ao chegar na orelha, quatro dos meus sentidos estão sobrecarregados, mas sinto muita falta do quinto — o *paladar*. Sei que não posso sentir o gosto de sua boca hoje, mas preciso sentir o gosto de pelo menos alguma parte dela. Pressiono os lábios na sua orelha e ela leva a mão para meu pescoço imediatamente, puxando-me mais para perto. Sentir que ela precisa que minha boca encoste em sua pele faz o meu peito se escancarar e eu cedo completamente, querendo sentir ainda mais essa necessidade dela. Separo os lábios imediatamente e deslizo minha língua por sua pele, assimilando sua doçura e a guardando na memória. Nunca senti um gosto tão próximo da perfeição quanto esse.

E então ela geme, e *puta merda*. Tudo o que eu achava que sabia sobre meus desejos e vontades e necessidades perde-se nesse som. De agora em diante, o meu novo e único objetivo na vida vai ser encontrar uma maneira de fazê-la repetir esse mesmo som.

Levo a mão até a lateral de sua cabeça e me solto completamente, beijando e provocando todos os centímetros de seu pescoço, querendo encontrar o mesmo local que mexeu tanto com ela alguns segundos atrás. Sky coloca a cabeça no travesseiro e eu aproveito a oportunidade para explorar mais o seu pescoço. Assim que meus lábios começam a descer na direção de seu peito, eu me obrigo a subir mais uma vez, sem querer forçar nada nem fazer com que ela peça para eu parar. Porque não quero parar de jeito nenhum o que quer que estejamos fazendo.

Seus olhos ainda estão fechados e encosto a boca em seus lábios, beijando-a delicadamente no canto da boca.

E pronto. O ruído mais delicado e suave escapa de sua garganta mais uma vez. Não posso ignorar o fato de que esse ruído desperta outra parte de mim. Continuo beijando-a, formando um círculo inteiro ao redor de seus lábios, e fico impressionado quando, de alguma maneira, encontro forças para me afastar.

Preciso parar por um instante. Se não fizer isso, vou desobedecer a minha única regra para essa noite: não encostar em sua boca de jeito nenhum. Sei que se beijá-la agora vai ser ótimo. Mas não quero que sinta algo ótimo. Quero que sinta algo incrível. E, ao olhar para os seus lábios nesse momento, tenho certeza de que vai ser incrível para mim.

— Eles são tão perfeitos — digo. — Parecem corações. Eu poderia até passar dias encarando seus lábios sem ficar entediado.

Ela abre os olhos e sorri.

— Não. Não faça isso. Se ficar só encarando, *eu* é que vou ficar entediada.

Caramba, que sorriso. É doloroso ficar vendo essa boca sorrir e ficar séria e fazer bico e rir e falar quando a única coisa que quero fazer é vê-la me beijar.

Mas então ela lambe os lábios e tudo que eu achava que sabia sobre sofrimento começa a parecer bom em comparação ao instante em que meu coração é arrancado do peito com esse pequeno movimento provocador. *Meu Deus*, essa garota.

Solto um gemido e pressiono a testa na sua. Ter sua boca tão perto da minha suga todo o autocontrole do meu corpo. Abaixo o corpo em cima do seu e é como se uma rajada de ar quente invadisse o quarto e nos cercasse. Sentimos tudo simultaneamente e gememos juntos, nos movemos juntos, respiramos juntos.

E então cedemos completamente, juntos. Nossas quatro mãos tiram minha camisa descontroladamente, como se duas mãos não fossem capaz de fazer isso com a rapidez necessária. Assim que tiramos minha camisa, suas pernas se enroscam na minha cintura, puxando-me para perto com firmeza. Encosto a testa na sua e me movo contra ela, descobrindo uma nova maneira de obrigar aqueles sons que já viraram minha nova música preferida a saírem de sua boca. Continuamos nos movendo juntos e quanto mais ela arfa e geme baixinho, mais os meus lábios se aproximam dos seus, querendo sentir esses sons em primeira mão. Só preciso sentir uma pequena amostra de como será beijá-la. Uma pequena prévia, só isso. Deixo meus lábios roçarem os seus e nós dois inspiramos.

Ela sente. Caraca, realmente sente isso agora e acho que estou me afogando num mar de satisfação. Não quero acelerar as coisas e definitivamente não quero desacelerar as coisas. Só quero deixar tudo exatamente como está nesse momento, pois está tudo perfeito.

Levo a mão até a lateral de sua cabeça e continuo com a testa encostada na sua, com meus lábios encostados nos seus. Adoro a sensação de nossas bocas deslizando uma contra a outra, então me afasto e lambo meus lábios para criar uma tração mais suave. Estico as pernas, tirando um pouco do peso dos joelhos, e não esperava que minha mudança de posição fosse ter o efeito que tem nela. Ela arqueia as costas e suspira "Ai, meu Deus".

Sinto como se eu devesse responder, pois com certeza parece que está se referindo a mim pela maneira como joga os braços ao redor do meu pescoço e empurra a cabeça contra mim. Seus braços tremem e as pernas prendem minha cintura e percebo que, além de estar *sentindo* isso agora, ela está fazendo de tudo para conter o que sente.

— Holder — sussurra ela, segurando minhas costas. Não sei se quer que eu responda ou não, mas esqueci como falar então não importa. Nesse momento mal lembro como respirar.

— Holder.

Ela diz meu nome com mais urgência dessa vez, então beijo a lateral de sua cabeça e desacelero os movimentos. Sky não me pediu ainda para desacelerar ou parar, mas tenho certeza de que é isso que está prestes a fazer. Faço meu possível para interromper seu pedido, pois senti-la é algo incrível e não quero parar de jeito nenhum.

— Sky, se me pedir para parar, eu paro. Mas espero que não faça isso, porque realmente não quero parar, então, por favor. — Ergo a cabeça e olho para ela, mal me mexendo contra seu corpo. Ela ainda não me pediu para parar e, sinceramente, tenho medo de parar. Tenho medo de que o que ela sentiu desapareça se eu parar. Isso me assusta porque sei que, depois disso, vou passar dias sentindo-a. Adoro saber que o que estou fazendo agora a afeta tanto que ela precisa parar antes que tenha uma primeira vez inesperada essa noite.

Estendo o braço até sua bochecha e a aliso com o dorso da mão, querendo... não, *precisando* que ela tenha essa primeira vez hoje.

— Não vamos fazer nada além disso, prometo. Mas, por favor, não me peça para interromper o que estamos fazendo agora.

Preciso observar e escutar você, porque o fato de eu saber que está mesmo sentindo isso nesse momento é tão incrível. É incrível sentir você, e é incrível sentir isso tudo e *por favor*. Só... *por favor*.

Levo a boca até a sua, beijo-a delicadamente e me afasto no mesmo momento, antes que essa união maravilhosa se transforme em algo além de um selinho. O gosto de seus lábios é tão inconcebivelmente perfeito; preciso sair de cima dela para me recompor. Caso contrário, não conseguiria me conter nem por mais um segundo. Olho para ela, que está olhando para mim, procurando nos meus olhos a resposta a uma pergunta que só ela pode responder. Espero pacientemente ela decidir que direção tomar.

Sua cabeça começa a balançar, e ela põe as mãos no meu peito.

— Não. Faça qualquer coisa, mas não pare.

Fico parado por alguns segundos, repetindo mentalmente o que ela acabou de dizer até ter certeza absoluta de que pediu para eu *não* parar. Deslizo as mãos por debaixo de seu pescoço e puxo sua testa para a minha.

— *Obrigado* — digo, ofegantemente. Eu me acomodo mais uma vez em cima do seu corpo até recuperarmos o ritmo. É tão incrível sentir seu corpo pressionado contra o meu que acho que nunca mais serei o mesmo. Essa garota fez com que minhas expectativas aumentassem tanto que nenhuma outra garota seria capaz de atendê-las.

Beijo-a em todos os lugares que meus lábios já tocaram essa noite, acelerando de acordo com suas arfadas e gemidos. Quanto sinto seu corpo se contrair ao redor do meu, eu me afasto de seu pescoço e olho para ela. Enterrando mais as unhas na minha pele, ela inclina a cabeça para trás e fecha os olhos. Ela está absolutamente linda dessa maneira, mas preciso ver seus olhos. Preciso vê-la sentindo isso.

— Abra os olhos — digo. Ela se contorce, mas não olha para mim. — *Por favor*.

163

Seus olhos se abrem imediatamente depois que peço por favor. Suas sobrancelhas se unem e sua respiração perde completamente o ritmo. Agora ela se esforça para respirar enquanto seu corpo estremece debaixo do meu, e nossos olhos continuam fixos uns nos outros. Tudo que posso fazer é prender a respiração e ver a coisa mais incrível que já vi na vida acontecer debaixo de mim. Quando o gemido mais alto de todos escapa de seus lábios, ela não consegue mais ficar de olhos abertos. Assim que os fecha, levo meus lábios até os seus mais uma vez, precisando senti-los novamente. Quando ela finalmente se acalma, levo os lábios de volta até seu pescoço e o beijo da maneira como queria estar beijando sua boca nesse momento.

Mas ver o quanto precisa que eu beije sua boca nesse momento está tornando a espera ainda mais importante para mim. Considerando o que acabou de acontecer entre nós, parece quase um absurdo continuar achando que é melhor não beijá-la. Mas sou teimoso e gosto de saber que, da próxima vez que estivermos juntos assim, vamos poder passar por outra primeira vez que provavelmente vai me enlouquecer ainda mais do que essa noite.

Pressiono meus lábios no seu ombro e me apoio no braço. Passo os dedos na sua testa e afasto os fios de cabelo de seu rosto. Ela parece absolutamente satisfeita, e eu nunca senti algo tão belo e gratificante na vida.

— Você é incrível — digo, sabendo que é muito mais do que isso.

Ela sorri para mim e inspira profundamente na mesma hora que eu. Caio ao seu lado na cama, precisando sair de cima dela imediatamente. Meu peito está totalmente vivo nesse momento e a única coisa que me deixaria satisfeito seria sentir meu corpo pressionado contra o seu novamente, com nossas bocas juntas. Obrigo a imagem a sair da minha mente e tento me acalmar fazendo minha respiração ficar no mesmo ritmo que a dela.

Depois de finalmente me acalmar o suficiente para tocar nela de novo, aproximo a mão da sua na cama e enrosco o dedo mindinho no seu. Sentir o seu mindinho no meu é algo familiar demais. Certo demais. Algo que já devia ter acontecido há muito tempo. Fecho os olhos e tento impedir que minha consciência sinta a satisfação de estar correta.

Ela é Sky. É quem ela é. Só duvido disso porque me parece familiar demais. A familiaridade nunca costuma ser o suficiente para me convencer de alguma coisa.

Espero que meus instintos estejam errados, pois, se eu estiver certo, a verdade vai destruí-la.

Por favor, que ela seja somente Sky.

Meu medo de estar certo fica mais forte e sento na cama, precisando me separar dela. Preciso esvaziar a cabeça e esquecer toda essa loucura.

— Preciso ir — digo, olhando para ela. — Não posso ficar nessa cama com você nem mais um segundo.

Estou sendo sincero. *Não posso* ficar nessa cama nem mais um segundo, mas tenho certeza de que ela acha que estou fazendo isso por outros motivos, e não porque estou apavorado, achando que minha intuição finalmente acertou.

Eu me levanto, visto a camisa e percebo que ela me olha como se eu estivesse a rejeitando. Sei que provavelmente achou que eu a beijaria essa noite, mas tem muito que aprender quando se trata de duvidar da minha palavra.

Eu me inclino para perto dela e sorrio para tranquilizá-la.

— Quando eu disse que você não ia ser beijada hoje, estava falando sério. Mas *caramba*, Sky. Não imaginava o quanto você ia tornar isso difícil. — Deslizo a mão por sua nuca e me inclino para beijar sua bochecha. Quando ela arfa, preciso de todas as minhas forças para soltá-la e sair da cama. Fico observando-a enquanto vou até a janela e tiro o telefone do bolso. Envio uma mensagem para ela rapidamente, dou uma piscada e saio. Fecho-a, me afastando alguns passos. Assim que o vidro desliza, ela salta da cama e sai correndo do quarto, bem provavelmente para ir atrás do celular e ver a mensagem. Normalmente, o seu entusiasmo me faria rir. Em vez disso, percebo que fico olhando pela janela do seu quarto, encarando o nada. Sinto um peso no meu coração e minha mente fica ainda mais pesada ao começar a encaixar as peças do quebra-cabeça lentamente, inclusive o seu nome.

— *O céu sempre é bonito...*

A lembrança faz meu corpo se contorcer. Apoio a mão na parede de tijolos e inspiro profundamente. Na verdade, dá até para rir disso — de que estou aqui parado, achando mesmo possível que isso aconteça depois de treze anos. Se for verdade... se realmente for ela... isso arruinaria sua vida. E é exatamente por essa razão que me recuso a aceitar tudo sem uma prova tangível — algo no qual eu possa tocar como confirmação. Sem uma prova tangível, ela continuará sendo Sky para mim.

Só quero que seja Sky.

Capítulo Quinze

Less,

Lembra quando éramos crianças e obriguei todo mundo a parar de me chamar de Dean? Nunca contei a ninguém a verdade do porquê prefiro ser chamado de Holder, nem mesmo a você.

Tínhamos 8 anos e foi a primeira e única vez em que fomos para a Disney. Esperávamos na fila de uma das montanhas-russas e você e papai estavam na minha frente porque você não podia ir sozinha. Eu tinha alguns centímetros a mais de altura, e a deixava furiosa que eu pudesse ir na maioria das atrações sozinho, e você não.

Quando chegamos na frente da fila, colocaram você e papai primeiro e eu tive que esperar o próximo carrinho. Estava lá parado, esperando pacientemente. Eu me virei para procurar mamãe e ela estava a uns cem metros de distância, na saída da atração, esperando a gente terminar. Acenei e ela acenou de volta. Eu me virei quando o próximo carrinho chegou.

Foi então que a escutei.

Escutei Hope gritando meu nome. Dei meia-volta e fiquei na ponta dos pés, virado na direção da voz.

— Dean! — gritou ela.

Parecia estar bem distante, mas sabia que era ela, pois pronunciou a palavra com aquele seu sotaque. Sempre arrastava o meio do meu nome, fazendo-o durar mais que uma sílaba. Sempre gostei da maneira como dizia meu nome, então, quando a escutei gritar, sabia que era ela. Devia ter me avistado e agora estava me chamando para que eu fosse ajudá-la.

— Dean! — gritou ela novamente, mas dessa vez parecia mais distante.

Dava para escutar o pânico em sua voz. Eu mesmo comecei a entrar em pânico, pois sabia que levaria bronca se perdesse o lugar na fila. Mamãe e papai tinham passado todo fim de semana anterior dizendo que era para ficarmos o tempo inteiro perto de um deles.

Olhei para mamãe, mas ela não estava olhando para mim, estava observando você e papai na montanha-russa. Fiquei sem saber o que fazer, porque ela não ia mais saber onde eu estava caso eu saísse da fila. Mas, assim que Hope gritou meu nome novamente, parei de me importar. Eu precisava encontrá-la.

Comecei a correr na direção do fim da fila, seguindo o som de sua voz. Fiquei gritando o nome dela, esperando que me escutasse e viesse na direção da voz.

Meu Deus, Less. Fiquei tão animado. Fiquei apavorado e animado e sabia que todas as nossas preces tinham sido respondidas, mas cabia a mim correr e encontrá-la e fiquei com medo de não conseguir fazer nada disso. Ela estava ali e eu não via a hora de encontrá-la.

Eu tinha planejado tudo na minha cabeça. Assim que a encontrasse, daria o maior abraço do mundo nela, depois seguraria suas mãos e a levaria para onde mamãe estava. Ficaríamos esperando na saída da montanha-russa, assim você a veria logo que saísse.

Sabia o quanto você ficaria feliz ao vê-la. Nenhum de nós tinha sido verdadeiramente feliz nos dois anos que se passaram depois que ela foi levada, e essa era a nossa oportunidade. Afinal, a Disney é o lugar mais feliz do planeta, e pela primeira vez na vida eu acreditava naquilo.

— Hope! — berrei, colocando as mãos ao redor da boca. Tinha passado vários minutos correndo, ainda tentando escutar o som de sua voz. Ela gritava meu nome, e eu gritava o dela, e isso continuou pelo que pareceu uma eternidade até que alguém agarrou meu braço e deu um puxão, me parando bruscamente. Mamãe jogou os braços ao meu redor e me abraçou, mas fiquei tentando me soltar.

— Dean, não pode fugir assim! — disse ela. Estava ajoelhada, sacudindo meus ombros, olhando-me nos olhos desesperadamente. — Achei que tinha perdido você.

Eu me afastei e tentei continuar correndo na direção de Hope, mas mamãe não queria me soltar.

— Pare! — pediu ela, confusa, querendo entender por que eu tentava fugir.

Olhei para ela em pânico e balancei a cabeça com força, tentando recobrar o fôlego e encontrar as palavras.

168

— É... — Apontei para a direção em que queria correr. — É Hope, mamãe! Encontrei Hope! Precisamos ir até ela antes que eu a perca de novo.

Seus olhos foram tomados imediatamente pela tristeza e percebi que ela não estava acreditando em mim.

— Dean — sussurrou ela, balançando a cabeça compreensivamente. — Querido

Ela estava com pena de mim. Não acreditava em mim porque não era a primeira vez que eu achava que a tinha encontrado. Mas eu sabia que estava certo daquela vez. Sabia mesmo.

— Dean! — gritou Hope novamente. — Cadê você? — Dessa vez estava bem mais perto, e pela sua voz dava para perceber que estava chorando. Os olhos de mamãe viraram-se na direção do som e percebi que ela também tinha escutado Hope me chamar.

— Temos que encontrá-la, mamãe — implorei. — É ela. É Hope.

Mamãe me olhou nos olhos e vi o medo que havia neles. Ela fez que sim com a cabeça e agarrou minha mão.

— Hope? — gritou ela, olhando toda a multidão. Agora nós dois gritávamos o nome dela e eu me lembro de olhar para mamãe num certo momento enquanto ela me ajudava a procurar. Eu nunca a tinha amado tanto como naquele instante, pois ela estava mesmo acreditando em mim.

Escutamos meu nome novamente, dessa vez bem mais perto. Mamãe olhou para mim, de olhos arregalados. Começamos a correr na direção da voz de Hope. Abrimos caminho no meio da multidão e... foi então que a vi. Estava de costas para a gente, parada e sozinha.

— Dean! — gritou ela novamente.

Mamãe e eu ficamos paralisados. Não conseguíamos acreditar. Estava parada bem na nossa frente, me procurando. Depois de dois anos sem saber quem a tinha levado ou onde estava, nós finalmente tínhamos a encontrado. Comecei a andar para a frente, mas de repente fui empurrado por um adolescente correndo na direção dela. Quando a alcançou, agarrou o braço dela e a virou.

— Ashley! Graças a Deus! — disse ele, puxando-a para perto.

169

— Dean — disse ela para o garoto, pondo os braços ao redor do pescoço dele. — Eu me perdi.

Ele a ergueu.

— Eu sei, mana. Me desculpe mesmo. Agora você está bem.

Ela afastou o rosto manchado de lágrimas do peito dele e olhou na nossa direção.

Não era Hope.

Não era Hope mesmo.

E eu não era o Dean que ela procurava.

Mamãe apertou minha mão e se ajoelhou na minha frente.

— Lamento tanto, Dean — disse. — Também achei que fosse ela.

Um soluço irrompeu do meu peito e chorei. Chorei tão intensamente, Less. Mamãe colocou os braços ao meu redor e começou a chorar também, pois acho que ela não sabia que um menino de 8 anos podia ficar tão inconsolável.

Mas fiquei destruído. Meu coração se partiu completamente naquele dia, de novo.

E nunca mais quis escutar o nome Dean.

H

Capítulo Dezesseis

Desço a escada praticamente saltitando e entro na cozinha. É o primeiro dia da segunda semana de aulas e, só de comparar como acordei na segunda-feira passada ao meu estado hoje, começo a rir. Nunca em um milhão de anos achei que uma garota consumiria tanto os meus pensamentos como está acontecendo agora. Desde o segundo em que fui embora da casa dela na noite do sábado, só fiz comer, respirar e dormir pensando nela.

— E então, o que está achando da Sky? — pergunta minha mãe. Está sentada à mesa da cozinha, tomando café da manhã e lendo o jornal. Fico surpreso por ela lembrar o nome de Sky. Só a mencionei uma vez. Fecho a porta da geladeira e vou até o balcão.

— Ela é ótima — digo. — Estou gostando muito dela.

Minha mãe põe o jornal na mesa e inclina a cabeça.

— *Ela?* — diz, erguendo a sobrancelha. Não entendo por que está confusa. Fico somente encarando-a até ela balançar a cabeça e rir. — Ah, meu Deus — exclama ela. — Você está muito apaixonado.

Continuo confuso.

— Como assim? Você perguntou o que eu estava achando de Sky e eu respondi.

Agora ela ri mais ainda.

— Eu disse *escola*, Holder. Perguntei o que estava achando da *escola*.

Ah.

Talvez eu esteja *mesmo* apaixonado.

— Cale a boca. — Eu rio, envergonhado.

Ela para de rir e pega o jornal, segurando-o na frente do corpo. Pego minha bebida e minha mochila e vou na direção da porta.

— E então? — pergunta ela. — O que está achando da *escola*?

Reviro os olhos.

— Estou achando normal — digo, saindo da cozinha. — Mas prefiro Sky.

Vou até o carro e ponho a mochila dentro dele. Devia ter pensado em me oferecer para buscá-la hoje, mas, após passarmos boa parte do domingo trocando mensagens, concordamos em ir um pouco mais devagar. Decidimos não correr mais juntos de manhã. Ela disse que seria demais e muito cedo, e eu quero muito manter as coisas no ritmo dela, então concordei. No entanto, não posso negar que fiquei um pouco desapontado por ela querer correr sozinha. Quero ficar perto dela durante todos os segundos do dia, mas também sei que tem razão. Passamos somente um fim de semana juntos e já parece que a minha ligação com ela é bem mais profunda do que eu já tive com qualquer outra garota. É uma sensação boa, mas também me deixa apavorado.

Antes de dar ré, pego o celular e envio uma mensagem para ela.

Não sei se o seu ego precisa desinflar hoje. Eu mesmo decido quando finalmente encontrá-la de novo daqui a quinze minutos.

Guardo o celular e dou ré. Quando paro no primeiro sinal, pego o telefone novamente e mando outra mensagem.

Catorze minutos.

Fico com o telefone na mão e mando outra mensagem depois de mais um minuto.

Treze minutos.

Faço isso a cada minuto até chegar no estacionamento da escola e todos os minutos se passarem.

Ao chegar na sala, dou uma olhada pela janela da porta. Ela está sentada nos fundos da sala, ao lado de uma carteira convenientemente vazia. Meu pulso acelera um pouco só porque a vi. Abro a porta, entro e seu rosto se alegra imediatamente com um sorriso assim que me vê.

Vou até o fundo da sala e começo a colocar a mochila na carteira vazia na mesma hora em que um cara tenta colocar suas bebidas em cima da mesa. Olho para ele e ele olha para mim, em seguida nós dois olhamos para Sky, pois só quero empurrá-lo para longe depois que ela me der permissão.

— Parece que temos um grande dilema aqui, meninos — diz ela com um sorriso fofo. Ela olha para o café que o garoto ao meu lado segura. — Estou vendo que o mórmon trouxe sua oferenda de café para a rainha. Muito impressionante. — Ela olha para mim e ergue a sobrancelha. — Você vai mostrar sua oferenda, garoto-caso-perdido, para que eu decida quem vai me acompanhar no trono da sala de aula hoje?

Ela está me provocando. Adoro. E, parando para pensar, esse deve ser o garoto com quem ela almoçou a semana inteira. Ao ver seus sapatos rosa-shocking e calça combinando, me livro de qualquer preocupação de que ele pudesse se tornar meu concorrente.

Pego minha mochila e o deixo ficar com o lugar.

— Pelo jeito alguém está precisando de uma mensagem para diminuir esse ego aí. — Eu me sento numa carteira vazia na fileira em frente.

— Parabéns, cavalheiro — diz ela para o garoto com o café. — Hoje você é o escolhido da rainha. Pode se sentar. O fim de semana foi bem movimentado.

Ele senta-se, mas olha para ela curiosamente. Pela expressão em seu rosto, fica claro que não faz ideia do que aconteceu entre mim e Sky no fim de semana.

173

— Breckin, esse é Holder — diz Sky, apresentando-me. — Holder não é meu namorado, mas, se eu o encontrar tentando quebrar o recorde de melhor primeiro beijo com outra garota, logo vai virar meu não namorado *morto*.

Nem se preocupe, querida. Não vou tentar quebrar esse recorde com ninguém, só com você.

Sorrio para ela.

— Igualmente.

— Holder, esse é Breckin — continua ela, gesticulando com a mão para ele. — Breckin é meu novo melhor amigo de todos no mundo inteiro.

Se ele é o melhor amigo de Sky, tenho certeza de que está prestes a virar meu segundo melhor amigo. Estendo a mão para ele. Breckin aperta minha mão com cautela, vira-se para Sky e fala, baixinho:

— O seu *não namorado* sabe que sou mórmon?

Sky sorri e faz que sim com a cabeça.

— Na verdade, Holder não tem nenhum problema com mórmons. Só com babacas.

Breckin ri e eu ainda estou tentando entender se mórmon realmente significa mórmon nesse contexto, pois parece mais que é código para algo completamente diferente.

— Bem, nesse caso, bem-vindo à Aliança — diz Breckin para mim.

Olho para o café na carteira dele. Se mórmon significa mórmon, esse café tem que ser descafeinado.

— Achava que mórmons não podiam tomar cafeína — digo para ele.

Breckin dá de ombros.

— Decidi desobedecer essa regra na manhã em que acordei gay.

Dou uma risada. Acho que gosto desse mórmon.

Sky encosta-se na cadeira e sorri para mim. É bom ser aprovado pelo único amigo que ela parece ter aqui. O Sr. Mulligan chega na sala, então me inclino na direção de Sky antes de ele começar a aula.

— Me espera depois da aula?

Ela sorri e assente com a cabeça.

Quando chegamos ao armário dela, está coberto de post-its novamente.

Babacas.

Amasso os post-its e os jogo no chão, como sempre faço quando passo por seu armário. Ela troca de livros e se vira para mim.

— Você cortou o cabelo — afirma.

Não vou admitir o quanto foi difícil encontrar um cabeleireiro aberto num domingo.

— Pois é. Uma garota aí não parava de reclamar dele. Estava ficando bem irritante.

— Eu gostei — diz ela.

— Que bom.

Ela sorri para mim e segura os livros contra o peito. Não consigo parar de pensar no sábado à noite e em como eu daria de tudo para estarmos juntos no seu quarto exatamente agora. Por que diabos não a beijei? Vou beijá-la hoje, caramba. Depois das aulas. Ou, se der, talvez *durante* as aulas. Ou talvez agora.

— Acho que temos de ir para a aula — diz ela, passando por mim e olhando.

— Pois é — concordo. Nós provavelmente devíamos ir para a aula, mas *não* temos a próxima aula em comum então estou sem a mínima pressa.

Ela me encara um pouco mais. É tempo suficiente para eu me planejar mentalmente. Sei que é segunda-feira, mas quero sair com ela hoje à noite. Assim vou ter que acompanhá-la até a porta de casa. Depois que chegarmos à porta, vou beijá-la loucamente por pelo menos meia hora, pois era o que eu devia ter feito no sábado.

Ela dá um chute para se afastar do armário e começa a ir embora, mas seguro seu braço e a puxo de volta. Empurro-a contra o armário e ela arfa quando a bloqueio com os braços.

Está nervosa novamente.

Levo a mão até seu rosto e a deslizo por debaixo de seu queixo, em seguida passo o dedão por cima de seu lábio inferior. Dá para sentir seu peito subindo contra o meu e sua respiração fica mais acelerada.

— Queria ter beijado você no sábado à noite — sussurro, encarando sua boca. Ela separa os lábios e continuo passando o dedão em cima deles. — Não consigo parar de pensar em como deve ser seu gosto. — Pressiono o dedão no centro de seus lábios, inclino-me rapidamente e a beijo. Mas me afasto com a mesma rapidez, pois esse gesto provocador quase me matou. Seus olhos estão fechados. Solto seu rosto e vou embora.

Tenho certeza de que acabei de me tornar um especialista em força de vontade, pois me afastar daquela boca foi uma das coisas mais difíceis que já fiz.

— E aí, hamburgão — diz Daniel, furando a fila para ficar na minha frente.

— Hamburgão? — suspiro e balanço a cabeça. Não faço ideia de onde ele tira essas merdas.

— Bem, não gosta quando o chamo de Hopeless. Nem de teta murcha. Nem de periquita fresca. Nem de...

— Podia me chamar de Holder mesmo.

— Todo mundo o chama de Holder e eu odeio todo mundo, então não. Não posso fazer isso. — Ele pega duas bandejas vazias e me entrega uma. Aponta a cabeça na direção da mesa de Sky. — Então, espero que tenha valido a pena me dispensar no sábado por causa daquela peitinho de queijo ali.

— O nome dela é Sky — corrijo-o.

— Bem, não posso chamá-la de Sky. Todo mundo a chama de Sky e eu odeio todo mundo, então...

Dou uma risada.

— Bem, então por que chama Valerie pelo nome *dela*?

Daniel vira-se.

— Quem é Valerie? — pergunta ele, olhando para mim como se eu tivesse enlouquecido.

— *Val?* Sua ex-namorada? Ou namorada atual. Sei lá o que ela é.

Daniel ri.

— Não, cara. O nome dela não é Valerie, é Tessa.

Hein?

— Eu a chamo de Val porque é abreviação de Valium e sempre digo que ela precisa tomar um quilo dessa merda. Não estava mentindo quando disse que ela é louca para cacete.

— Você chama *alguma pessoa* do nome verdadeiro?

Ele pensa por um instante e depois olha para mim, confuso.

— Por que eu faria isso?

Desisto.

— Vou sentar com Sky hoje — digo para ele. — Quer sentar com a gente?

Daniel balança a cabeça.

— Nem. Val está tendo um dia bom então é melhor eu aproveitar. — Ele pega o troco com o caixa do refeitório. — Até mais tarde, bunda de tubarão.

Sinto um certo alívio por ele almoçar com Val. Talvez ainda seja cedo demais para Sky conviver um pouco com Daniel. Pago meu almoço e vou até a mesa deles. Quando chego, parece que Sky está contando para Breckin sobre o nosso fim de semana. Breckin percebe que estou me aproximando atrás dela, mas só me dá uma piscadinha e não avisa a ela que estou escutando.

— Ele apareceu na minha casa na sexta, e, depois de vários mal-entendidos, acabamos concordando que tínhamos uma visão distorcida um do outro. Então assamos uns doces, li indecências para ele, que depois foi para casa. Voltou no sábado à noite e cozinhou para mim. Então fomos para meu quarto e...

177

Solto a bandeja ao lado dela e me sento.

— Pode continuar — digo. — Adoraria ouvir o que fizemos em seguida.

Ela sorri rapidamente para mim ao ver a minha bandeja ao lado da sua, revira os olhos e se vira para Breckin mais uma vez.

— Em seguida, quebramos o recorde de melhor primeiro beijo da história dos primeiros beijos sem nem nos beijarmos.

— Impressionante — comenta Breckin.

— Foi um fim de semana insuportavelmente entediante — digo.

Breckin lança um olhar para mim como se quisesse me dar uma surra por ter insultado Sky. Com isso, o meu respeito por ele aumenta bastante.

— Holder adora o tédio — esclarece Sky. — O comentário foi algo positivo.

Breckin pega o garfo e olha de Sky para mim algumas vezes.

— Poucas coisas me deixam confuso. Vocês dois são uma dessas coisas.

Ele não é a única pessoa que está confusa com nós dois. Eu estou muito confuso com nós dois. Nunca me senti tão à vontade com uma garota antes, e nem estamos namorando. Nem nos beijamos. Apesar de eu ter dado o maior *não beijo* nela. Fico nervoso só de pensar nisso.

— Tem planos para hoje à noite?

Ela limpa a boca com o guardanapo.

— Talvez — diz, sorrindo.

Pisco para Sky, sabendo que é sua maneira teimosa de dizer que não tem planos.

— O livro que ela leu para você foi aquele cheio de indecências que eu emprestei? — pergunta Breckin.

— Indecências? — Dou uma risada. — *Acho* que não, mas não prestei tanta atenção na história, pois estava um pouco distraído.

Ela dá um tapa no meu braço.

— Você deixou eu ficar lendo por três horas seguidas e nem estava prestando atenção?

Jogo o braço por cima de seu ombro, puxo-a para perto e beijo a lateral de sua cabeça.

— Já disse que estava prestando atenção — sussurro em seu ouvido. — Mas não nas palavras que saíam da sua boca. — Eu me viro para Breckin. — Mas escutei algumas partes. O livro não é ruim. Nunca achei que fosse me interessar por um romance, mas estou curioso para saber como aquele cara vai conseguir sair daquela encrenca.

Breckin concorda e menciona uma parte do enredo. Começamos a falar do livro, mas não deixo de perceber que Sky fica quieta durante toda a conversa com Breckin. Fico olhando, mas ela está distraída, assim como ficou distraída na cozinha da casa dela no sábado à noite. Depois de um tempo sem que Sky dissesse nem comesse nada, começo a me preocupar achando que tem algo de errado.

— Você está bem? — pergunto, virando minha atenção para ela, que nem pisca. Estalo os dedos na frente de seu rosto. — Sky — digo um pouco mais alto. Seus olhos finalmente acordam e ela sai do transe. — Onde você estava? — pergunto, preocupado.

Ela sorri, mas parece envergonhada por ter ficado distraída. Estendo o braço e ponho a mão em sua bochecha, alisando-a com o dedão para tranquilizá-la.

— Precisa parar de ficar viajando assim. Isso me deixa um pouco assustado.

Ela dá de ombros.

— Desculpe-me. É que me distraio fácil. — Ela sorri e afasta minha mão de seu rosto, apertando-a para me tranquilizar. — É sério, estou bem.

Olho para sua mão, que agora segura a minha. Vejo a metade familiar de um coração prateado balançando debaixo de sua manga, então viro sua mão imediatamente e fico girando seu pulso para cima e para baixo.

Ela está com a pulseira de Less.

Que *merda* está fazendo usando a pulseira de Less?

— Onde arranjou isso? — pergunto, ainda encarando a pulseira que não devia estar no seu pulso de jeito nenhum.

Ela olha para a própria mão e dá de ombros como se não fosse nada de mais.

Ela dá de ombros?

Ela dá de ombros como se não estivesse nem aí para o fato de ter me deixado completamente sem ar. Como é possível estar com essa pulseira? É a pulseira de Less. Da última vez que vi essa pulseira, estava no pulso da minha irmã.

— Onde arranjou isso? — exijo saber.

Agora ela olha para mim como se estivesse morrendo de medo da pessoa em sua frente. Percebo que estou segurando seu pulso com bastante força e o solto no instante em que Sky se afasta de mim.

— Acha que foi um garoto que me deu? — pergunta ela, confusa.

Não, não acho que foi um *garoto* que deu a pulseira para ela. *Nossa*. Não acho isso de jeito nenhum. O que *acho* é que está com a pulseira da minha irmã morta e que está se recusando a me contar como a consegui. Não pode simplesmente dar de ombros e ficar se comportando como se fosse uma coincidência, pois essa pulseira foi feita à mão e só existe uma outra pulseira igual a essa no mundo inteiro. Então, a não ser que ela seja Hope, está usando a pulseira de Less e quero saber por que diabos está usando isso!

A não ser que ela seja Hope.

A ficha cai de uma vez só e começo a achar que vou vomitar. *Não, não, não.*

— Holder — diz Breckin, movendo-se para a frente. — Calma aí, cara.

Não, não, não. Não pode ser a pulseira de Hope. Como ainda teria isso depois de todo esse tempo? As palavras que disse no sábado surgem na minha cabeça:

"A única coisa que guardo de antes da adoção são algumas joias, e não faço ideia de onde vieram."

Eu me inclino para a frente, rezando para que essa pulseira não seja uma das joias a que ela se referia.

— Quem lhe deu essa maldita pulseira, Sky?

Ela arfa, ainda sem conseguir me responder. Não consegue me responder porque sinceramente não faz a mínima ideia. Está me olhando como se eu tivesse acabado de deixá-la arrasada e caramba... acho que foi o que acabei de fazer.

Sei que ela não faz ideia do que estou pensando, mas como eu sequer começaria a explicar? Como vou explicar que talvez ela não saiba de onde veio a merda da pulseira, mas *eu* sei? Como contar que a pulseira veio de Less? Da melhor amiga de quem nem ao menos se lembra? E como vou admitir que ganhou a pulseira apenas alguns minutos antes de eu deixá-la sozinha? Minutos antes de toda sua vida ser arrancada dela?

Não posso contar. Não posso contar, pois sinceramente ela não se lembra de nada a respeito de mim ou de Less ou de como ganhou essa droga de pulseira. Olhando para ela, acho que nem se lembra de Hope. Não se lembra nem de *si mesma*. No sábado à noite, ela disse que não tinha nenhuma lembrança de sua vida antes de Karen.

Como não lembra? Como alguém não lembra que foi roubada da própria casa? Que foi roubada da melhor amiga?

Como ela não se lembra de *mim*?

Fecho os olhos e me viro. Pressiono as palmas da mão na testa e inspiro profundamente. Preciso me acalmar. Estou deixando-a apavorada e é a última coisa que quero fazer. Agarro minha nuca para ocupar as mãos e não esmurrar a mesa.

Ela é Hope. Sky é Hope e Hope é Sky e...

— Merda!

Não quis dizer em voz alta, pois sei que a estou deixando apavorada. Mas não vou conseguir me acalmar mais do que isso. Preciso sair daqui. Preciso pensar numa maneira de explicar essa merda para ela.

Eu me levanto e vou apressadamente até a saída do refeitório antes de fazer ou dizer qualquer outra coisa. Assim que passo pelas portas e fico sozinho no corredor, desmorono contra o armário mais próximo e levo as mãos trêmulas até o rosto.

— Merda, merda, merda!

Capítulo Dezessete

Less,

Me desculpe por não tê-la encontrado antes. Não posso deixar de me perguntar se isso teria feito alguma diferença. Me desculpe mesmo.

H

Capítulo Dezoito

Less,

Mas ela ainda tem sua pulseira. Isso tem que significar alguma coisa para você.

H

Capítulo Dezenove

Less,

Não sei o que fazer. Já se passaram seis horas e continuo tentando decidir se devo ir até a casa dela e contar tudo ou se devo esperar mais um pouco.

Acho que vou esperar mais um pouco. Preciso assimilar isso tudo.

H

Capítulo Vinte

Less,

E se eu ligar para Karen e explicar tudo? Sky e ela parecem ter um relacionamento bom. Karen poderia decidir o que fazer.

H

Capítulo Vinte e Um

Less,

Merda. E se tiver sido Karen quem fez aquilo?

H

Capítulo Vinte e Dois

Less,

E se eu contar para mamãe? Posso contar e ela pode decidir o que vamos fazer ou se devemos ligar para a polícia. Ela é advogada. Tenho certeza de que lida com esse tipo de coisa o tempo inteiro.

H

Capítulo Vinte e Três

Less,

Não posso contar para mamãe. Ela é advogada da área de propriedade intelectual. Ficaria tão perdida quanto eu.

H

Capítulo Vinte e Quatro

Less,

Já é quase meia-noite. São doze horas sem dar nenhuma explicação para ela sobre o que aconteceu hoje no almoço. Nossa, espero que eu não a tenha feito chorar.

H

Capítulo Vinte e Cinco

Less,

Agora ela provavelmente está dormindo. De manhã eu conto. Ela corre toda manhã, então é só eu aparecer lá e correr com ela e depois contar. Depois nós dois pensamos no que fazer.

H

Capítulo Vinte e Seis

Less,

Não consigo dormir.
Não acredito que realmente a encontrei.

H

Capítulo Vinte e Sete

Less,

Por que você acha que ela se chama Sky?

Nós costumávamos fazer uma coisa quando éramos pequenos. Só fizemos algumas vezes porque ela foi levada pouco tempo depois. Mas ela chorava o tempo inteiro e eu odiava aquilo, então nós dois ficávamos deitados na entrada de casa observando o céu, e eu segurava o dedo dela. Lembro de pensar que era nojento segurar a mão de uma garota, então segurava apenas seu dedo mindinho. Porque, mesmo sendo muito novo e achando nojento segurar a mão de uma menina, eu realmente queria segurar a mão dela.

Eu costumava dizer para ela pensar no céu quando ficasse triste e ela sempre me prometia que faria isso. E agora aqui está ela. E o nome dela é Sky, que significa céu.

São três da manhã. Nada disso faz sentido. Agora vou dormir.

H

Capítulo Vinte e Oito

Less,

Bem, corri com ela. Mais ou menos. Foi mais como se eu tivesse corrido atrás dela. Não consegui falar depois que cheguei lá. E depois da corrida estávamos tão cansados que simplesmente caímos na grama.

Esperava que o incidente de ontem no refeitório tivesse despertado alguma lembrança dela. Esperava que, quando eu chegasse lá hoje, ela soubesse exatamente por que fiquei tão chateado ontem. Queria que me dissesse que lembrava para que eu não precisasse ser a pessoa que vai contar.

Como se conta algo assim para alguém, Less? Como contar que a mãe que a criou pode muito bem ter sido justamente a pessoa que a roubou de nós?

Se eu dissesse alguma coisa, a vida dela iria mudar para sempre. E ela gosta da vida dela. Gosta de correr e ler e cozinhar e... puta merda.

Puta merda.

Só compreendi agora, mas sabe toda a história da internet? De a mãe não querer que ela tenha celular? Foi Karen. Foi Karen quem a levou, porra, e está fazendo o possível para que Sky não descubra nada.

Não sei o que fazer. Sei que não consigo ficar perto dela nesse momento. Não dá de maneira alguma para ficar perto dela e fingir que está tudo bem. Mas também não posso contar a verdade de maneira alguma, pois o seu mundo viraria de cabeça para baixo.

Não sei o que vai ser mais doloroso. Ficar longe para que ela não descubra ou contar a verdade e destruir totalmente a sua vida mais uma vez.

H

Capítulo Vinte e Oito e Meio

Less,

É quinta à noite. Não falo com ela desde segunda-feira. Não consigo nem olhar para ela porque dói demais. Ainda não sei o que fazer e, quanto mais deixo isso continuar assim, mais pareço um babaca. Só que toda vez que crio coragem para falar com ela fico sem saber o que dizer. Disse que sempre seria sincero com ela, mas não dá para ser sincero a respeito desse assunto.

Tento compreender por que Karen faria algo desse tipo, mas não existe uma única desculpa no mundo inteiro que justifique alguém roubar uma criança. Já pensei na possibilidade de o pai de Hope não querer mais ficar com ela e ter simplesmente dado a filha. Mas sei que não é verdade, pois ele passou meses fazendo tudo que podia para encontrá-la.

Simplesmente não dá para entender. Nem sei se preciso entender. Até eu aparecer na vida dela duas semanas atrás, ela era feliz. Se eu não me afastar agora, isso vai arruinar tudo para ela.

Irônico, não é? Eu me afastei dela há treze anos e arruinei sua vida. Agora, se eu decidir não me afastar, vou arruinar sua vida novamente.

Isso só prova que faço tudo errado. Sou mesmo um caso perdido

H

Capítulo Vinte e Nove

— Ei, otário. Tudo certo para hoje à noite? — pergunta Daniel, aproximando-se do meu armário.

A última coisa que estou a fim de fazer é sair. Sei que Daniel provavelmente me faria parar de pensar nela com todas as maluquices que saem de sua boca, mas não *quero* parar de pensar nela. Não nos falamos desde segunda-feira e a única coisa que me parece interessante, além de ficar com ela, é ficar me lamentando sozinho, sentindo pena de mim mesmo.

— Talvez amanhã. Não estou a fim de fazer nada hoje.

Daniel apoia o cotovelo no armário e abaixa a cabeça, inclinando-se para perto de mim.

— Deixa de ser fresco — retruca ele. — Você nem namorou a menina. Supera logo essa merda e... — Daniel olha por cima do meu ombro sem terminar a frase. — Qual o seu problema, hein, Bambi? — Ele está falando com alguém que chegou atrás de mim. Pela maneira como fala, só pode ser Grayson. Com medo de estar prestes a levar um murro nas costas, eu me viro.

Não é Grayson.

Breckin está na minha frente e não parece muito contente.

— Oi — falo.

— Preciso conversar com você — diz ele. Sei que quer conversar sobre Sky e não estou nem um pouco a fim de conversar sobre Sky. Nem com Breckin, nem com Daniel, nem mesmo com a própria Sky. Ninguém sabe nada de nada e, sendo bem franco, isso não é da conta de ninguém.

— Desculpe, Breckin. Não estou muito a fim de conversar sobre ela.

Breckin dá um passo para a frente rapidamente e eu dou um passo para trás rapidamente, pois não esperava que ele fosse me encurralar dessa maneira. Estou encostado no armário, e Daniel está rindo. Provavelmente porque Breckin tem uns vinte quilos a menos do que eu e é muitos centímetros mais baixo, então ele deve estar se perguntando por que não o enchi de porrada ainda. Mas isso não impede Breckin de se aproximar mais, empurrando o dedo com força contra meu peito.

— Não dou a mínima para o que você está a fim de fazer, porque eu ando de péssimo humor também, Holder. Não é você quem está tendo que juntar os cacos de Sky esses dias. Não sei que merda foi aquela no refeitório na segunda-feira, mas foi o suficiente para eu perceber que não gosto de você. Não gosto de você nem um pouco e não faço ideia do que Sky vê em você... porque o que você fez com ela... iludindo-a por dias e depois simplesmente desaparecendo, como se ficar com ela fosse uma perda de tempo? — Breckin balança a cabeça, ainda furioso. Ele abaixa a vista até meu braço. Até minha tatuagem.

— Sinto pena de você — diz ele, suspirando. Ele inspira para se acalmar e volta a olhar para mim lentamente. — Sinto pena de você, pois pessoas como Sky só aparecem uma vez na vida. Ela merece alguém que perceba isso. Alguém que dê valor a ela. Alguém que nunca seria capaz de simplesmente... — Ele balança a cabeça, olhando para mim desapontado. — Alguém que nunca destruiria as esperanças dela e simplesmente desapareceria.

Breckin dá um passo para trás após terminar de falar e Daniel me lança aquele olhar. O olhar que indica que está pronto para começar mais uma de suas brigas. Antes que eu tenha tempo de dizer para Daniel ficar parado, ele se lança para cima de Breckin. Eu me posiciono entre os dois rapidamente e empurro Daniel contra o armário, pressionando o braço em seu peito.

— Não — digo, segurando Daniel.

— Deixe que ele me bata — fala Breckin bem alto atrás de mim. — Ou, melhor ainda, por que você mesmo não faz isso, Holder? Já provou para Sky o quanto era durão na segunda-feira. Vamos!

Solto Daniel e me viro para Breckin. A última coisa que quero é bater nele. Por que eu bateria nele se tudo que acabou de me dizer não passa da mais pura verdade? Está furioso comigo por causa da maneira como tratei Sky. Está furioso e está a protegendo e não faço ideia de como dizer a ele o quanto é importante eu saber que ela o tem em sua vida.

Dou meia-volta, abro o armário e pego minha mochila e as chaves do carro. Daniel me observa atentamente, perguntando-se por que não estou dando a maior surra em Breckin. Eu me viro novamente para Breckin, que me olha, tão confuso quanto Daniel. Começo a me afastar, mas paro quando estou ombro a ombro com Breckin.

— Que bom que ela tem você, Breckin.

Ele não responde. Ponho a mochila no ombro e vou embora.

Capítulo Vinte e Nove e Meio

Less,

Não falo com ela há duas semanas. Mas ainda estou indo para a escola, pois a ideia de não vê-la todos os dias é algo inconcebível. Contudo, fico olhando para ela de longe. Odeio o fato de que agora Sky parece triste.

Esperava que minhas ações no refeitório na última segunda tivessem a deixado furiosa, mesmo que fosse só um pouco. Quando decidi que era melhor não voltar para a vida dela, esperava que a raiva fosse ajudá-la a me esquecer mais rapidamente. Mas ela não parece com raiva. Só parece estar de coração partido, o que me deixa arrasado.

Durante o fim de semana, fiz uma lista de quais seriam os prós e contras de contar a verdade para ela. Vou compartilhar a lista com você para que entenda melhor o que decidi, pois sei que não faz muito sentido.

Prós de contar a verdade para Sky:

* A família dela merece saber o que aconteceu e que ela está bem.

* Ela merece saber o que aconteceu.

Contras de contar a verdade para Sky:

* A verdade arruinaria a vida que ela tem agora.

* Quando éramos crianças, ela nunca me pareceu feliz, mas agora parece. Obrigá-la a voltar para uma vida de que nem lembra não parece ser a decisão certa.

* Se descobrisse que passei esse tempo inteiro sabendo quem ela era, nunca me perdoaria por não lhe contar.

* Sei que ela acha que seu aniversário é semana que vem, mas na verdade ainda faltam meses para ela completar 18 anos. Se descobrir agora, a decisão sobre seu futuro será tomada por seu pai e pelo Estado. Quando ela descobrir a verdade, quero que tenha idade suficiente para decidir a respeito do que vai acontecer com sua própria vida.

* Por mais que eu não queria acreditar que Karen fez isso, e se ela tiver feito? Se a verdade viesse à tona, Karen seria punida. E isso prova-

velmente devia entrar na lista dos prós, mas não dá mesmo para pensar na prisão dela como um pró para Sky.

Então, como está vendo, os contras ganham, e por isso decidi não contar a verdade. Pelo menos ainda não. Depois de decidir que não ia contar o que aconteceu quando ela era criança, me perguntei se não seria bom tentar me desculpar pelo que fiz no almoço daquele dia. E pensei que, de alguma maneira, eu podia manter o segredo até ela terminar o colégio e, enquanto isso, nós dois poderíamos ficar juntos. O que mais quero é ficar com ela de novo, mas existem tantas razões para eu não fazer isso.

Prós de ficar com Sky:

* Sinto uma puta falta dela. Sinto falta de seus comentários grosseiros, de sua risada, de seu sorriso, de seu rosto se franzindo, de seus cookies, de seus brownies, de seu beijo. (Apesar de eu nunca a ter beijado. Sei que sentiria falta disso se tivesse acontecido).

* Se eu pedisse desculpas, ela não ficaria tão arrasada. Poderíamos recomeçar o que quer que estivéssemos fazendo e eu poderia fingir que ela não é Hope. Seria cruel, mas pelo menos ela ficaria feliz.

Contras de ficar com Sky.

* Minha presença poderia fazer sua memória despertar. Não sei se estou preparado para que se lembre de mim.

* Após descobrir a verdade, vai me odiar por tê-la enganado. Pelo menos se não estivermos juntos, ela vai poder respeitar o fato de que não menti para ela enquanto deixava que se apaixonasse por mim.

* Se eu passar o mínimo de tempo com ela, sei que vou terminar deixando algo escapar. Vou chamá-la de Hope ou comentar alguma coisa de quando éramos crianças ou falar demais sobre você e isso pode fazer alguma lembrança vir à tona.

* Como eu a apresentaria para mamãe? Tenho certeza de que mamãe a reconheceria imediatamente, pois Hope passava muito tempo lá em casa.

* Vou fazer alguma merda que vai estragar tudo de novo. É a única coisa que pareço ser capaz de fazer nessa vida. Ferrar tudo para você e para Hope.

* Se eu sair totalmente de sua vida, ela vai poder voltar a ter a vida alegre que teve nos últimos treze anos.

* Se eu ficar, será inevitável contar a verdade. E, por mais que ela provavelmente precise saber disso, o seu mundo viraria de cabeça para baixo. Não vou aguentar ver isso acontecer, Less. Não vou.

Então aí está, tudo escrito. Não vou contar a verdade e não vou deixar que ela me perdoe. A vida dela será melhor sem mim. É melhor ela deixar o passado no passado e ficar longe de mim.

H

Capítulo Trinta

Pego a sacola no chão, vou até a porta da frente e toco a campainha. Não sei se isso é uma boa ideia. Na verdade, *sei* que não é. Mas, por alguma razão, confio que ele vai fazer isso por mim.

A porta abre-se e uma mulher, muito provavelmente sua mãe, aparece.

— Breckin está? — pergunto.

Ela começa no topo da minha cabeça e dá uma olhada em todo o meu corpo, parando nos meus sapatos. Não é o tipo de olhada que um cara recebe de uma mulher que está dando uma conferida nele. É uma olhada de reprovação.

— Breckin não está esperando visita — afirma ela friamente.

Ok. Esse obstáculo eu não esperava.

— Tudo bem, mãe — diz Breckin, abrindo mais a porta. — Ele não está aqui por causa da minha gayzice.

A mãe de Breckin bufa, revira os olhos e vai embora enquanto tento segurar a risada. Agora Breckin está onde ela estava, me dando uma olhada de reprovação igual à dela.

— O que você quer?

Mudo de posição, ficando um pouco constrangido com o fato de eu não ser nada bem-vindo nessa casa.

— Quero duas coisas — digo. — Para começar, estou aqui para me desculpar. Mas também estou aqui para pedir um favor.

Breckin ergue a sobrancelha.

— Eu disse para minha mãe que você não estava aqui pela minha gayzice, Holder. Então pode se desculpar, mas não vou fazer nenhum favor.

Dou uma risada. Adoro o fato de ele conseguir zombar de si próprio mesmo quando está furioso. Less sempre fazia isso.

— Posso entrar? — pergunto. Estou me sentindo bem constrangido parado no pórtico e não queria ter essa conversa aqui. Breckin dá um passo para trás, abrindo mais a porta.

— Acho bom que isso seja um presente de desculpas — diz ele, apontando para a sacola na minha mão. Não olha para trás nem me convida para ir atrás dele enquanto segue pelo corredor, então fecho a porta da casa, olho ao redor e o sigo. Ele abre a porta do seu quarto e eu entro depois dele. Apontando para uma cadeira, ele diz firmemente: — Sente aqui. — Breckin vai até a cama e senta na beirada, de frente para mim. Sento lentamente na cadeira e ele apoia os cotovelos nos joelhos e une as mãos na frente do corpo, olhando-me bem nos olhos. — Imagino que vai pedir desculpas para Sky depois, não é? Quando for embora daqui? Pois é para ela que precisa pedir desculpas.

Ponho a sacola aos meus pés e me encosto na cadeira.

— Você é muito protetor em relação a ela, não é?

Breckin dá de ombros indiferentemente.

— Bem, com tantos babacas a tratando como merda, *alguém* tem que cuidar dela.

Pressiono os lábios formando uma linha firme e faço que sim com a cabeça, mas não digo nada de imediato. Ele me encara por um tempo, muito provavelmente tentando entender por que estou aqui. Suspiro rapidamente e começo a dizer o que vim aqui dizer.

— Escute, Breckin. Eu provavelmente não vou fazer muito sentido, mas me escute, está bem?

Breckin endireita a postura enquanto revira os olhos.

— Por favor, diga que vai explicar que merda foi aquela no refeitório. Tentamos analisar seu comportamento uma dúzia de vezes, mas nada faz sentido.

Balanço a cabeça.

— Não posso explicar o que aconteceu, Breckin. Não posso. Tudo o que posso dizer é que Sky é mais importante para mim do que você jamais será capaz de compreender. Fiz merda e agora é tarde demais para voltar atrás e corrigir a situação. Não quero que ela me perdoe, pois não mereço seu perdão. Você e eu sabemos que é melhor ela ficar longe de mim. Mas precisava vir aqui e pedir desculpas para você porque dá para perceber o quanto você se importa com ela. Fico arrasado por tê-la magoado, mas sei que isso também o magoou indiretamente. Então me desculpe.

Fico com o olhar fixo no seu. Ele inclina um pouco a cabeça e fica mastigando o lábio inferior enquanto me observa.

— O aniversário dela é no sábado — digo, pegando a sacola. — Comprei isso e queria que desse para ela. Não quero que saiba que é um presente meu. Diga que foi você que comprou. Sei que ela vai gostar. — Tiro o *e-reader* da sacola, jogando-o para ele. Breckin pega e olha para o presente.

Ele o encara por alguns minutos, virando e olhando a parte de trás. Joga-o na cama ao seu lado, une as mãos novamente e fica encarando o chão. Espero que ele fale alguma coisa, pois eu já disse tudo o que tinha a dizer.

— Posso falar só uma coisa? — pergunta ele, erguendo o olhar.

Faço que sim com a cabeça. Imaginei que fosse ter bem mais do que *uma* coisa para me dizer depois disso tudo.

— Acho que o que me deixou mais furioso foi o fato de que eu gostava dela com você — diz ele. — Gostei de ver o quanto ela estava feliz naquele dia. E, apesar de eu ter observado vocês dois no almoço só por trinta minutos antes de você surtar completamente — continua ele, acenando o braço —, aquilo pareceu tão *certo*. Você parecia a pessoa certa para ela e ela parecia a pessoa certa para você e... não sei, Holder. Você não faz nenhum sentido. Não fez sentido quando a abandonou naquele dia e também não está fazendo sentido agora. Mas dá para perceber que se importa com ela. Só não dá para entendê-lo. Não o entendo nem um pouco e fico furioso pois, se tem algo em que sou bom, isso é compreender as pessoas.

Não estava contando enquanto ele falava, mas tenho certeza de que disse mais de uma coisa.

— Você pode somente confiar em mim quando digo que realmente me importo? — pergunto. — Desejo o melhor para ela e, apesar de eu estar arrasado por saber que não sou o melhor para Sky, quero vê-la feliz.

Breckin sorri, estende o braço para o lado e pega o *e-reader*.

— Bem, acho que ela vai esquecer tudo a respeito de Dean Holder depois que eu der esse presente incrível que custou toda a minha poupança. Tenho certeza de que vai ser só serragem e luz do sol depois que Sky mergulhar nos livros que vou baixar nisso aqui.

Sorrio, apesar de não fazer ideia do que ele quis dizer com serragem e luz do sol.

Capítulo Trinta e Meio

Less,

Breckin é bem legal. Você gostaria dele. Fui na casa dele na sexta à noite e dei o presente que comprei para Sky. Conversamos por um tempo e acho que ele não quer mais me encher de porrada. Não que fosse conseguir. Mas foi isso que consolidou o respeito que sinto por ele: o fato de que ficou com tanta raiva que queria brigar comigo, mesmo sabendo que não havia nenhuma chance de me derrotar.

Não sabia como seria ir até lá, mas terminei ficando até meia-noite. Nunca gostei muito de videogames, mas jogamos Modern Warfare e foi bom deixar minha mente descansar um pouco. Mas não sei o quanto descansou, pois Breckin fez questão de mencionar o quanto eu fiquei falando sobre Sky. Ele não entende por que não peço desculpas se está na cara que gosto tanto dela. Infelizmente, não posso explicar para ele, então ele nunca vai entender. Mas parece aceitar isso bem.

Nenhum de nós acha uma boa ideia contar para Sky que passamos esse tempo juntos. Não quero que ela fique chateada com Breckin, mas parece que a estou traindo de alguma maneira por ter me tornado amigo dele. Mas uma coisa garanto, Less. Eu não estava lá por causa da gayzice dele.

H

Capítulo Trinta e Um

— O que está a fim de fazer? — pergunto.

— Não me importo com o que a gente vai fazer — diz Daniel.

— Nem eu.

Estamos sentados na entrada de carros da casa dele. Estou encostado no banco, com o pé apoiado no painel do carro. Ele está na mesma posição no banco do motorista, mas com a mão no volante e a cabeça encostada. Está olhando pela janela e se comportando de uma maneira atípica e distante.

— O que você tem? — pergunto.

Ele continua olhando pela janela e suspira pesada e depressivamente.

— Terminei com Val de novo — diz ele, desapontado. — Ela é louca. Ela é louca para caralho

— Achei que era por isso que a amava.

— Mas é também por isso que *não* a amo. — Daniel abaixa a perna do painel e puxa o banco para a frente. — Vamos dar o fora daqui. — Ele liga o carro e começa a dar ré.

Coloco o cinto e movo os óculos escuros da cabeça para os olhos.

— O que está a fim de fazer?

— Não me importo com o que a gente vai fazer — responde ele.

— Nem eu.

— Breckin está em casa? — pergunto para a mãe dele, que está olhando para Daniel da mesma maneira como me olhou na última sexta à noite.

— Olha só quem está se tornando uma visita frequente — diz a mãe de Breckin para mim. Não há nenhum humor em sua voz e, sinceramente, ela é um pouco intimidante.

Ficamos em silêncio por vários segundos constrangedores sem que nos convide para entrar. Daniel inclina a cabeça na direção da minha.

— Me abraça. Estou com medo.

A porta se abre mais um pouco e Breckin surge, ocupando o lugar da mãe que se vira e vai embora. Agora é ele quem olha para Daniel de maneira suspeita.

— Para você eu não vou fazer *nenhum* favor. — fala Breckin.

Daniel vira-se para mim, olhando-me, confuso.

— É sexta à noite e você me trouxe para a casa do Bambi? — Ele balança a cabeça, desapontado. — O que diabos aconteceu com a gente, cara? Que merda aquelas vacas *fizeram* com a gente?

Olho para Breckin e aponto a cabeça na direção de Daniel compadecidamente.

— Problemas amorosos. Achei que um pouco de Modern Warfare ajudaria.

Breckin suspira, revira os olhos e dá um passo para o lado para entrarmos. Ele fecha a porta depois que entramos e para na frente de Daniel.

— Se me chamar de Bambi novamente, o meu novo segundo melhor amigo de todos do mundo vai dar a maior surra em você.

Daniel sorri e lança um olhar para mim. Temos uma de nossas conversas silenciosas em que ele me diz que esse garoto não é tão mau assim. Sorrio, concordando plenamente.

— Deixe eu entender — diz Breckin, tentando compreender a confissão que Daniel acabou de fazer. — Você nem sabe como *era* a garota?

Daniel sorri, vangloriando-se.

— Não faço ideia.

— Qual era o nome dela? — pergunto.

Ele dá de ombros.

— Não faço ideia.

Breckin coloca o controle no chão, virando-se para Daniel.

— Como você foi parar no armário dos zeladores com ela?

O sorriso convencido ainda está estampado no rosto de Daniel. Ele está tão orgulhoso disso que fico até surpreso por nunca ter me contado essa história.

— É uma história engraçada — começa ele. — No ano passado, não colocaram nenhuma aula no meu quinto horário. Foi um erro da administração, mas eu não queria que eles descobrissem. Todo dia, durante esse horário, enquanto todo mundo ia para as aulas, eu me escondia no armário dos zeladores e tirava um cochilo. Eles só limpavam aquela área do corredor depois das aulas, então ninguém entrava lá.

"Acho que aconteceu uns seis ou sete meses atrás, um pouco antes do fim do ano letivo. Estava dando um dos meus cochilos do quinto tempo e de repente alguém abre a porta, entra e tropeça em mim. Não consegui ver quem era porque eu sempre deixava as luzes apagadas, mas ela caiu bem em cima de mim. Ficamos numa posição bem comprometedora e seu cheiro era maravilhoso e ela não pesava muito, então não me incomodei com o fato de ter caído em cima de mim. Eu a abracei e nem tentei tirá-la do meu colo porque estava tão gostoso. Mas ela estava chorando. — diz ele, perdendo um pouco da empolgação nos olhos. Ele encosta na cadeira e continua. — Perguntei o que tinha acontecido e tudo o que ela disse foi: 'eu odeio eles'. Perguntei quem ela odiava e ela disse: 'todo mundo, odeio todo mundo'. A maneira como falou isso partiu meu coração e fiquei com pena e seu hálito era gostoso para cacete e eu sabia exatamente o que ela queria dizer, porque eu também odeio todo mundo. Então fiquei com os braços ao seu redor e disse: 'eu também odeio todo mundo, Cinderela'. A gente ainda estava...

— Pera aí, pera aí — diz Breckin, interrompendo a história. — Você a chamou de Cinderela? Por que diabos fez isso?

Daniel dá de ombros.

— A gente estava no armário dos zeladores. Eu não sabia o nome dela e lá tinha um monte de esfregão e vassoura e essas porcarias e me lembrei da Cinderela, ok? Me deixa em paz.

— Mas por que a chamaria de *alguma coisa*? — pergunta Breckin, sem entender o hábito de Daniel de escolher apelidos aleatórios para as pessoas.

Daniel revira os olhos.

— Eu não sabia a porra do *nome* dela, Einstein! Agora para de me interromper, estou quase na melhor parte. — Ele inclina-se para a frente mais uma vez. — Então eu disse para ela: "eu também odeio todo mundo, Cinderela." A gente ainda estava na mesma posição e estava escuro e, para ser sincero, aquilo tudo meio que me deixou com tesão. Sabe, tipo, não saber quem ela era ou como era. Dava um ar de mistério. Então ela simplesmente riu e me beijou. Claro que retribuí o beijo, pois eu já tinha tirado meu cochilo e ainda tínhamos uns quinze minutos livres. Ficamos nos beijando durante o resto do tempo. Foi tudo que fizemos. Não falamos mais nada e não fizemos nada além de beijar um ao outro. Quando o sinal tocou, ela se levantou e foi embora. Nem vi como ela era.

Ele encara o chão, sorrindo. Sinceramente, nunca o vi falar sobre uma garota desse jeito. Nem sobre Val.

— Mas achei que tivesse dito que essa foi a melhor transa de sua vida, não? — diz Breckin, fazendo-nos voltar ao tema que iniciou essa discussão.

Daniel abre mais um sorriso convencido.

— E foi, sim. Não foi difícil para ela me encontrar depois disso. Apareceu de novo após uma semana. A luz do armário estava apagada como sempre e ela entrou e fechou a porta. Estava chorando novamente. Ela perguntou: "Você está aí, menino?" Pensei que talvez fosse uma professora, porque me chamou de menino, e estaria mentindo se dissesse que aquilo não me excitou. Então uma coisa foi levando à outra e digamos que passei o resto do horário sendo o Príncipe Encantado dela. E *essa* foi a melhor transa da minha vida.

Breckin e eu rimos.

— E quem era ela? — pergunto.

Daniel dá de ombros.

— Nunca descobri. Ela nunca apareceu no armário de novo depois daquilo e as aulas acabaram após algumas semanas. E eu conheci Val e minha vida virou a maior loucura. — Ele suspira profundamente, virando-se para Breckin. — É racismo eu não querer saber sobre suas transas de gay?

Breckin ri e joga o controle em Daniel.

— Racismo não é o termo correto, babaca. É homofobia e discriminação, isso, sim. E também compreensível. Eu não contaria nada mesmo.

Daniel olha para mim.

— Acho que nem preciso perguntar qual foi a sua melhor transa — diz ele. — Está tão arrasado por causa de Sky que é bem óbvio.

Balanço a cabeça.

— Bem, você está errado, porque não só a gente nunca transou, como nem sequer se beijou.

Daniel ri, mas Breckin e eu continuamos sérios, o que faz Daniel parar rapidamente.

— Por favor, diga que está brincando.

Balanço a cabeça.

Daniel levanta-se e joga o controle na cama.

— Como assim não a beijou? — pergunta ele, erguendo a voz. — Você passou o mês inteiro agindo como se ela fosse a porra do amor da sua vida.

Inclino a cabeça.

— Por que está tão furioso com isso?

Ele balança a cabeça.

— Sério? — Ele vem na minha direção e se abaixa, colocando as mãos nas laterais da minha cadeira. — Porque está sendo o maior *covarde*. C-O-V-A-R-D-E. — Daniel solta minha cadeira e se levanta. — *Caraca,* Holder. E eu estava mesmo com pena de você. Deixa disso, cara. Vai logo na casa dela e dá uma porra de um beijo nela e se permita ser feliz pelo menos uma vez.

Ele cai na cama, pegando o controle. Breckin sorri e dá de ombros.

— Não gosto nada do seu amigo, mas ele tem razão. Ainda não entendo por que ficou com tanta raiva e se afastou, mas a única maneira de corrigir a situação é *não* ficando longe dela. — Ele se vira para a televisão de novo e eu fico encarando os dois, sem ter a mínima ideia do que dizer.

Da maneira como falam, tudo parece tão simples. Parece tão fácil, como se a vida inteira dela não dependesse disso. Não sabem do que estão falando, porra.

— Me leve para casa — digo para Daniel. Não quero mais ficar aqui. Saio do quarto de Breckin e volto para o carro de Daniel.

Capítulo Trinta e Dois

Less,

Todo mundo adora dar opinião, não é? Daniel e Breckin não fazem ideia do que eu passei. Do que nós dois passamos.

Foda-se. Não estou nem a fim de falar sobre isso.

H

Fecho o caderno e o encaro. Por que escrevo nessa merda? Por que me dou ao trabalho de fazer isso se ela está *morta*, porra? Arremesso o caderno do outro lado do quarto e ele bate na parede e cai no chão. Jogo a caneta no caderno, pego o travesseiro atrás da minha cabeça e o arremesso também.

— Que droga — murmuro, frustrado.

Estou furioso por Daniel achar que minha vida é tão simples assim. Estou furioso por Breckin continuar achando que eu devia simplesmente pedir desculpas para ela, como se isso fosse resolver tudo. Estou furioso por ainda escrever para Less, apesar de ela estar morta. Ela não pode ler isso. Nunca vai ler isso. Só escrevo sobre essas merdas que têm acontecido na minha vida por um único motivo: não existe uma maldita pessoa no mundo com quem eu possa conversar nesse momento.

Eu me deito, então fico furioso de novo e esmurro minha cama porque a porcaria do travesseiro está do outro lado do quarto. Eu me levanto, vou até ele e o pego. Olho para o caderno debaixo dele, aberto no chão.

O travesseiro cai das minhas mãos.

Meus joelhos caem no chão.

Minhas mãos agarram o caderno que está aberto na última página.

Viro descontroladamente as páginas com a letra de Less até encontrar o início das palavras. Assim que vejo as primeiras palavras escritas no topo da página, meu coração para imediatamente de bater.

Querido Holder,

Se você está lendo isto, me descul

Fecho o caderno, arremessando-o do outro lado do quarto.

Ela me escreveu uma carta?

Ela me escreveu uma porra de uma carta de *suicídio*?

Não consigo respirar. Meu Deus, não consigo respirar. Eu me levanto, escancaro a janela e coloco a cabeça para fora. Respiro fundo, mas não há ar suficiente. Não há ar suficiente e não consigo respirar. Fecho a janela e vou correndo até a porta do quarto. Escancaro-a e desço a escada correndo, vários degraus de cada vez. Passo por minha mãe e seus olhos se arregalam ao me ver com tanta pressa.

— Holder, é meia-noite! Onde você...

— Vou correr! — grito, batendo a porta de casa.

E é o que faço. Eu corro. Vou correndo até a casa de Sky, pois é a única coisa no mundo capaz de me fazer respirar novamente.

Capítulo Trinta e Três

Passar essas últimas semanas fazendo tudo que posso para evitá-la esgotou todas as minha forças, não dá mais para fazer isso. Achei que estava sendo forte ao ficar longe dela, mas essa situação está me deixando mais fraco do que nunca. Sei que não deveria estar aqui e sei que ela não quer que eu esteja aqui, mas preciso vê-la. Preciso escutá-la, preciso tocar nela, preciso sentir seu corpo contra o meu porque o fim de semana que passei com ela foi a única vez em que realmente olhei *para a frente* desde que a deixei sozinha há treze anos.

Nunca tinha olhado para a frente antes. Só olhava para trás. Penso demais no passado e penso no que deveria ter feito e em tudo o que fiz de errado e nunca olhei para frente na vida, nenhuma vez. Ficar com ela me fazia pensar no amanhã e no dia depois de amanhã e no dia seguinte e no ano seguinte e na eternidade. Preciso disso agora, pois se eu não abraçá-la de novo... vou terminar olhando para trás mais uma vez, deixando o passado me engolir completamente.

Seguro a janela e fecho os olhos. Inspiro várias vezes, tentando acalmar meu pulso e a tremedeira que se espalha por minhas mãos.

Odeio o fato de ela sempre deixar a janela destrancada. Subo o vidro, empurro as cortinas para trás e entro. Penso em dizer alguma coisa para ela saber que estou no seu quarto, mas também não quero assustá-la caso esteja dormindo.

Eu me viro, fecho a janela, aproximo-me de sua cama e me sento lentamente. Ela está virada para o outro lado, então ergo as cobertas e me acomodo ao seu lado. Sua postura enrijece imediatamente e ela leva as mãos até o rosto. Sei que está acordada e sei que sabe que sou eu me deitando ao seu lado, mas o fato de ficar apavorada me deixa arrasado.

Ela está com medo de mim. Eu não esperava nunca que fosse sentir medo. Raiva, sim. Eu acharia bem melhor se ela estivesse sentindo raiva em vez de medo.

Ela ainda não disse para eu ir embora, e acho que eu não seria capaz de fazer isso nem se ela me pedisse. Preciso senti-la nos meus braços, então me aproximo e deslizo o braço por debaixo de seu travesseiro. Ponho o outro braço ao seu redor e deslizo meus dedos entre os seus, em seguida enterro o rosto em seu pescoço. Seu cheiro, sua pele, sentir seu coração batendo contra nossas mãos... é exatamente o que preciso, hoje mais do que nunca. Só preciso saber que não estou sozinho, mesmo que ela não faça a mínima ideia do quanto deixar eu abraçá-la está me ajudando.

Beijo a lateral de sua cabeça delicadamente e a puxo para perto. Não mereço deitar aqui de novo nem voltar para sua vida depois de tudo que a fiz passar. Nesse momento, ela deixa que eu fique aqui. Não vou pensar no que pode acontecer nos próximos minutos. Não vou pensar no que aconteceu no passado. Não vou olhar para a frente *nem* para trás. Somente vou abraçá-la e pensar nisso. No agora. Nela.

Ela não disse nada em quase meia hora, mas eu também não. Não vou pedir desculpas, pois não mereço seu perdão e não é por isso que estou aqui. Não posso contar o que aconteceu naquele dia no almoço porque ainda não quero que ela saiba. Não faço ideia do que dizer, então só a abraço. Beijo seu cabelo e a agradeço silenciosamente por me ajudar a respirar novamente.

Dobro o braço e a seguro com mais firmeza. Estou me esforçando para não perder o controle. Estou me esforçando muito. Ela inspira e fala comigo pela primeira vez em quase um mês.

— Estou com muita raiva de você — sussurra ela.

Fecho os olhos e pressiono os lábios contra sua pele desesperadamente.

— Eu sei, Sky. — Deslizo a mão ao seu redor para puxá-la mais para perto. — Eu sei.

Seus dedos deslizam entre os meus, apertando minha mão. Tudo o que fez foi apertar minha mão, mas esse pequeno gesto me beneficia mais do que eu jamais seria capaz de retribuir. Saber que ela quer me tranquilizar, mesmo de uma maneira tão sutil, é mais do que mereço.

Pressiono os lábios em seu ombro e a beijo delicadamente.

— Eu sei — sussurro novamente enquanto continuo beijando seu pescoço. Ela reage ao meu toque e ao meu beijo e quero ficar aqui para sempre. Queria congelar o tempo. Quero congelar o passado e o futuro e ficar aqui nesse momento com ela para sempre.

Ela levanta o braço e passa a mão na parte de trás da minha cabeça, puxando-me contra seu pescoço com mais força ainda. Sky quer que eu esteja aqui. Precisa que eu esteja aqui tanto quanto eu preciso estar aqui e isso já é o suficiente para congelar o tempo um pouquinho.

Eu me levanto na cama e empurro seu ombro delicadamente até ela ficar deitada de costas, olhando para mim. Afasto seu cabelo dos olhos e olho para ela. Senti tanto sua falta e estou morrendo de medo de que ela crie juízo e peça para eu ir embora. Nossa, como senti sua falta. Como foi que pensei que me afastar dela seria bom para nós dois?

— Sei que está com raiva de mim — digo, passando a mão em seu pescoço. — Preciso que fique com raiva de mim, Sky. Mas acho que preciso ainda mais que continue me querendo aqui.

Ela mantém o olhar fixo no meu e faz que sim com a cabeça lentamente. Abaixo a testa até a sua e seguro seu rosto; ela faz o mesmo comigo.

— Estou *mesmo* com raiva de você, Holder — responde ela. — Mas, não importa o quanto fiquei irritada, nunca deixei de desejar que estivesse ao meu lado, nem por um segundo.

Suas palavras me deixam sem fôlego e, ao mesmo tempo, enchem completamente os meus pulmões com o ar dela. Ela quer que eu esteja aqui e essa é a melhor sensação do mundo inteiro.

— *Caramba*, Sky. Senti tanto sua falta. — Sinto como se ela fosse meu bote salva-vidas: se eu não a beijar imediatamente, vou morrer.

Abaixo a cabeça e encosto a boca na sua. Nós dois inspiramos profundamente no segundo em que nossos lábios se encontram. Ela me puxa para perto, me recebendo novamente em sua vida. Nossas bocas se pressionam uma contra a outra desesperadamente, mas nossos lábios estão completamente parados e tentamos inspirar mais uma vez. Eu me afasto um pouco, pois sentir seu corpo debaixo de mim e ter sua boca pressionando-se voluntariamente contra a minha é algo avassalador. Nos meus 18 anos, nunca senti nada mais perfeito. Assim que meus lábios se separam dos seus, ela olha nos meus olhos e põe as mãos ao redor do meu pescoço. Ela sobe um pouco na cama, trazendo a boca de volta para a minha. Dessa vez, Sky *me* beija, separando meus lábios suavemente com os seus. Quando nossas línguas se encontram, ela geme e eu a empurro contra o colchão, e dessa vez sou eu que *a* beijo.

Nos próximos minutos, ficamos completamente perdidos no que parece a perfeição absoluta. O tempo parou completamente e, enquanto nos beijamos, só consigo pensar que é isso que salva as pessoas. Momentos assim, com pessoas como ela, fazem todo o sofrimento valer a pena. É por momentos como esse que as pessoas anseiam e não acredito que passei um mês inteiro os deixando passar.

Sei que disse a ela que nunca foi beijada de verdade antes, mas até esse momento eu não fazia ideia de que *eu* nunca tinha sido beijado de verdade. Não assim. Cada beijo, cada movimento, cada gemido, cada toque de sua mão na minha pele. Ela é minha graça salvadora. Minha esperança. Minha Hope.

E eu nunca mais vou deixá-la sozinha.

* * *

Escuto a porta do seu quarto fechar, então sei que ela está prestes a me flagrar fazendo o café da manhã. Ainda não expliquei que merda foi aquela no último mês e não sei se vou poder fazer isso, mas vou fazer o que for necessário para ela aceitar o que houve sem me perdoar. Não importa o que aconteceu com a gente ontem à noite, ainda não mereço seu perdão e, sinceramente, ela não é o tipo de garota que atura essas merdas. Se me perdoasse, eu sentiria como se ela estivesse prejudicando a própria força. Não quero que abra mão de nada por minha causa.

Sei que ela está parada atrás de mim. Antes que se lembre novamente de tudo que fiz, tento explicar por que estou tão à vontade na sua cozinha mais uma vez.

— Saí cedo hoje de manhã — digo, ainda de costas —, porque estava com medo de que sua mãe aparecesse e achasse que estou tentando engravidar você. Então, quando fui correr, passei pela sua casa outra vez e percebi que o carro dela nem estava na garagem e lembrei que você disse que ela tira esses fins de semana de venda no início do mês. Então decidi comprar comida porque queria fazer um café da manhã para você. Também quase comprei coisas para o almoço e jantar, mas achei que talvez fosse melhor se a gente pensasse em uma refeição de cada vez.

Eu me viro para ela. Não sei se é porque passei as últimas semanas tendo que ficar tão longe, mas nunca vi nada tão lindo. Olho-a dos pés à cabeça, percebendo que é a primeira vez que me apaixono por uma roupa. O que ela está tentando fazer comigo?

— Feliz aniversário — digo casualmente, tentando não demonstrar o quanto fiquei nervoso ao vê-la com essa roupa. — Gostei muito desse vestido. Comprei leite de verdade, quer? — Pego um copo, ponho leite e o empurro para ela. Sky olha para o leite receosamente, mas não dou tempo para ela beber.

Ver esses lábios e essa boca e... *merda.* — Preciso dar um beijo em você — digo, andando rapidamente até ela. Seguro seu rosto entre as mãos. — Sua boca estava tão, mas tão perfeita ontem que fiquei com medo, achando que tudo tinha sido um sonho. — Fico esperando que resista, mas ela não faz isso. Vem ao meu encontro de um jeito perfeitamente desejoso, agarrando minha camisa com as mãos e retribuindo meu beijo. Saber que ainda me quer depois de tudo que a fiz passar me faz lhe dar mais valor ainda. E saber que ainda tenho uma chance?

Que ainda posso beijá-la assim?

É quase demais.

Eu me separo dela e me afasto, sorrindo.

— Não. Não foi um sonho.

Fico de frente para o fogão mais uma vez para parar de focar na sua boca e preparar um prato de comida para ela. Tem tanta coisa que quero dizer, não sei nem por onde começar. Preparo nossos pratos e os levo até o balcão, onde ela sentou.

— Podemos brincar de Questionário do Jantar, apesar de ser café da manhã? — pergunto.

Ela faz que sim com a cabeça.

— Só se eu puder fazer a primeira pergunta.

Ela não está sorrindo. Não sorri para mim há mais de um mês. Odeio saber que é por minha causa que ela não sorri mais.

Ponho o garfo no prato e levanto as mãos, unindo-as debaixo do queixo.

— Estava pensando justamente em deixá-la fazer *todas* as perguntas — digo.

— Só preciso saber a resposta de uma — retruca ela.

Suspiro, pois sei que precisa saber a resposta de mais de uma pergunta. Mas o fato de só querer a resposta de uma me faz achar que ela está prestes a perguntar sobre a pulseira. E é a única pergunta que ainda não estou preparado para responder.

Ela inclina-se para a frente na cadeira e eu me preparo para a pergunta.

— Há quanto tempo usa drogas, Holder?

Olho para ela imediatamente, pois não esperava de jeito nenhum que a pergunta fosse essa. Fico tão surpreso que continuo a encará-la, mas a pergunta foi tão aleatória que estou com vontade de rir. Talvez eu devesse me incomodar com o fato de meu comportamento ter feito ela pensar algo tão absurdo, mas tudo que sinto é alívio.

Estou me esforçando. Me esforço demais para não rir, mas a raiva em seus olhos é uma graça. É uma graça e linda e sincera e estou *tão* aliviado. Preciso desviar o olhar porque estou fazendo o máximo para não sorrir. Está sendo tão direta e séria nesse momento, mas caramba. Não dá.

Meu sorriso finalmente vence e eu rio. Seus olhos ficam mais raivosos, o que me faz rir ainda mais.

— *Drogas*? — Estou tentando parar, mas rio ainda mais quando penso no quanto isso nos afetou no último mês. — Acha que estou usando *drogas?*

A expressão dela não muda nem um pouco. Está furiosa. Prendo a respiração para tentar conter o riso e conseguir ficar sério. Eu me inclino para a frente e seguro sua mão, olhando-a diretamente nos olhos.

— Não uso drogas, Sky. Juro. Não sei de onde tirou isso, mas juro que não.

— Então o que diabos há de errado com você? — retruca ela.

Merda. Odeio a expressão no seu rosto. Está magoada. Desapontada. Exausta. Não sei a que parte do meu comportamento inexplicável e instável ela se refere, mas não faço a mínima ideia de como responder. O que *há* de errado comigo? O que *não há* de errado comigo?

— Dá para ser um pouco menos vaga? — pergunto.

Ela dá de ombros.

— Claro. O que aconteceu entre nós e por que está agindo como se nada tivesse acontecido?

Caramba. Essa doeu. Ela acha que eu simplesmente deixei para lá tudo que aconteceu entre a gente? Quero contar tudo. Quero dizer o quanto ela é importante para mim e que esse foi um dos meses mais difíceis da minha vida. Quero contar sobre nós três — ela, Less e eu — e sobre a dor do cacete que sinto por ela não se lembrar de nada. Como pode simplesmente esquecer uma parte tão importante de sua vida?

Talvez Less e eu não fôssemos tão importantes assim para ela. Olho para meu braço. Percorro o H e o O e o P e o E, querendo que ela lembre. Mas, pensando bem, se lembrasse... também entenderia o significado por trás dessa tatuagem. Saberia que a desapontei. Lembraria que tudo que aconteceu em sua vida nos últimos treze anos é um resultado direto do que fiz.

Olho-a nos olhos e dou a resposta mais sincera que vou me permitir dar.

— Não queria desapontá-la, Sky. Desapontei todas as pessoas que me amaram na vida e, depois daquele dia no almoço, soube que também a tinha desapontado. Então... fui embora antes que você pudesse começar a me amar. Senão qualquer esforço que fizesse para tentar não desapontá-la seria inútil.

Seus olhos ficam cheios de desapontamento. Sei que estou sendo vago novamente, mas não posso contar para ela. Agora não. Só posso fazer isso quando tiver certeza de que vai ficar bem.

— Por que você não conseguiu dizer, Holder? Por que não foi capaz de pedir desculpas?

A mágoa em sua voz me faz sentir um aperto no coração. Fixo o olhar no seu para que ela perceba o quanto acho importante que nunca aceite a maneira como a tratei.

— Não vou pedir desculpas... porque não quero que me perdoe.

Ela fecha os olhos imediatamente, tentando segurar as lágrimas. Não há nada que eu possa dizer para que se sinta melhor a respeito do que aconteceu entre nós. Solto sua mão, levanto-me, vou até ela e a levanto. Coloco-a sentada no balcão para nossos olhares ficarem na mesma altura. Talvez ela até não acredite nas palavras que estão saindo da minha boca, mas preciso que me sinta. Preciso que veja a sinceridade nos meus olhos e a honestidade na minha voz para que perceba que não queria magoá-la. Tudo o que queria era protegê-la para que não se sentisse assim, mas só piorei as coisas.

— Linda, fiz merda. Vacilei mais de uma vez, sei disso. Mas acredite em mim, o que aconteceu naquele dia no almoço não foi ciúme, raiva nem nada que deva assustar você. Queria poder contar o que aconteceu, mas não posso. Um dia vou lhe contar, mas agora não posso e preciso que aceite isso. Por favor. Não estou pedindo desculpas porque não quero que esqueça o que aconteceu, e você nunca deve me perdoar por aquilo. *Nunca*. Nunca arranje desculpas para o que faço, Sky.

Ela está assimilando tudo o que acabei de dizer e eu amo isso. Inclino-me para perto e a beijo, em seguida me afasto e continuo dizendo o que preciso dizer enquanto ainda está disposta a me escutar.

— Disse a mim mesmo que devia ficar longe de você, que devia deixá-la com raiva de mim, pois tenho muitos problemas e ainda não estou pronto para compartilhá-los. E me esforcei ao máximo para ficar afastado, mas não consigo. Não tenho força suficiente para continuar negando seja lá o que existe entre nós. E ontem, no refeitório, quando você estava abraçando Breckin e rindo com ele? Foi tão bom vê-la feliz, Sky. Mas queria tanto que fosse eu que estivesse fazendo você rir daquela maneira. Fiquei arrasado por achar que estava pensando que não me importava conosco, ou que aquele fim de semana com você não foi o melhor da minha vida. Porque eu me importo *sim* e aquele foi *mesmo* o melhor fim de semana de todos. Porra, foi o melhor fim de semana na história de todos os finais de semana.

Passo as mãos por seu cabelo na base do pescoço e acaricio a linha de seu queixo com os dedões. Tenho que inspirar e me acalmar para dizer o que desejo a seguir, porque não quero assustá-la. Só preciso ser sincero com ela.

— Isso está me matando, Sky — digo, baixinho. — Está me matando porque não quero passar mais nenhum dia sem que não saiba o que sinto por você. E não estou pronto para dizer que estou apaixonado por você, pois não estou. Ainda não. Mas seja lá o que for isso que estou sentindo... é bem mais que *gostar*. É muito mais. E nas últimas semanas venho tentando entender esse sentimento. Estava tentando entender por que não existe alguma outra palavra capaz de descrevê-lo. Quero que saiba exatamente o que sinto, mas não existe nenhuma maldita palavra no dicionário inteiro que descreva esse ponto entre *gostar* e *amar*, mas eu preciso dessa palavra. Preciso dela porque preciso que você me ouça dizê-la.

Beijo-a e me afasto, mas ela ainda olha para mim sem acreditar. Beijo-a de novo e de novo, parando depois de cada beijo, esperando que reaja de alguma maneira. Não importa se vai me dar um tapa ou me beijar ou dizer que me ama. Só quero que ela confirme que ouviu tudo que eu disse. Em vez disso, só me olha e isso me deixa nervoso para cacete.

— Diga alguma coisa — imploro.

Ela continua me encarando por um bom tempo. Tento ter paciência. Ela sempre é paciente comigo apesar de ter a mente tão rápida. O que eu não daria para ela ser um pouco mais rápida nesse momento... Preciso que reaja de alguma maneira.

Alguma coisa. Qualquer coisa.

— Gamar — sussurra ela finalmente.

Não é o que eu esperava que saísse de sua boca, mas pelo menos é alguma coisa. Rio e balanço a cabeça, sem entender o que quer dizer.

— *O quê?*

— Gamar. Se misturarmos as letras de gostar e amar, temos gamar. Você pode usar essa palavra.

Não apenas ela me *entende,* e não apenas está sorrindo para mim, mas acabou de me dar a palavra que eu procurava desde o instante em que a vi no mercado.

Eu não a mereço. Não mereço sua compreensão e não mereço de maneira alguma o que ela fez meu coração sentir bem agora. Rio e a abraço, levando meus lábios até os seus.

— Eu gamo você, Sky — digo contra seus lábios. — Gamo tanto você.

E, por mais que essa palavra soe perfeita, por mais que descreva com perfeição o momento que estamos vivendo, sei que é mentira.

Eu não somente a gamo. Eu a *amo.* Eu a amo desde que éramos crianças.

Capítulo Trinta e Quatro

Less,

Não vou ler aquela carta. Não vou ler nunca. Jamais. E não vou mais escrever nessa porra de caderno. Então pelo jeito não vou mais escrever para você também.

H

Capítulo Trinta e Cinco

Meu celular toca e, antes mesmo que eu diga alô, Daniel começa a falar.

— Você e peitinho de queijo querem vir para cá ver filme comigo e Val hoje à noite?

— Achei que você tinha terminado com Val.

— Hoje não — diz Daniel.

— Não sei se é uma boa ideia. — Já ouvi falar o suficiente sobre Val para saber que provavelmente não vou ficar muito à vontade levando Sky para lá. Estamos namorando há apenas duas semanas.

— É uma boa ideia, *sim* — argumenta Daniel. — Meus pais saem às 20h. Chegue aqui às 20h01.

Ele desliga abruptamente, então envio uma mensagem para Sky.

Quer ver um filme com Daniel e Val hoje?

Envio e jogo o telefone na cama. Vou até meu armário para investigar minha seleção de camisas, mas então lembro que não tenho uma seleção de camisas. Pego uma camiseta qualquer e, enquanto a visto, recebo a mensagem de Sky.

Duas condições. (De Karen). Preciso voltar antes de meia-noite e você não pode me engravidar.

Rio e respondo.

Considerando o quanto você é entediante, tenho certeza de que vai estar de volta em menos de uma hora.

Mas isso significa que vai tentar me engravidar mesmo assim?

Claro que sim.

Rindo em voz alta.

Ela realmente digitou *rindo em voz alta.*

E eu *realmente* rio em voz alta, depois guardo o celular no bolso e vou para o carro.

Nunca conversei com Val antes e hoje não é uma exceção. Sky e eu estamos no sofá na frente da televisão do porão de Daniel. Ele e Val estão na cadeira, agarrando-se loucamente, e fico me perguntando por que Daniel quis que a gente viesse se eles só querem fazer isso.

Sky e eu estamos observando os dois constrangidamente. É difícil prestar atenção na TV enquanto se escuta o barulho de duas pessoas sugando o rosto uma da outra.

No segundo em que a mão de Daniel começa a subir por debaixo da camisa de Val, jogo o controle remoto nos dois, atingindo Daniel no joelho. Ele toma um susto e levanta a mão para me mostrar o dedo do meio sem parar de beijar Val. No entanto, ele consegue olhar para mim e digo silenciosamente que é para ele se mandar desse porão ou tirar a droga da mão de debaixo da camisa dela.

Daniel levanta-se e agora Val está com o corpo ao redor do seu. Ele não diz nada enquanto sobe a escada com ela, indo até seu quarto.

— *Obrigada* — diz Sky, suspirando aliviada. — Estava quase vomitando.

Ela está encurvada no sofá com a cabeça no meu ombro. Eu me acomodo para que a gente fique mais confortável, e nós dois olhamos para a televisão. Mas sei que não estamos prestando nenhuma atenção no filme, pois a energia do lugar mudou completamente depois que Daniel e Val foram embora. Não temos essa privacidade desde que começamos a namorar oficialmente duas semanas atrás.

Sua mão está em cima da minha e as duas estão juntas, em cima da sua coxa. Ela não está com o vestido que me fez derreter da primeira vez que a vi com ele, mas está *sim* de vestido. E eu amo esse vestido tanto quanto o outro.

Mas queria que estivesse de calça jeans. Uma vez escutei Less conversando com uma de suas amigas quando tínhamos 16 anos. Iam sair com dois garotos e a amiga estava explicando para minha irmã as regras das roupas de "se agarrar". Ela disse que, se Less quisesse apenas beijar o cara, era para ir de calça jeans, pois assim seria menos provável que ele colocasse a mão onde não devia. Depois disse para Less que, se quisesse ir além do beijo, devia usar saia ou vestido. *O acesso fica mais fácil*, falou ela. Lembro-me de esperar na sala de estar depois de ouvir a conversa para ver que roupa Less tinha escolhido. Ela desceu a escada com uma saia e eu a obriguei a voltar para o quarto e trocar por uma calça jeans.

Queria que Sky estivesse de calça porque minhas mãos estão começando a suar e sei que dá para ela sentir meu pulso pela palma da minha mão. Seu vestido me faz acreditar que ela quer dar um passo adiante essa noite e não consigo parar de pensar nisso. É claro que eu *quero* dar um passo adiante, mas e se Sky não conhecer as regras das roupas de "se agarrar"? E se estiver com esse vestido só porque teve vontade? E se estiver com esse vestido porque a máquina de lavar quebrou e todas suas calças jeans estavam sujas? E se estiver com esse vestido porque não teve tempo de trocar por uma calça antes de eu chegar na sua casa? E se estiver com esse vestido porque foi para alguma igreja qualquer que tem missas aos sábados?

Queria saber o que ela está pensando. Encosto a cabeça no sofá e engulo o nó na minha garganta antes de falar.

— Gostei desse vestido — digo. Termino sussurrando roucamente porque minha garganta está muito fraca só de pensar nela. Mas acho que ela gostou da maneira como falei, pois inclina a cabeça, olha para mim e volta o olhar lentamente até minha boca. Graças à maneira como estamos sentados, não precisamos nem nos mexer para beijar. Sua boca está tão incrivelmente perto que está quase em cima da minha. Mas nenhum de nós está se aproveitando disso. *Ainda.*

— Obrigada — sussurra ela. O hálito doce de suas palavras colidem contra minha boca, aquecendo-me de dentro para fora.

A tensão é tão grande que nem consigo inspirar.

— De nada — sussurro de volta, encarando sua boca da mesma maneira como ela encara a minha. Ficamos quietos por um instante, somente nos encarando em silêncio. Ela desliza os lábios um contra o outro e os umedece e tenho quase certeza de que murmuro baixinho um "puta merda".

Ela fica contente por ter me deixado todo nervoso e sorri.

— Que tal a gente ficar se agarrando? — pergunta baixinho. *É para já.*

Meus lábios estão colados nos seus antes mesmo de ela terminar a frase. Levo minhas mãos até sua cintura e a puxo até ela sentar em cima de mim.

Está sentada em cima de mim. *De. Vestido.*

Seguro seu quadril com firmeza enquanto suas mãos sobem pelo meu pescoço lentamente, indo até meu cabelo. Minha cabeça está rodando devido à maneira como seu peito se pressiona contra o meu, e parece que só vai parar de rodar se eu puxar Sky para mais perto e beijá-la ainda mais intensamente. Então é o que faço. Deslizo as mãos até suas costas e a puxo para perto, pressionando-a contra mim tão perfeitamente que ela geme e puxa meu cabelo. Fico com uma mão em sua bunda, deixando-a acompanhar o ritmo dos movimentos dela, enquanto minha outra mão sobe por suas costas indo até seu cabelo. Puxo sua boca ainda mais contra a minha ao endireitar a postura, inclinando-me para a frente para que minhas costas se afastem do sofá e minha boca fique o mais grudada possível na dela. Mas isso só faz minha cabeça rodar ainda mais, então nos beijamos mais rapidamente e ela geme mais alto e eu seguro seu quadril mais uma vez e a movo contra mim tão perfeitamente que tenho certeza de que ela está prestes a sentir de novo o que fiz com ela na primeira noite em que nos agarramos.

Não quero que isso aconteça ainda, pois ela está com esse vestido, que é absolutamente incrível, e não vou me aproveitar disso. Seguro seus ombros e a empurro para longe de mim, deixando meu corpo cair de volta no sofá.

Nós dois estamos ofegantes. Nós dois estamos sorrindo. Nós dois estamos nos olhando como se essa fosse a melhor noite de todas porque são apenas dez horas e ainda temos mais duas para continuar. Solto seus ombros, seguro seu rosto entre as mãos e o puxo lentamente até minha boca. Mudo a posição das minhas mãos para segurar o peso dela, levanto-me e a deito no sofá. Junto-me a ela, pressionando um joelho entre suas pernas e o outro no sofá, ao lado de seu corpo.

Estou começando a ficar com a impressão de que Daniel escolheu esse sofá enorme assim como as garotas escolhem suas roupas de se agarrar. Pois esse é o sofá perfeito para esse tipo de coisa.

Começo a beijar seu queixo e seu pescoço, chegando até a área em que o vestido acaba e o decote começa. Deslizo a mão lentamente por cima do vestido, subindo por todo seu corpo até chegar no peito. Passo a mão por cima do tecido e sinto Sky ficar dura com as pontas dos dedos.

Porra, como eu *amo* essa noite.

Gemo, agarro seu peito um pouco mais forte e ela também geme, arqueando as costas, pressionando mais parte do corpo contra minha mão. Possuo sua boca com a minha e continuo a beijando até precisarmos parar para respirar novamente. Pressiono minha bochecha contra a sua.

Meus lábios estão bem ao lado de seu ouvido.

— Sky? — sussurro.

Ela inspira rapidamente.

— Sim?

Eu inspiro lentamente.

— Eu gamo você.

Ela expira.

— Eu gamo *você*, Dean Holder.

Eu expiro.

E inspiro.

E expiro

Silenciosamente, repito a frase na minha cabeça. Eu *gamo* você, *Dean Holder*.

É a primeira vez que a escuto dizer Dean.

Também é a primeira vez que uma palavra perfura meu coração.

Eu me afasto de sua bochecha e olho para ela.

— Obrigado.

Sky sorri.

— Pelo quê?

Por estar viva, penso.

— Por ser quem você é — respondo em voz alta.

Seu sorriso desaparece e juro que seu olhar atravessa meus olhos e enxerga minha alma.

— Sou boa em ser quem eu sou — diz ela. — Especialmente quando estou com você.

Fico a encarando por vários segundos e depois abaixo minha bochecha até a sua mais uma vez. Quero beijá-la, mas continuo pressionando a bochecha com firmeza contra a sua, pois não quero que ela veja as lágrimas nos meus olhos.

Não quero que veja o quanto dói saber que ela é capaz de ficar tão perto de mim... e mesmo assim não se *lembrar* de mim.

Capítulo Trinta e Cinco e Meio

Caras pessoas mortas que não são Less, pois não vou mais escrever para ela,

Eu amo Hope desde que éramos crianças.
Mas essa noite?
Essa noite me apaixonei por Sky.

H

Capítulo Trinta e Seis

Less,

Sei que disse que não ia mais escrever para você. Cale a boca. Continuo sem escrever naquele caderno porque não quero tocar nele sabendo que aquela sua carta está lá dentro. Não posso ler aquilo, então comprei um caderno novo. Problema resolvido. Agora preciso atualizá-la das coisas.

Estou namorando Sky há um mês. Ela ainda não se lembrou de nada sobre mim, nem sobre você, nem sobre todos nós quando éramos crianças. Às vezes quase deixo alguma coisa escapar, mas por sorte isso não aconteceu.

Lembra aquele cara em quem bati no ano passado e, por isso, terminei sendo preso? Aquele que estava falando merda de você? Bem, o irmão dele finalmente falou comigo hoje. Desde que voltei ao colégio, esperava que ele... ou que qualquer pessoa... mencionasse o assunto. Tudo bem se tivesse simplesmente me confrontado, mas não foi o que fez. Ele teve que falar de Sky e Breckin e até mesmo de você para se vingar de mim. Começou a falar mal de todos durante o almoço e juro por Deus, Less, fiquei com vontade de machucá-lo tanto quanto machuquei o irmão. Na verdade, eu provavelmente teria machucado ainda mais se Sky não estivesse lá.

Ela percebeu o que ia acontecer e me tirou imediatamente daquela situação, me obrigando a sair do refeitório. Quando chegamos no meu carro no estacionamento, caí aos prantos com ela. Foi como se o ano passado inteiro estivesse me esmurrando na barriga e eu tivesse que colocar tudo para fora. Contei a Sky tudo que estava sentindo e pela primeira vez desde que aconteceu... eu admiti para mim mesmo e em voz alta que fui eu que errei. E também admiti pela primeira vez que você errou. Contei a Sky o quanto estava furioso com você. O quanto estou puto desde o segundo em que entrei no seu quarto e a encontrei sem vida na sua cama. Estou com tanta raiva de você, Less, por tantos motivos.

234

Mas o que me deixou mais furioso foi que em nenhum momento você pensou em como encontrá-la daquele jeito me afetaria. Você sabia que seria eu que a encontraria... e o fato de saber disso e mesmo assim se matar?

Detesto que você tenha feito o que fez mesmo assim, sabendo que não ia ser a única a morrer. Fiquei tão furioso porque você também me deixou morrer.

Sky tem razão. Tenho que me livrar da culpa. Mas acho que não serei capaz de me perdoar antes de ela saber a verdade. Não estou preparado nem para perdoar você.

H

Capítulo Trinta e Sete

Nunca a trouxe para minha casa antes, apesar de estarmos namorando há um mês. Hope passava muito tempo na nossa casa quando éramos crianças, então fico preocupado achando que minha mãe vai reconhecê-la e dizer alguma coisa quando a conhecer. Portanto, até Sky descobrir a verdade sobre seu passado, não quero correr o risco de que ela o descubra por outra pessoa que não seja eu.

Não quero que Sky fique achando que não quero que ela faça parte da minha vida só porque nunca a convido para vir na minha casa ou conhecer minha família, então aproveitei a oportunidade e a trouxe para cá hoje, pois minha mãe não está. E, apesar de finalmente estarmos sozinhos, nos beijando na minha cama, sinto que tem alguma coisa errada. A noite não começou bem e a culpa de tudo que aconteceu até agora está dominando meus pensamentos, embora queira que minha mente esteja focada no presente.

Ela passou o dia distante e eu devia ter percebido que era culpa minha. Depois que saímos da galeria de arte, onde fomos mostrar apoio a Breckin e seu namorado, Max, ela mal disse duas palavras. Fiquei me perguntando se tinha algo a ver com ontem à noite e, é claro, tinha *tudo* a ver.

Depois da festa de Halloween no escritório de advocacia da minha mãe ontem, onde eu talvez tenha tomado drinks demais, fui para a casa de Sky e entrei pela janela. Tudo estava ótimo e pegamos no sono, mas acordei com ela chorando histericamente. Chorava e tremia; nunca vi ninguém reagir daquela maneira a um pesadelo.

Nunca.

Fiquei assustado para cacete. Em boa parte porque não sabia como ajudá-la, mas também porque não sabia onde eu estava quando acordei ao seu lado. Ainda estava um pouco grogue de tanto beber e mal me lembrava de sair da minha casa e entrar no quarto dela. Fiquei assustado quando percebi que tinha passado um tempo perto de Sky enquanto estava bêbado e temi ter deixado escapar algo sobre o passado. Abracei-a até ela parar de chorar, mas depois fui embora, pois ainda estava sentindo os efeitos do álcool e não queria dizer nada que fosse estragar tudo.

Mas aparentemente foi o que fiz porque, mais cedo, quando a gente estava lá embaixo, ela falou alguma coisa sobre Hope. Disse o nome dela e eu fiquei perplexo. Sem ar. E, se não estivesse fazendo meu máximo para fingir que não sabia do que ela estava falando, eu teria caído de joelhos.

No entanto, deixei ela se explicar e pelo jeito eu tinha toda a razão em ficar com medo de passar tempo com ela enquanto não tinha muita noção do que estava fazendo. Aparentemente, murmurei o nome de Hope em vez do de Sky, e ela passou o dia inteiro enlouquecendo com isso. Pensou que Hope era outra pessoa completamente diferente e o fato de achar que eu seria capaz de desejar, precisar ou até mesmo pensar em outra garota parte completamente o meu coração.

Então agora estou fazendo tudo que posso para ela perceber que só penso nela.

Só nela.

Estou beijando-a, de quatro, tentando evitar que ela ache que a trouxe para cá para algo além de relaxarmos um pouco juntos.

Mas ela está de *vestido* novamente.

Depois daquelas duas horas no porão de Daniel, acho que ficamos bem impressionados com o quanto minhas mãos e seu vestido se deram bem. Também ficamos impressionados com o quanto minhas mãos e o que ela usava *debaixo* do vestido se deram bem.

Mas agora Sky está aqui, de vestido mais uma vez. E passamos por várias primeiras vezes naquele sofá duas semanas atrás.

Tanto que só sobrou praticamente uma primeira vez para essa noite, e ela sabe disso e *eu* sei disso e mesmo assim ela escolheu um vestido para usar hoje. Isso deixa minha mente agitada e meu coração acelerado.

Outra coisa também não ajudou. Antes de subirmos para o meu quarto, estávamos nos agarrando na escada e ela mencionou do nada que era virgem. Eu já sabia disso, mas o fato de Sky pensar nesse assunto enquanto eu a beijava e me contar repentinamente me fez achar que ela queria apenas me alertar para quando chegasse a hora.

E estou achando que ela está pronta, e é por isso que precisou se explicar lá embaixo; para não precisar dizer nada quando chegasse a hora.

Que é agora.

A hora em que estou agradecendo aos anjos e deuses e pássaros e abelhas e ao menino Jesus por ela estar com esse vestido. Se tem uma coisa capaz de diminuir minha culpa e que me faz focar apenas nela e no momento presente, é esse vestido.

— Puta merda, Sky — digo, beijando-a intensamente. — Nossa, como é incrível sentir você. Obrigado por usar esse vestido. Eu gosto... — Beijo seu queixo até meus lábios chegarem em seu pescoço. — Gosto mesmo dele. Do vestido. — Continuo beijando seu pescoço e ela inclina a cabeça para trás, facilitando meu acesso. Levo a mão até sua coxa e a subo por debaixo do vestido. Ao chegar no topo da coxa, quero muito continuar. Mas o fato de ela ter deixado eu continuar uma vez não significa que vai deixar agora.

Mas pelo jeito deixa, pois seu corpo se contorce na direção do meu, indicando para que minha mão prossiga na direção em que está indo. Suas mãos sobem por minhas costas no instante em que minha mão cumprimenta a calcinha em seu quadril. Deslizo os dedos por debaixo da calcinha e começo a puxá-la na mesma hora em que Sky puxa minha camisa.

Ela começa a tirá-la pela minha cabeça e sou obrigado a afastar a mão. Aperto sua coxa, sem querer me afastar, mas tenho certeza de que também quero que tire minha camisa.

Assim que me ajoelho, afastando-me dela, ela lamenta. O som me faz sorrir e, depois de tirar a camisa, eu me encurvo para a frente e beijo o canto dos seus lábios. Levo a mão até seu rosto e acaricio sua testa delicadamente, observando-a. Sei que estamos prestes a ter a primeira vez mais importante de todas, e quero memorizar tudo a respeito desse momento. Quero me lembrar exatamente de como foi vê-la deitada debaixo de mim. Quero me lembrar exatamente do barulho que fez no instante em que a penetrei. Quero me lembrar exatamente do gosto dela e de como era senti-la e do que...

— Holder — diz ela, ofegante.

— Sky — digo, imitando-a. Não sei o que está prestes a dizer, mas, seja lá o que for, pode esperar alguns segundos, pois preciso beijá-la novamente. Abaixo a cabeça e separo seus lábios até nossas línguas se encontrarem. Nós nos beijamos lentamente enquanto memorizo todos os centímetros de sua boca.

— Holder — diz ela novamente, afastando-se da minha boca. Ela leva a mão até minha bochecha e olha nos meus olhos. — Eu quero. Hoje. Agora.

Agora. Ela disse *agora*. Que bom, pois convenientemente não tenho nenhum compromisso marcado para agora. Por mim, pode ser agora.

— Sky... — digo, querendo me assegurar de que não está fazendo isso só por minha causa. — Não precisamos. Quero ter certeza absoluta de que é o que você quer. Está certo? Não quero apressá-la.

Ela sorri e acaricia meus braços com as pontas dos dedos.

— Sei disso. Mas estou dizendo que quero fazer isso. Jamais quis com ninguém, mas com você, sim.

Não tenho nenhuma dúvida de que quero ficar com ela. Quero ficar com ela *agora* e obviamente ela quer o mesmo. Mas não posso deixar de me sentir culpado porque sei que ainda estou a enganando. Não contei a verdade sobre nós dois e sinto que, se ela soubesse, não tomaria essa decisão.

Estou prestes a me afastar, mas ela põe a mão nas minhas bochechas e se ergue da cama até os lábios encostarem nos meus.

— Isso não sou eu dizendo *sim*, Holder. Sou eu dizendo *por favor.*

O que pensei ainda agora? Algo a respeito de esperar?

Foda-se aquilo.

Nossos lábios colidem e eu gemo, empurrando-a contra a cama.

— Vamos mesmo fazer isso? — pergunto, sem conseguir acreditar.

— É. — Ela ri. — Vamos mesmo fazer isso. Nunca tive tanta certeza de algo na vida.

Minha mão volta para onde estava e começo a tirar sua calcinha.

— Só preciso que me prometa uma coisa primeiro — diz ela.

Afasto a mão, achando que talvez vá dizer para eu ir um pouco mais devagar.

— Qualquer coisa.

Sky segura minha mão e a coloca de volta em seu quadril.

— Quero fazer isso — diz ela, olhando-me nos olhos firmemente —, mas só se me prometer que vamos quebrar o recorde de melhor primeira vez na história das primeiras vezes.

Sorrio. *Com certeza.*

— Quando se trata de nós dois, Sky... não tem como ser diferente.

Deslizo o braço por debaixo de suas costas e a ergo. Ponho os dedos por debaixo das alças de seu vestido e as deslizo lentamente por seus braços. Ela segura meu cabelo, pressionando a bochecha na minha enquanto meus lábios encostam no seu ombro. Meus dedos ainda seguram a alça do vestido.

— Vou tirar isso.

Ela faz que sim com a cabeça e eu seguro o tecido em sua cintura e começo a tirar o vestido por sua cabeça. Depois de removê-lo completamente, eu a faço se deitar novamente e ela abre os olhos. Fico olhando seu corpo, descendo a mão por seu braço e por sua barriga, parando na curva de seu quadril. Assimilo tudo que estou vendo, pois é isso que mais quero lembrar. Quero lembrar exatamente como ela estava no segundo em que me entregou um pedaço de seu coração.

— Puta merda, Sky — sussurro, tocando em sua pele. Eu me curvo e beijo sua barriga delicadamente. — Você é incrível.

Observo minha mão deslizar por seu corpo. Observo-a subir por sua barriga e chegar a seus seios. Vejo meu dedão desaparecer por debaixo do sutiã. Assim que minha mão inteira desliza por debaixo do sutiã, ela une as pernas ao redor da minha cintura. Gemo e, a essa altura, eu queria ter mais mãos, pois queria que estivessem por todo seu corpo, de uma vez só. E não quero que nenhum tecido fique bloqueando a jornada delas.

Levo a mão para baixo, tiro sua calcinha e depois o sutiã. Beijo-a o tempo inteiro, mesmo quando saio da cama para tirar o que ainda estou vestindo. Volto para a cama. Volto para cima dela.

Assim que meu corpo se pressiona contra o seu, percebo que nunca passei por nada como isso, nem nunca senti nada como ela. É assim que devia ser quando as pessoas têm essa primeira vez. É exatamente assim que devia ser e é incrível.

Estendo o braço e pego uma camisinha na gaveta da mesa de cabeceira. Não paramos de nos beijar nem por um segundo, mas preciso ver seu rosto. Preciso ver que ela me quer dentro dela tanto quanto eu *quero*.

Pego a camisinha e fico de joelhos. Abro-a, mas antes de colocá-la olho para ela. Sky está de olhos bem fechados, com as sobrancelhas unidas.

— Sky? — digo. Quero que ela abra os olhos. Só preciso de um último olhar para me tranquilizar, mas ela não os abre. Eu me abaixo em cima dela novamente, alisando sua bochecha. — Linda — sussurro. — Abra os olhos.

Seus lábios começam a tremer e ela levanta os braços, cruzando-os por cima dos olhos.

— Sai de cima de mim — sussurra ela.

Sinto o maior aperto no coração, pois não sei o que fiz de errado. Fiz o possível para deixar tudo certo, mas está na cara que algo deu errado em algum momento e não faço ideia de quando isso aconteceu. Sento nos meus joelhos e me afasto quando ela soluça violentamente. Sky se vira e põe os braços ao redor do corpo, se cobrindo.

— *Por favor* — implora ela.

— Sky, já parei — digo, alisando seu braço. Ela afasta minha mão e seu corpo inteiro começa a tremer. Seus lábios se movem, murmurando algo baixinho, mas não consigo escutar o que diz. Eu me inclino para a frente, tentando ouvir o que ela quer me dizer.

— 28, 29, 30, 31...

Ela conta rapidamente e chora histericamente, ficando em posição fetal no meu colchão.

— Sky! — digo mais alto, tentando fazê-la parar. Não sei que merda há de errado ou o que fiz, mas essa não é ela e estou começando a ficar apavorado. Ela está se comportando como se eu nem estivesse aqui. Tento puxar seu braço para que olhe para mim, mas ela dá um tapa na minha mão, chorando histericamente.

— Que droga, Sky! — grito, agitado. Puxo seu braço novamente, mas ela resiste. Não sei o que fazer nem por que ela não sai desse transe, então a coloco no meu colo e a puxo contra meu peito. Sky ainda está contando e chorando e acho que também estou quase chorando, pois ela está surtando e não faço nem ideia de como ajudá-la. Balanço-a para trás e para a frente e tiro o cabelo de seu rosto, tentando fazê-la parar, mas ela só continua chorando. Puxo o lençol e o coloco ao nosso redor, em seguida beijo a lateral de sua cabeça. — Desculpa — sussurro, sem saber o que fazer em seguida.

Seus olhos se abrem e ela olha para mim, com todo o seu ser consumido pelo medo.

— Me desculpa, Sky — digo, ainda sem saber qual foi o problema ou por que ela está morrendo de medo de mim. — Desculpa de verdade.

Continuo balançando-a, ainda sem entender o que causou essa reação, mas nunca vi olhos tão apavorados e não faço ideia de como acalmá-la.

— O que aconteceu? — pergunta ela, chorando, ainda me olhando com os olhos cheios de medo.

Sky surtou completamente e nem se lembra de nada?

— Não sei — respondo, balançando a cabeça. — De repente você começou a contar, a chorar e a tremer, e fiquei tentando fazê-la parar, Sky. Mas você não parava. Estava apavorada. O que foi que eu fiz? Pode me dizer? Porque estou muito arrependido. Estou tão, tão arrependido. Que merda eu fiz?

Ela balança a cabeça, sem conseguir me responder. Fico arrasado por não saber se fiz algo de errado, fazendo-a escapar para dentro da própria cabeça e perder a noção da realidade.

Fecho os olhos e pressiono minha testa na dela.

— Desculpa. Não devia ter deixado as coisas chegarem tão longe. Não sei o que diabos aconteceu, mas você ainda não está pronta, ok?

Ela faz que sim com a cabeça, ainda me abraçando forte.

— Então a gente não... a gente não transou? — pergunta ela, timidamente.

Sinto o maior aperto no coração, porque, com essas palavras, percebo que tem algo a destruindo, por mais que eu tente protegê-la. Ela perdeu completamente a consciência do que estava fazendo, e nunca passei por nada desse tipo. Não havia nada que eu pudesse fazer para que ela parasse. Levo as mãos até suas bochechas.

— Onde você estava, Sky?

Ela olha para mim, confusa, e balança a cabeça.

— Bem aqui. Estou ouvindo.

— Não, quero dizer antes. Onde você estava? Comigo não era, porque, não, nada aconteceu. Dava para ver no seu rosto que tinha algo de errado, então não fiz nada. Mas agora precisa pensar bastante para descobrir onde estava dentro da sua cabeça, porque você ficou em pânico. Estava histérica, e preciso saber o motivo para garantir que isso nunca mais aconteça.

Abraço-a fortemente, beijando sua testa. Sei que ela provavelmente precisa se recompor, então me levanto, coloco a calça e a camiseta e a ajudo a se vestir.

— Vou pegar um pouco de água para você. Já volto. — Eu me inclino para a frente, duvidando até mesmo de que ela queira ficar perto de mim nesse momento, mas beijo seus lábios para tranquilizá-la.

Saio do quarto e vou direto para a cozinha. Assim que encosto os cotovelos no balcão, enterro o rosto nos braços e junto toda a força de vontade que tenho para não cair aos prantos. Inspiro fundo várias vezes, exalando ainda mais profundamente, querendo ser forte por ela. Mas vê-la tão indefesa e saber que não pude fazer nada para ajudá-la...

Nunca me senti tão desapontado comigo mesmo.

Capítulo Trinta e Oito

Ainda estou apoiado no balcão com a cabeça entre as mãos quando escuto o barulho de uma porta se fechando no andar de cima. Estou aqui há vários minutos e não quero que ela pense que estou tentando evitá-la, então volto lá para cima. Dou uma olhada no meu quarto e no banheiro, mas ela não está em nenhum dos dois. Olho para a porta do quarto de Less e paro antes de estender o braço e virar a maçaneta.

Sky está sentada na cama de Less, segurando uma foto.

— O que está fazendo? — pergunto. Não sei por que está aqui. Não quero ficar aqui dentro e quero que ela volte comigo para o meu quarto.

— Estava procurando o banheiro — responde ela, baixinho. — Desculpe. Só precisava de um minuto sozinha.

Faço que sim com a cabeça, porque pelo jeito eu também precisava de um minuto sozinho. Dou uma olhada no quarto. Não entro aqui desde o dia em que encontrei o caderno. A calça dela ainda está no meio do chão, bem onde a deixou.

— Ninguém entrou aqui? Desde que ela...

— Não — digo, sem querer que ela termine a frase. — De que adiantaria? Ela se foi.

Ela concorda com a cabeça e põe a foto de volta na mesa de cabeceira.

— Estavam namorando?

A pergunta dela me deixa confuso por um instante, depois percebo que deve ter visto alguma foto de Less e Grayson juntos. Nunca contei a ela que os dois namoraram. Deveria ter contado.

Entro no quarto pela primeira vez em mais de um ano. Vou até a cama e me sento ao seu lado. Observo o quarto lentamente, me perguntando por que minha mãe e eu achamos que seria melhor fechar a porta depois que Less morreu em vez de nos

245

livrarmos das coisas dela. Acho que ainda não estamos prontos para aceitar que ela se foi.

Olho para Sky, que ainda está encarando o porta-retratos na mesa de cabeceira de Less. Ponho o braço ao redor de seus ombros e a puxo para perto. Ela leva a mão até meu peito e agarra minha camisa.

— Terminou com ela na véspera de ela ter feito isso — explico. Na verdade, não quero conversar sobre isso, mas o único outro assunto que poderíamos discutir é o que acabou de acontecer na minha cama e sei que Sky provavelmente precisa de um pouco mais de tempo antes de conversarmos sobre aquilo.

— Acha que foi por causa dele que ela fez isso? É por isso que o odeia tanto?

Balanço a cabeça.

— Já o odiava antes de Grayson terminar com ela. Ele a fez passar por muita merda, Sky. E não, não acho que foi por causa dele. Talvez tenha sido a gota d'água para ela tomar uma decisão que estava querendo há muito tempo. Less tinha seus problemas bem antes de Grayson aparecer. Então não, não o culpo. Nunca o culpei. — Seguro sua mão e me levanto, pois sinceramente não quero mais falar sobre isso. Achei que conseguiria, mas não consigo. — Vamos. Não quero mais ficar aqui.

Seguro sua mão e ela se levanta, depois caminhamos na direção da saída. Ela solta a mão da minha quando chego à porta, então me viro. Sky está encarando uma foto de quando eu e Less éramos crianças.

Ela sorri para o retrato, mas meu pulso dispara imediatamente ao perceber que se trata de uma foto de quando éramos crianças. Está vendo a gente exatamente da maneira como nos conhecia. Não quero que lembre. Se lembrasse alguma coisa agora, começaria a fazer perguntas. Depois do ataque de nervos que acabou de ter, a última coisa que precisa é descobrir a verdade.

Ela fica de olhos fechados por alguns segundos e a expressão em seu rosto faz meu pulso acelerar um pouco.

— Você está bem? — pergunto, tentando tirar a foto de suas mãos. Ela a puxa de volta imediatamente e olha para mim.

É o primeiro sinal de reconhecimento que vejo em seu rosto. Sinto como se meu corpo estivesse perdendo a força.

Consigo dar um passo em sua direção, mas ela recua imediatamente. Continua encarando a foto, em seguida olha para mim. Tudo que quero é pegar o porta-retrato e arremessá-lo do outro lado desse maldito quarto e tirá-la daqui, mas tenho a impressão de que é tarde demais.

Ela leva a mão até a boca e contém um soluço de choro. Olha para mim como se quisesse dizer alguma coisa, mas não consegue.

— Sky, não — sussurro.

— Como? — pergunta ela, sofridamente, olhando de novo para a foto. — Há um balanço. E um poço. E... seu gato. Ficou preso no poço. Holder, conheço aquela sala de estar. É verde, e a cozinha tem um balcão que era alto demais para nós e... sua mãe. O nome dela é Beth. — Suas palavras apressadas param e os olhos voltam a se fixar nos meus. — Holder... o nome de sua mãe é Beth?

Hoje não, hoje não. Meu Deus, ela não *precisa* disso hoje.

— Sky...

Ela olha para mim, arrasada. Passa por mim, vai até o corredor, entra no banheiro e bate a porta. Vou atrás dela, tentando abrir a porta, mas ela a trancou.

— Sky, abra a porta. Por favor.

Nada. Não abre a porta nem diz nada.

— Linda, por favor. Precisamos conversar, e não posso fazer isso daqui de fora. Por favor, abra a porta.

Mais um instante se passa sem que ela abra a porta. Seguro as laterais do caixilho e espero. Agora é tarde demais para voltar atrás. Tudo que posso fazer é esperar até que esteja pronta para escutar a verdade.

A porta se escancara e ela olha para mim, agora com os olhos cheios de raiva em vez de medo.

— Quem é Hope? — pergunta ela, com a voz quase tão baixa quanto um sussurro.

Como explico? Como explicar a resposta a essa pergunta? Assim que responder, vou ver seu mundo inteiro desmoronar.

— Quem diabos é Hope? — pergunta ela, bem mais alto dessa vez.

Não posso. Não posso contar. Ela vai me odiar e isso acabaria comigo.

Seus olhos estão cheios de lágrimas.

— Sou eu? — pergunta ela, com a voz quase inaudível. — Holder... eu sou Hope?

Uma rajada de ar escapa dos meus pulmões e consigo sentir as lágrimas surgindo. Olho para o teto e tento contê-las. Fecho os olhos e pressiono a testa contra o braço, inspirando o ar que cerca a voz que vai dizer a palavra que vai destruí-la mais uma vez.

— É.

Seus olhos se arregalam e ela fica parada, balançando a cabeça lentamente. Não consigo nem imaginar o que deve estar passando por sua cabeça nesse momento.

De repente, ela me empurra para trás e segue pelo corredor.

— Sky, espere — grito enquanto ela desce a escada dois degraus de cada vez. Corro atrás dela, tentando alcançá-la antes que vá embora. Assim que chega no último degrau, ela cai no chão.

— Sky! — Fico de joelhos e a coloco nos braços, mas ela me empurra. Não posso deixá-la sair correndo. Sky precisa saber o resto da verdade antes de ir embora daqui.

— Lá fora — diz ela. — Só preciso ir lá para fora. Por favor, Holder.

Sei como é precisar tanto de ar. Solto-a e a olho nos olhos.

— Não corra, Sky. Saia, mas, por favor, não vá embora. Precisamos conversar.

248

Ela faz que sim com a cabeça e eu a ajudo a se levantar. Ela sai da casa e vai até o jardim, onde inclina a cabeça para trás e encara as estrelas.

No céu.

Observo-a o tempo inteiro, querendo abraçá-la mais do que tudo. Mas sei que é a última coisa que ela quer nesse momento. Sabe que eu estava mentindo e tem todo o direito de me odiar.

Depois de um tempo, ela finalmente se vira e volta para dentro de casa. Passa por mim sem me olhar e vai direto para a cozinha. Tira uma garrafa de água da geladeira e a abre, tomando vários goles antes de finalmente fazer contato visual comigo.

— Me leve para casa.

Vou tirá-la da minha casa, mas não vou levá-la para a casa dela.

Agora estamos no aeroporto. Não consegui pensar em nenhum outro lugar que fosse silencioso o suficiente para levá-la e me recusei a levá-la para casa antes que ela me perguntasse tudo que precisava. A única coisa que me perguntou com sinceridade no caminho até aqui foi o significado da minha tatuagem. Respondi a mesma coisa que tinha respondido da última vez, mas acho que dessa vez ela realmente entendeu o que quis dizer.

— Está pronta para as respostas? — pergunto. Já estamos encarando as estrelas silenciosamente há vários minutos. Estou apenas tentando dar uma oportunidade para ela se acalmar. Esvaziar a cabeça.

— Só se você estiver planejando ser sincero de verdade dessa vez — diz ela, com raiva na voz.

Eu me viro e a mágoa em seus olhos é tão nítida quanto as estrelas no céu. Eu me apoio no braço, olhando para ela.

Pouco tempo atrás, eu olhava para ela exatamente assim, memorizando tudo a seu respeito. Quando estávamos naquele momento na minha cama, olhei para ela com tanta esperança. Sentia como se ela fosse minha e eu fosse dela e que aquele momento e aquela sensação durariam para sempre. Mas agora, quando olho para ela... sinto como se tudo estivesse prestes a acabar.

Abaixo a mão até seu rosto e toco nela.

— Preciso beijar você.

Ela balança a cabeça.

— Não — diz ela, decididamente.

Sinto como se hoje fosse o nosso fim e, se não deixar eu beijá-la mais uma vez, isso vai acabar comigo.

— Preciso beijar você — repito. — Por favor, Sky. Tenho medo de que depois do que vou contar... nunca poderei beijar você de novo. — Seguro seu rosto com mais firmeza e a puxo para perto. — *Por favor.*

Seus olhos examinam os meus desesperadamente, talvez querendo ver se há algum pingo de verdade por trás das minhas palavras. Ela não diz nada. Mal concorda com a cabeça, mas isso já é o suficiente. Abaixo a cabeça e pressiono os lábios firmemente contra os seus. Sky segura meu antebraço e separa os lábios, deixando eu beijá-la de maneira mais íntima.

Continuamos nos beijando por vários minutos, pois acho que nenhum de nós quer encarar a verdade ainda. Fico de joelhos sem me separar dela e vou para cima de seu corpo. Sky passa a mão no meu cabelo e puxa a parte de trás da minha cabeça, querendo que eu fique mais perto.

Ela começa a agarrar minha camisa com o punho enquanto o choro irrompe da garganta. Levo os lábios até sua bochecha e a beijo delicadamente, e em seguida levo a boca até seu ouvido.

— Desculpe-me — sussurro, segurando-me nela com minha mão livre. — Desculpe-me, de verdade. Não queria que soubesse.

Ela me afasta e se senta. Leva os joelhos até o peito e enterra o rosto entre eles.

— Só quero que fale logo, Holder. Perguntei tudo que queria no caminho para cá. Preciso que me responda agora para

250

que eu possa voltar para casa logo — diz ela, parecendo exausta. Aliso seu cabelo e dou as respostas que precisa.

— Não tinha certeza de que era mesmo Hope na primeira vez que a vi. Estava tão acostumado a vê-la no rosto de todas as desconhecidas da nossa idade que há alguns anos tinha desistido de tentar encontrá-la. Mas, quando a vi no mercado e olhei nos seus olhos, tive a sensação de que era mesmo ela. Quando me mostrou a identidade e percebi que estava errado, fiquei me sentindo ridículo. Como se esse tivesse sido o alerta final de que precisava para finalmente deixar a lembrança dela para trás.

"Fomos seus vizinhos e de seu pai por um ano. Você, eu e Less... nós éramos melhores amigos. Mas é tão difícil se lembrar dos rostos de tanto tempo atrás. Achei que você fosse Hope, mas também pensei que, se fosse mesmo ela, eu não duvidaria. Achava que, se a visse novamente algum dia, teria certeza de que era ela.

"Quando saí do mercado naquele dia, fui logo pesquisar na internet o nome que você me deu. Não consegui descobrir nada a seu respeito, nem mesmo no Facebook. Passei uma hora inteira procurando e fiquei tão frustrado que fui correr para me acalmar. Quando dei a volta na esquina e a vi na frente da minha casa, não consegui respirar. Estava lá parada, exausta da corrida e... *meu Deus*, Sky. Estava tão linda. Ainda não sabia se era Hope ou não, mas naquele momento isso nem passou pela minha cabeça. Não me importava quem você era; simplesmente precisava conhecê-la melhor.

"Depois de passar mais tempo com você naquela semana, não pude deixar de aparecer na sua casa naquela sexta à noite. Não fui com intenção de investigar seu passado nem com esperança de que algo acontecesse entre nós. Fui à sua casa porque queria que conhecesse quem realmente sou, não quem as pessoas pensam que sou. Depois de passar mais tempo com você naquela noite, não consegui pensar em mais nada, só no que fazer para passarmos mais tempo juntos. Nunca tinha conhecido ninguém que me entendia como você. Ainda me perguntava se era possível... se era possível que fosse ela. Fiquei mais curioso ainda depois que me contou que era adotada, mas, de novo, achei que podia ser coincidência.

"Mas quando vi a pulseira..."

Preciso que ela olhe nos meus olhos nesse momento, então ergo seu queixo e faço-a olhar para mim.

— Fiquei magoado, Sky. Não queria que você fosse ela. Queria que dissesse que ganhou a pulseira de uma amiga, que a encontrou ou que comprou. Depois de tantos anos a procurando em todos os rostos que via por aí, finalmente tinha encontrado você... e fiquei desolado. — Assim que falo isso, me arrependo. Porque sei que não é verdade. Estava chateado. Estava sem chão. Mas nem sabia o sentido de desolado. Suspiro e termino minha confissão. — Não queria que fosse Hope. Só queria que você fosse você.

Ela balança a cabeça.

— Mas por que não me contou? Por que seria tão difícil admitir que a gente se conhecia? Não entendo por que tem mentido sobre isso.

Meu Deus, como isso é difícil.

— O que se lembra da sua adoção?

— Pouca coisa — diz ela, balançando a cabeça. — Sei que fiquei com uma família de acolhimento temporário depois que meu pai me entregou. Sei que Karen me adotou e que nos mudamos para cá de outro estado quando tinha 5 anos. Fora isso e algumas lembranças aleatórias, não sei de mais nada.

Ela não está entendendo. Isso não é o que *ela* lembra de maneira alguma. Isso é o que *contaram*. Mudo de posição e me sento bem na sua frente, virado para ela. Seguro seus ombros.

— Tudo isso foi Karen que lhe contou. Quero saber do que você se lembra. Do que você se lembra, Sky?

Ela desvia o olhar, tentando pensar. Após não se lembrar de nada, olha de volta para mim.

— De nada. As lembranças mais antigas que tenho são com Karen. A única coisa que lembro antes de Karen é de ganhar a pulseira, mas isso é só porque ainda a tenho e a lembrança ficou grudada em minha cabeça. Nem sei quem foi que me deu.

Levo os lábios até sua testa e a beijo, sabendo que as próximas palavras que vou dizer são as palavras que ela não quer ouvir. Como se percebesse o quanto estou sofrendo, ela põe os braços ao redor do meu pescoço e vem para o meu colo, abraçando-me fortemente. Abraço-a, sem entender como foi capaz de encontrar forças para me consolar nesse momento.

— Diga logo — sussurra ela. — Diga o que é que preferia não ter de me contar.

Levo a cabeça até a sua, fechando os olhos. Sky acha que quer saber a verdade, mas não quer. Se tivesse noção de como isso vai afetá-la, ia achar melhor não saber.

— Conte logo, Holder.

Suspiro e me afasto.

— No dia em que Less lhe deu a pulseira, você estava chorando. Eu me lembro de todos os detalhes como se tivesse sido ontem. Você estava no jardim, de costas para sua casa. Less e eu ficamos sentados com você por um bom tempo, mas você não parava de chorar. Ela voltou para nossa casa depois de lhe dar a pulseira, mas não consegui fazer isso. Eu me sentia mal em deixá-la sozinha, porque pensei que podia estar com raiva do seu pai de novo. Estava sempre chorando por causa dele, o que me fazia odiá-lo. Não me lembro de nada sobre ele, só que eu o odiava por fazer você se sentir daquele jeito. Eu só tinha 6 anos, então nunca sabia o que dizer quando você chorava. Acho que naquele dia eu disse algo como: "Não se preocupe..."

— Ele não vai viver para sempre — diz ela, terminando minha frase. — Eu me lembro daquele dia. De Less me dando a pulseira e de você me dizendo que ele não viveria para sempre. São dessas duas coisas que sempre me lembrei. Só não sabia que era você.

— É, foi o que disse para você. — Seguro seu rosto entre as mãos. — E depois fiz algo de que me arrependo diariamente.

— Holder — diz ela, balançando a cabeça. — Você não fez nada. Só foi embora.

Faço que sim com a cabeça.

— Exatamente. Voltei para o jardim da minha casa apesar de saber que devia ter ficado ao seu lado na grama. Fiquei parado no jardim, observando você chorar apoiada nos próprios braços, quando devia estar chorando nos meus. Tudo o que fiz foi ficar parado... observando o carro estacionar. Vi abaixarem a janela do carona e escutei alguém chamar seu nome. Vi você olhar para o carro e enxugar os olhos. Você se levantou, limpou o short e foi até o carro. Vi quando entrou e sabia que, o que quer que estivesse acontecendo, não devia simplesmente ficar parado. Mas tudo que fiz foi observar quando eu devia ter ficado do seu lado. Nunca teria acontecido se eu tivesse ficado do seu lado.

Sky respira fundo.

— Nunca teria acontecido *o quê*?

Aliso suas maçãs do rosto e olho para ela com o máximo de calma e tranquilidade possível, pois sei que vai precisar dessas duas coisas agora.

— Eles levaram você. Quem quer que estivesse naquele carro levou você do seu pai, de mim, de Less. Está desaparecida há 13 anos, Hope.

Capítulo Trinta e Nove, Capítulo Trinta e Nove e Meio, Capítulo Trinta e Nove e Três Quartos

Ela fecha os olhos e encosta a cabeça no meu ombro. Começa a me abraçar com mais firmeza, então faço o mesmo. Fico esperando. Espero a ficha cair. Espero as lágrimas. Espero a mágoa, pois tenho certeza de que virá.

Ficamos em silêncio por vários minutos, mas as lágrimas não surgem. Começo a me perguntar se ela ao menos entendeu tudo que acabei de dizer.

— Diga alguma coisa — imploro.

Ela não faz nenhum barulho. Nem se mexe. Sua falta de reação começa a me preocupar, então coloco a mão na parte de trás de sua cabeça e aproximo a minha da sua.

— *Por favor*. Diga algo.

Ela afasta o rosto do meu ombro lentamente e me olha com os olhos secos.

— Você me chamou de Hope. Não me chame assim. Esse não é meu nome.

Nem percebi que tinha feito isso.

— Desculpe-me, Sky.

Uma frieza surge em seus olhos; ela sai de cima de mim, depois se levanta.

— Também não me chame disso — retruca ela.

Levanto-me e seguro suas mãos, mas ela se afasta, virando-se para o carro. Eu realmente não tinha pensado no que diria ou faria depois que ela finalmente escutasse a verdade. Não estou nada preparado para o que quer que vá acontecer agora.

— Preciso da pausa de um capítulo — diz ela, sem parar de se afastar.

— Nem sei o que isso significa — digo, a seguindo. Não sei exatamente do que precisa, mas é mais do que uma pausa de capítulo. Precisa de uma pausa de capítulo dentro de outra pausa de capítulo dentro de outra pausa de capítulo. Não consigo nem imaginar o quanto deve estar confusa nesse momento.

Ela continua se afastando, então agarro seu braço, mas ela se solta imediatamente. Vira-se, com olhos arregalados de medo e confusão. Começa a respirar profundamente, como se estivesse tentando evitar um ataque de pânico. Não sei o que dizer, e sei que ela não quer que eu toque nela nesse momento.

Ela dá dois passos para a frente, levanta o braço e segura meu rosto, ficando nas pontas dos pés. Pressiona os lábios nos meus com firmeza e me beija desesperadamente, mas não consigo retribuir. Sei que está apenas com medo e confusa, e que está fazendo tudo que pode para não pensar no assunto.

Ela se afasta da minha boca ao perceber que não estou retribuindo o beijo, ergue o braço e me dá um tapa.

Provavelmente está passando agora por algo mais traumático e intenso do que qualquer outra coisa que uma pessoa pode sentir na vida, exceto a própria morte. Tento me lembrar disso quando ela ergue o braço e me dá outro tapa, depois empurra meu peito. O pânico a consome completamente e ela grita e me bate e tudo que posso fazer é virá-la e puxá-la contra meu peito. Abraço-a por trás e pressiono os lábios em seu ouvido.

— Respire — sussurro. — Acalme-se, Sky. Sei que está confusa e assustada, mas estou aqui. Estou bem aqui. Apenas respire.

Fico abraçando-a por vários minutos, dando um tempo para ela organizar os pensamentos. Sei que tem perguntas a fazer. Só preciso que prepare a própria mente para enfrentar todas as respostas.

— Você planejava me contar quem eu sou em algum momento? — pergunta ela após se afastar de mim. — E se nunca me lembrasse? Você teria me contado a verdade alguma hora? Tinha medo de que eu fosse abandoná-lo e que fosse perder a oportunidade de trepar comigo? É por isso que passou esse tempo inteiro mentindo para mim?

As perguntas que acabou de fazer são os meus maiores medos. Estava com muito medo de que ela não fosse compreender os meus motivos para não contar.

— Não. Não foi nada disso. Não *é* nada disso. Não contei porque tenho medo do que pode acontecer com você. Se eu denunciar para a polícia, vão tirar você de Karen. É mais do que provável que ela seja presa e que você seja obrigada a voltar a morar com seu pai até completar 18 anos. Quer que isso aconteça? Você ama Karen, e é feliz aqui. Não queria estragar tudo isso.

Ela balança a cabeça e ri de um jeito frio.

— Para começar — diz ela —, não prenderiam Karen porque garanto que ela não sabe nada sobre isso. Em segundo lugar, tenho 18 anos desde setembro. Se não estava sendo honesto comigo por causa da minha idade, devia ter me contado em algum momento depois do meu aniversário.

Olho para o chão, pois é difícil demais encará-la.

— Sky, tem tanta coisa que ainda preciso explicar — digo.

— Seu aniversário não foi em setembro. Você faz aniversário dia 7 de maio. E só completa 18 anos daqui a seis meses. E Karen? — Dou um passo para a frente e seguro suas mãos. — Ela tem de saber, Sky. Ela *tem* de saber. Pare para pensar. Quem mais poderia ter feito isso?

Assim que digo isso, ela tira as mãos das minhas e se afasta como se eu tivesse acabado de insultá-la.

— Me leve para casa — diz, balançando a cabeça sem acreditar. — Não quero ouvir mais nada. Não quero descobrir mais nada hoje.

Minhas mãos seguram as suas mais uma vez, mas ela as afasta com tapas.

— ME LEVE PARA CASA!

Estacionamos na frente de sua casa e estamos em silêncio dentro do carro. Enquanto voltávamos, fiz ela me prometer que não diria nada para Karen. Ela disse que não vai contar nada até conversarmos novamente amanhã, mas mesmo assim não gosto da ideia de deixá-la aqui sozinha nesse estado.

Ela abre a porta, mas seguro sua mão.

— Espere — digo. Ela para. — Vai ficar bem hoje?

Suspirando, se encosta no banco mais uma vez.

— *Como*? — responde ela com a voz frustrada. — Como posso ficar bem depois de hoje?

Coloco seu cabelo atrás da orelha. Não quero deixá-la. Quero lhe assegurar de que não vou abandoná-la dessa vez.

— Está acabando comigo... ter de deixá-la ir embora. Não quero deixá-la sozinha. Posso voltar daqui a uma hora?

Ela balança a cabeça.

— Não dá — diz ela fracamente. — Está sendo difícil demais ficar perto de você agora. Só preciso pensar. Podemos nos ver amanhã, está bom?

Faço que sim com a cabeça, afasto a mão e a coloco no volante. Por mais que isso doa, preciso respeitar suas vontades nesse momento. Sei que ela precisa de um tempo para assimilar tudo que está pensando. Para ser sincero, acho que também preciso de um tempo para assimilar as coisas.

Capítulo Quarenta

Less,

Ela sabe.

E não acredito que eu simplesmente a deixei em casa e fui embora. Não me importo se ela não quer ficar perto de mim nesse momento. Não consigo deixá-la sozinha de maneira alguma. Queria que você estivesse aqui agora, pois não faço ideia do que estou fazendo.

H

Eu me levanto imediatamente quando escuto o seu grito ao meu lado na cama. Ela está ofegante.

Mais um pesadelo.

— O que diabos está fazendo aqui? — pergunta ela.

Olho para o meu relógio e esfrego os olhos. Tento identificar o que foi real nas últimas horas e o que não passou de um sonho.

Infelizmente, foi *tudo* real.

Ponho a mão em sua perna e me aproximo. Seus olhos estão apavorados.

— Não fui capaz de deixá-la sozinha. Precisava garantir que estava bem. — Deslizo a mão ao redor de seu pescoço; seu pulso está disparando contra minha palma. — Seu coração. Você está com medo.

Ela me encara de olhos arregalados. O peito sobe e desce, e o medo que transmite me deixa arrasado. Ela leva a mão até a minha e a aperta.

— Holder... eu me lembro.

Eu a viro imediatamente de frente para mim e a obrigo a me olhar nos olhos.

— O que você lembra? — pergunto, nervoso, querendo escutar logo a resposta.

Ela começa a balançar a cabeça, sem querer dizer. Mas preciso que diga. Preciso saber o que lembra. Faço que sim com a cabeça, incentivando-a silenciosamente a continuar. Ela respira fundo.

— Era Karen no carro. Foi ela. Foi ela que me levou

É exatamente o que não queria que sentisse. Abraço-a.

— Eu sei, linda. Eu sei.

Ela agarra minha camisa e eu a abraço com mais firmeza, mas a afasto assim que a porta do quarto se abre.

— Sky? — diz Karen, olhando-nos da porta.

Karen olha para mim, tentando entender por que estou aqui, então se vira para Sky.

— Sky? O que... o que está fazendo?

Sky vira-se e me olha nos olhos desesperadamente.

— Me leve embora daqui — implora ela, sussurrando. — Por favor.

Concordo com a cabeça, me levanto e vou até o closet. Não sei para onde ela quer ir, mas sei que vai precisar de roupas. Encontro uma bolsa de lona na prateleira de cima e a levo até a cama.

— Coloque algumas roupas aqui dentro. Vou pegar o que você precisa do banheiro.

Ela faz que sim com a cabeça e vai até o closet enquanto entro no banheiro para pegar as outras coisas de que pode precisar. Karen está implorando para que ela não vá. Após encher as mãos de coisas, saio do banheiro e Karen está com as mãos nos ombros de Sky.

— O que está fazendo? O que há de errado com você? Não vai embora com ele.

Passo por Karen e tento ficar o mais calmo possível para o bem de todos nós.

— Karen, sugiro que você a solte.

Karen vira-se, chocada com as minhas palavras.

— Você *não* vai levá-la. Se sair dessa casa com ela, chamo a polícia

Não digo nada. Não sei se Sky quer que Karen saiba que ela descobriu a verdade, então faço o máximo para não dizer nada do que quero dizer desde o instante em que percebi que ela é a responsável pelo que aconteceu. Fecho o zíper da bolsa e estendo a mão para Sky.

— Está pronta?

Ela assente com a cabeça.

— Não estou brincando! — grita Karen. — Vou ligar para a polícia! Você não tem o direito de levá-la!

Sky põe a mão no meu bolso, tira o celular e dá um passo na direção de Karen.

— Tome — diz ela. — Ligue.

Ela está testando Karen. Pensa tão rapidamente quanto eu, querendo provar que Karen é inocente. Meu coração se parte, pois sei que ela não é. Isso só vai terminar mal.

Karen se recusa a pegar o telefone. Sky segura sua mão e empurra o telefone contra sua palma.

— Ligue! Ligue para a polícia, mãe! *Por favor* — diz ela. As sobrancelhas de Sky separam-se e ela implora desesperadamente mais uma vez. — Por favor — sussurra ela.

Não posso ver Sky passar por isso nem por mais um segundo, então agarro sua mão e a levo até a janela, em seguida a ajudo a sair.

Capítulo Quarenta e Um

Ergo a cabeça do travesseiro e cubro os olhos imediatamente. O sol da tarde está tão forte que dói. Tiro o braço de cima do seu corpo, levantando-me da cama silenciosamente.

Não sei como, mas consegui dirigir até Austin ontem à noite. Acho que não aguentaria passar nem mais um minuto acordado, então paramos no primeiro hotel que encontramos. Estava de dia quando finalmente chegamos no nosso quarto, então cada um tomou seu banho e caímos na cama. Ela está dormindo há mais de seis horas e sei o quanto precisa disso.

Afasto delicadamente o cabelo de sua bochecha, me inclino e a beijo. Ela tira o braço de debaixo do cobertor, olhando para mim com olhos cansados.

— Oi — sussurra ela, conseguindo sorrir mesmo passando por tudo isso.

— Shh — digo, sem querer que ela acorde ainda. — Vou dar uma saída rápida para comprar comida para a gente. Acordo você quando voltar, está bem?

Ela faz que sim, fecha os olhos e vira para o lado.

Depois que terminamos de comer, ela vai até a cama e coloca os sapatos.

— Aonde você vai? — pergunto.

Ela amarra os sapatos e se levanta, colocando os braços ao redor do meu pescoço.

— Quero dar uma caminhada — diz ela. — E quero que vá comigo. Estou pronta para começar a fazer perguntas.

Beijo-a rapidamente, pego a chave e vou até a porta.

— Então vamos.

Terminamos indo para o pátio do hotel e nos sentamos numa das áreas cobertas. Puxo-a para perto de mim.

— Quer que eu conte o que lembro? Ou tem perguntas específicas?

— Os dois — diz ela. — Mas primeiro quero ouvir sua história.

Beijo a lateral de sua cabeça e encosto minha cabeça na sua enquanto encaramos o pátio.

— Você tem de entender o quanto isso é surreal pra mim, Sky. Pensei no que aconteceu com você todos os dias dos últimos treze anos. E quando penso que estava morando a 3 quilômetros de distância há sete anos? Eu mesmo ainda acho difícil assimilar isso tudo. E agora, finalmente posso ter você ao meu lado e contar tudo o que aconteceu...

Suspiro, lembrando-me daquele dia.

— Depois que o carro foi embora, entrei em casa e contei para Less que a vi indo embora com alguém. Ela ficou me perguntando com quem, mas eu não sabia responder. Minha mãe estava na cozinha, então fui até ela e contei. Ela não prestou muita atenção em mim. Estava fazendo o jantar, e éramos apenas crianças. Minha mãe tinha aprendido a não prestar muita atenção em nós. Além disso, eu ainda não sabia se tinha mesmo acontecido alguma coisa que não devia, então não estava em pânico nem nada. Ela só me mandou ir lá fora brincar com Less. Sua tranquilidade me fez pensar que estava tudo bem. Com 6 anos, tinha certeza de que os adultos sabiam de tudo, então não toquei mais no assunto. Less e eu fomos brincar do lado de fora, e mais algumas horas se passaram até seu pai sair de casa, chamando você. Assim que o ouvi chamando seu nome, fiquei paralisado. Parei no meio do jardim e fiquei observando-o no pórtico, chamando você. Foi naquele instante que percebi que ele não fazia ideia de que você tinha ido embora com outra pessoa. Percebi que tinha feito algo de errado.

— Holder — interrompe ela. — Você era apenas um garotinho.

Pois é. Um garotinho que tinha idade suficiente para saber a diferença entre certo e errado.

— Seu pai veio até nosso jardim e me perguntou se eu sabia onde você estava. — É então que fica difícil para mim. Foi naquele momento que percebi o erro terrível que tinha cometido. — Sky, você precisa entender uma coisa — digo. — Eu tinha medo do seu pai. Mal completara 6 anos, mas sabia que tinha feito algo terrivelmente errado ao deixá-la sozinha. Então seu pai, chefe de polícia, estava em pé ao meu lado, com a arma aparecendo por cima da farda. Entrei em pânico. Corri para dentro de casa, direto para meu quarto e tranquei a porta. Ele e minha mãe passaram meia hora batendo, mas estava assustado demais para abri-la e admitir que sabia o que tinha acontecido. Minha reação deixou os dois preocupados, então na mesma hora ele chamou reforços pelo rádio. Quando escutei as viaturas chegando, achei que tinham ido me buscar. Ainda não conseguia entender o que tinha acontecido com você. Quando minha mãe conseguiu me tirar do quarto, três horas já haviam se passado desde que você fora embora no carro.

Ela está percebendo o quanto sofro ao falar sobre isso. Puxa uma das mãos de debaixo da manga da camisa e a coloca em cima da minha.

— Fui levado para a delegacia e ficaram me interrogando durante horas. Queriam saber se tinha reparado na placa, no modelo do carro, como era a pessoa, o que tinha dito a você. Sky, eu não sabia de *nada*. Não conseguia me lembrar nem da cor do carro. Tudo que soube dizer com precisão era o que você estava vestindo, pois a única coisa que conseguia visualizar era você. Seu pai ficou furioso comigo. Escutei seus gritos no corredor da delegacia, dizendo que, se eu tivesse avisado alguém imediatamente do que tinha acontecido, eles a teriam encontrado. Ele me culpou. Quando um policial culpa alguém pelo desaparecimento da filha, a pessoa tende a acreditar que ele sabe do que está falando. Less também escutou os gritos, então também ficou achando que a culpa era minha. Passou dias sem nem falar comigo. Nós dois estávamos tentando entender o que tinha acontecido. Por seis anos tínhamos vivido num mundo perfeito, onde os adultos sempre tinham razão e onde coisas ruins não aconteciam com pessoas boas. Então, num único minuto, você foi levada, e tudo que achávamos que sabíamos acabou se transformando numa imagem falsa da vida que nossos pais tinham construído para nós. Percebemos naquele dia que até os adultos fazem coisas terríveis. Crianças desaparecem. Melhores amigas são levadas embora, e quem fica para trás não sabe nem se a pessoa continua viva.

"Nós ficávamos vendo o noticiário o tempo inteiro, esperando informações. Sua foto ficou aparecendo na televisão por semanas. A foto mais recente que tinham de você era de logo antes de sua mãe morrer, quando tinha apenas 3 anos. Eu me lembro de ficar furioso com aquilo, me perguntando como é que quase dois anos tinham se passado sem que alguém tirasse uma foto sua. Eles mostravam fotos da sua casa e, às vezes, da nossa também. De vez em quando, mencionavam o garoto que era seu vizinho e tinha visto o que aconteceu, mas que não se lembrava de nenhum detalhe. Eu me lembro de uma noite... a última noite em que minha mãe deixou a gente ver a cobertura na televisão... um dos repórteres mostrou nossas casas. Eles mencionaram a única testemunha, mas se referiram a mim como "O garoto que perdeu Hope". Aquilo deixou minha mãe tão brava, que a fez correr lá para fora e começou a berrar com os repórteres, gritando para que nos deixassem em paz. Para que me deixassem em paz. Meu pai precisou arrastá-la para dentro de casa.

"Meus pais fizeram o possível para nossas vidas voltarem ao normal. Após alguns meses, os repórteres pararam de aparecer. As várias idas à delegacia para mais perguntas finalmente acabaram. Aos poucos, as coisas começaram a voltar ao normal para toda a vizinhança. Para todo mundo, menos Less e eu. Era como se toda a nossa esperança tivesse sido levada junto com nossa Hope."

Ela suspira quando termino e fica em silêncio.

— Passei tantos anos odiando meu pai por ter desistido de mim — lamenta ela. — Não acredito que ela simplesmente me tirou dele. Como foi capaz de fazer isso? Como é que *alguém* pode ser capaz de fazer isso?

— Não sei, linda.

Ela se endireita na cadeira e fixa o olhar no meu.

— Preciso ver a casa — diz ela. — Quero mais lembranças, mas não tenho nenhuma porque agora está difícil de lembrar. Não consigo me lembrar de quase nada, muito menos dele. Só quero passar por lá de carro. Preciso vê-la.

— Agora?

— Sim. Quero ir antes que escureça.

Capítulo Quarenta e Dois

Não devia tê-la deixado vir até aqui de jeito nenhum. Assim que estacionamos, percebi que ela ia querer mais do que somente olhar. E, como eu esperava, ela saiu do carro e pediu para ver o interior da casa. Tentei convencê-la a não fazer isso, mas meus poderes têm limites.

Estou do lado de fora da janela do seu quarto, esperando. Não quero que fique lá dentro, mas deu para perceber que não aceitaria nenhuma outra opção. Encosto-me na parede, esperando que ela seja bem rápida. Parece que não tem nenhum vizinho em casa, mas isso não significa que o pai dela não possa chegar a qualquer momento.

Olho para a terra debaixo dos meus pés e depois para a casa. Ela estava exatamente aqui quando a deixei há treze anos. Fecho os olhos e encosto a cabeça na parede. Nunca na minha vida imaginei que voltaria aqui com ela.

Meus olhos abrem-se repentinamente e endireito a postura no instante em que escuto um estrondo vindo de dentro do quarto, seguido por gritos. Não me dou tempo de questionar que merda está acontecendo lá dentro, apenas corro.

Passo correndo pela porta dos fundos e sigo pelo corredor até encontrá-la no antigo quarto. Ela está chorando histericamente e arremessando coisas, então a abraço por trás imediatamente para acalmá-la. Não faço ideia do que causou isso, mas estou mais perdido ainda em relação ao que fazer. Ela se debate desesperadamente contra mim, tentando se soltar, mas eu a agarro com mais força ainda.

— Pare — digo em seu ouvido. Ela continua frenética e preciso acalmá-la antes que alguém a escute.

— Não encoste em mim! — grita ela. Sky arranha meus braços, mas não cedo nem por um segundo. Ela acaba ficando mais fraca e se entrega ao que quer que esteja ocupando sua cabeça, amolecendo nos meus braços. Preciso tirá-la daqui, mas não pode reagir assim quando sairmos.

Solto-a um pouco e a viro para mim. Ela cai contra o meu peito e soluça, agarrando minha camisa enquanto se esforça para continuar em pé. Abaixo a boca até seu ouvido.

— Sky. Você precisa sair daqui. Agora. — Estou tentando ser forte por ela, mas também preciso que saiba que ficar aqui é uma ideia terrível. Especialmente depois de ela destruir o quarto inteiro. Agora ele vai saber com toda certeza que alguém esteve aqui dentro, então precisamos ir.

Ponho-a no colo e a carrego para fora do quarto. Ela fica com o rosto enterrado no meu peito enquanto saímos da casa e vamos até o carro. Estendo o braço na direção do banco de trás e lhe entrego meu casaco.

— Tome. Use isso para limpar o sangue. Vou voltar lá dentro e ajeitar o que conseguir.

Fico observando-a por alguns segundos para ter certeza de que não vai entrar em pânico novamente. Fecho a porta do carro e volto para o quarto. Ajeito o que posso, mas vai ser difícil disfarçar o que aconteceu com o espelho. Espero que o pai dela não entre muito aqui. Se eu puder deixar o que estava fora do quarto com a aparência normal, pode ser que demore semanas para notar o espelho.

Ponho o cobertor de volta na cama, penduro as cortinas e saio novamente. Ao chegar no carro, vê-la quase me faz cair de joelhos.

Essa não é ela.

Está apavorada. Arrasada. Está tremendo e chorando e, pela primeira vez, passo a duvidar das decisões que tomei nas últimas vinte quatro horas.

Ligo o motor e me afasto da casa, sem querer ver esse lugar nem pensar nele nunca mais. Realmente espero que ela também não queira. Ponho a mão na parte de trás de sua cabeça, que está entre seus joelhos. Passo os dedos por seu cabelo e

268

não movo minha mão até chegarmos no hotel. Preciso que ela saiba que estou aqui. Que, independentemente do que estiver sentindo agora, não está sozinha. Se aprendi uma coisa quando a perdi há tantos anos, ou depois do que aconteceu com Less, é que nunca mais quero que ela se sinta sozinha.

Depois que voltamos para o quarto do hotel, eu a ajudo a se deitar, pego um pano úmido e volto para ver as feridas.

— Foram só alguns arranhões. Nada muito profundo.

Tiro os sapatos e me deito com ela. Ponho o cobertor em cima da gente e encosto a cabeça dela em meu peito enquanto ela chora.

Sky chora por tanto tempo e de um jeito tão desesperador que fico me odiando por ter deixado isso acontecer. Fui descuidado ontem à noite e nem pensei que não era para ela entrar no quarto de Less. Ela não estaria passando por nada disso se não tivesse visto a foto. E nunca teria voltado naquela casa.

Ela levanta o olhar e me encara. Seus olhos estão muito tristes. Enxugo suas lágrimas e abaixo a boca até a sua, beijando-a delicadamente.

— Desculpe. Nunca devia tê-la deixado entrar lá.

— Holder, você não fez nada de errado. Pare de pedir desculpas.

Balanço a cabeça.

— Eu não devia ter levado você até lá. É muita coisa para assimilar depois de ter descoberto tudo.

Ela se apoia no cotovelo.

— Não foi só porque estar lá dentro era demais para assimilar. O que lembrei era demais para assimilar. Você não tinha nenhum controle das coisas que meu pai fazia comigo. Pare de se culpar por tudo de ruim que acontece com as pessoas ao seu redor.

As coisas que ele fazia com ela? Deslizo a mão até a sua nuca.

— Do que está falando? Que coisas ele fazia com você?

Ela fecha os olhos, abaixa a cabeça até meu peito e começa a chorar novamente. A resposta que ela se recusa a dar destroça completamente o meu coração.

— Não, Sky — sussurro. — Não.

Sou tomado por diversas emoções de uma vez só. Nunca quis tanto bater em alguém quanto quero bater no cretino do pai dela, e se Sky não precisasse de mim agora, eu já estaria a caminho da casa dele.

Fecho os olhos e não consigo tirar da cabeça a imagem de Sky ainda menina. Mesmo eu sendo criança, dava para perceber que ela estava arrasada, e foi a primeira coisa que senti vontade de proteger na vida. E agora, com ela encurvada contra mim, aos prantos... tudo que quero é protegê-la dele, mas não posso. Não posso protegê-la de todas as lembranças que inundam sua mente nesse momento. Daria tudo para poder fazer isso.

Sky agarra minha camisa entre os punhos e continua soluçando. Abraço-a o mais forte possível, sabendo que não posso fazer nada para que seu sofrimento desapareça, então a abraço da mesma maneira como fazia com Less. Não quero soltá-la nunca.

Ela continua chorando e eu continuo a abraçá-la e estou me esforçando muito para ser forte por ela, mas não vai dar. Saber o que aconteceu com ela, e tudo pelo que teve que passar, está me deixando completamente transtornado e não faço ideia de como ela está aguentando isso.

Depois de vários minutos, suas lágrimas começam a diminuir, mas não param. Após um tempo, Sky levanta o rosto do meu peito e vem para cima de mim. Fecha os olhos e encosta os lábios nos meus, em seguida tenta imediatamente tirar minha camisa. Não faço ideia de por que está fazendo isso, então a deito de costas.

— O que está fazendo?

Ela desliza a mão até minha nuca e puxa minha boca de volta para a sua. Por mais que eu adore beijá-la, isso não parece certo. Quando suas mãos seguram minha camisa mais uma vez, eu as afasto.

— Pare — digo. — Por que está fazendo isso?

Ela olha para mim com desespero.

— Transe comigo.

Hein?

Saio da cama imediatamente e fico andando de um lado para o outro. Não sei nem como responder a essa merda, especialmente depois do que acabou de lembrar a respeito do pai.

— Sky, não posso fazer isso — falo, pausando e olhando para ela. — Não sei nem por que está me pedindo isso.

Ela engatinha até a beira da cama, onde estou parado, e fica de joelhos, agarrando minha camisa.

— Por favor — implora ela. — Por favor, Holder. Preciso disso.

Eu me afasto o suficiente para que não me alcance.

— Não vou fazer isso, Sky. *Nós* não vamos fazer isso. Você está em choque ou algo assim... não sei. Não sei nem o que dizer agora.

Ela cai de volta na cama e começa a chorar mais uma vez.

Droga. Não sei como ajudá-la. Estou completamente despreparado para isso.

— *Por favor* — diz ela, olhando-me nos olhos. Sua voz e a mágoa por trás estão me destruindo de dentro para fora. Ela desvia o olhar até as próprias mãos, que estão unidas em seu colo. — Holder... ele é o único que já fez isso comigo. — Ela ergue os olhos para os meus novamente. — Preciso que você tire isso dele. *Por favor.*

Se eu tinha uma alma antes de ouvir essas palavras, ela acabou de se partir em duas. Lágrimas enchem meus olhos e sinto sua dor. Sinto tanto sua dor, pois nunca mais quero que Sky pense naquele cretino.

— *Por favor*, Holder — diz ela, novamente.

Merda.

Não sei o que fazer nem como lidar com tudo isso. Se eu disser não, vou magoá-la ainda mais. Se concordar em ajudá-la dessa maneira, não sei se vou ser capaz de me perdoar.

Ela olha para mim da cama, completamente arrasada. Os olhos suplicantes aguardam minha decisão. E, apesar de eu não querer nenhuma dessas opções, simplesmente aceito o que quer que Sky ache necessário nesse momento. Se eu pudesse trocar de vida com ela, faria isso num piscar de olhos só para que ela jamais precisasse sentir o que está sentindo. Vou fazer tudo que posso para amenizar seu sofrimento.

Tudo que posso.

Volto para perto dela e me ajoelho no chão. Puxo-a para a beira da cama e tiro nossas camisas. Ponho-a no colo e a levo até o topo da cama, deitando-a delicadamente. Eu me abaixo em cima dela e enxugo suas lágrimas mais uma vez.

— Tudo bem — respondo.

Sei que ela provavelmente só quer se livrar logo disso tudo. Esse momento não vai ser o que devia ser de maneira alguma. Pego uma camisinha dentro da carteira e tiro a calça, observando-a atentamente o tempo inteiro. Não quero que entre em pânico como aconteceu ontem à noite, então tento ver algum sinal de que mudou de ideia. Ela já passou por coisas demais. Tudo que quero é fazer o possível para ajudá-la e, se isso vai ajudá-la, é o que vou fazer.

Beijo-a o tempo inteiro enquanto tiro sua roupa. Nem tento tornar a situação romântica. Só tento pensar no que puder a seu respeito que vá me ajudar a acabar logo com isso.

Depois de tirar sua roupa, coloco a camisinha e me acomo do contra seu corpo.

— Sky — digo, rezando para ela pedir que eu pare. Não quero que isso aconteça assim para ela.

Ela abre os olhos e balança a cabeça.

— Não, não pense. Só faça, Holder.

A voz dela está totalmente fria. Fecho os olhos, enterrando o rosto em seu pescoço.

— É que não sei lidar com tudo isso. Não sei se isso é errado ou se é mesmo o que está precisando. Tenho medo de seguir em frente e piorar ainda mais as coisas para você.

Ela põe os braços ao redor do meu pescoço com firmeza e começa a chorar novamente. Em vez de me soltar, puxa-me com mais força e levanta o quadril, implorando silenciosamente para que eu continue.

Beijo a lateral de sua cabeça e faço o que ela precisa que eu faça. No momento em que me empurro para dentro, lágrimas escapam dos meus olhos. Ela não faz nenhum som. Apenas me abraça com força e eu continuo fazendo os movimentos, tentando desesperadamente não pensar no quanto eu queria que isso fosse diferente.

Tento não pensar que parece que estou me aproveitando dela a cada movimento que faço contra seu corpo.

Tento não pensar no quanto isso me faz sentir como se eu fosse igual ao seu pai.

Esse pensamento me deixa paralisado. Ainda estou dentro dela, mas não consigo me mexer. Não posso fazer isso nem por mais um segundo.

Eu me afasto de seu pescoço, olho para ela e saio completamente de cima do seu corpo. Sento na beira da cama e seguro meu próprio cabelo.

— Não consigo — digo. — Não parece certo, Sky. Não parece certo porque é tão bom sentir você, mas não tem um segundo que se passe sem que me arrependa do que estou fazendo. — Eu me levanto, jogo a camisinha vazia no lixo, me visto e vou até a porta, sabendo que a desapontei mais uma vez.

Saio do quarto e, assim que fico sozinho no estacionamento, grito de frustração. Ando pela calçada por um tempo, tentando decidir o que fazer. Eu me viro e esmurro o prédio várias vezes, em seguida caio contra a parede de tijolos, perguntando-me como deixei que ela se metesse nessa situação. Como deixei que tudo chegasse a esse ponto? As últimas vinte e quatro horas da minha vida foram uma porra de um erro gigantesco.

E aqui estou eu, deixando-a sozinha mais uma vez. Fazendo o que faço melhor: deixá-la completamente sozinha.

Querendo corrigir pelo menos uma das minhas péssimas decisões, volto imediatamente para o quarto. Quando entro, ela está no banheiro, então sento na cama, pego minha camisa e a enrolo na mão ensanguentada.

A porta do banheiro se abre e ela para no meio de um passo, no instante em que olho para ela. Sua vista foca na minha mão e Sky vem correndo até mim, desenrolando minha camisa para ver a mão.

— Holder, o que foi que você fez? — diz ela, virando a mão machucada de um lado para o outro.

— Estou bem — digo, cobrindo a mão mais uma vez. Eu me levanto e olho para ela, me perguntando como ela é capaz de se preocupar *comigo* nesse momento.

— Mil desculpas — diz ela, baixinho. — Não devia ter pedido para você fazer aquilo. Eu só precisava...

Meu Deus. *Ela* está pedindo desculpas para *mim?*

— Cale a boca — digo, segurando seu rosto. — Não tem nenhum motivo para pedir desculpas. Não saí do quarto porque estava com raiva de você. Saí porque estava com raiva de mim mesmo.

Ela assente com a cabeça, afasta-se de mim e vai até a cama.

— Tudo bem — diz ela, erguendo as cobertas. — Não posso esperar que me deseje agora. Foi errado, egoísta e totalmente inapropriado implorar que você fizesse isso, e peço desculpas. Vamos só dormir, está bem? — Ela se deita e se cobre.

Estou tentando assimilar suas palavras, mas não estão fazendo nenhum sentido. Não é de maneira alguma o que acho a respeito do que ela me pediu para fazer. Como é que ela pensa essas maluquices?

— Acha que não consegui porque não a *desejo*? — Vou até a cama e me ajoelho ao seu lado. — Sky, não consegui porque tudo que aconteceu com você está acabando comigo, porra, e não faço ideia de como ajudá-la. — Subo na cama e a faço sentar comigo. — Quero ficar ao seu lado e ajudá-la a passar por isso tudo, mas todas as palavras que saem da minha boca estão erradas. Toda vez que encosto em você ou a beijo, tenho medo de que você não queira que eu faça isso. E agora está pedindo para eu transar com você porque quer tirar isso dele, e eu entendo. Entendo totalmente, mas não dá para fazer amor com você quando nem sequer consegue olhar nos meus olhos. Eu sofro com isso porque você não merece que as coisas sejam assim. Não merece essa vida, e não posso fazer porra nenhuma para melhorar a situação. Quero melhorar a situação, mas não consigo e me sinto tão inútil.

Abraço-a e ela põe as pernas ao meu redor, escutando todas as palavras que falo.

— E, embora eu tenha parado, não devia nem ter começado sem antes dizer o quanto amo você. Eu amo tanto você. Não mereço tocar em você até que tenha certeza absoluta de que estou fazendo isso porque a amo e não por nenhuma outra razão.

Pressiono os lábios contra os seus desesperadamente, precisando que ela saiba que agora estou dizendo somente a verdade. Só há sinceridade quando falo com ela e a toco.

Ela se afasta e beija meu queixo e minha testa e minha bochecha, e depois meus lábios mais uma vez.

— Também amo você — diz ela, provando para mim que as palavras são mais uma característica pela qual uma pessoa pode se apaixonar. Mas não estou mais me apaixonando por cada característica sua. Estou apaixonado pela garota inteira. Por todos os pedacinhos dela.

— Não sei o que faria agora se não tivesse você, Holder. Amo tanto você e peço mil desculpas. Queria que minha primeira vez fosse com você e lamento que ele tenha impedido isso.

— Nunca mais diga isso — peço. — Nunca mais *pense* isso. Seu pai tirou essa sua primeira vez de uma maneira inimaginável, mas posso garantir que foi só isso e nada mais. Porque você é forte, Sky. Você é incrível, engraçada, inteligente e tão cheia de força e coragem. O que ele fez não anula suas melhores qualidades. Você sobreviveu a ele uma vez e vai sobreviver de novo. Sei que vai.

Ponho a palma da mão por cima do seu coração e coloco sua mão no meu coração. Olho-a nos olhos, assegurando-me de que está completamente presente nesse momento comigo.

— Fodam-se todas as primeiras vezes, Sky. A única coisa que importa para mim com você são os para sempre.

Ela suspira aliviada e me dá o maior beijo de todos. Seguro sua cabeça, faço-a deitar de costas e vou para cima dela.

— Amo você — digo contra seus lábios. — Amo você há tanto tempo, só não podia dizer ainda. Não parecia correto permitir que você retribuísse esse amor enquanto eu estava escondendo tanta coisa.

Ela está chorando novamente, mas também está sorrindo.

— Não acho que você podia ter escolhido um momento melhor para dizer que me ama. Fico contente por ter esperado.

Abaixo a cabeça e a beijo. Beijo-a como merece ser beijada. Abraço-a como merece ser abraçada. E estou prestes a amá-la como merece ser amada. Desamarro o roupão que ela está usando e deslizo a mão por sua barriga.

— *Meu Deus*, eu amo você — digo. Minha mão desce do seu quadril até a cintura e a coxa. Sinto-a ficar tensa, então me afasto e olho para ela. — Lembre-se... estou tocando em você porque a amo. Não é por nenhum outro motivo.

Ela faz que sim com a cabeça e fecha os olhos, e percebo o seu nervosismo. Fecho seu roupão e levo a mão até seu rosto.

— Abra os olhos — digo. Ao abri-los, estão cheios de lágrimas. — Você está chorando.

Ela assente com a cabeça e sorri para mim.

— Está tudo bem. Essas lágrimas são boas.

Observo-a silenciosamente, me perguntando se deveríamos fazer isso. Quero que ela veja o quanto a amo e quero apagar o que aconteceu entre nós uma hora atrás, pois aquilo nunca deveria ter acontecido. Quero corrigir a situação para ela. Isso sempre foi algo tão terrível para ela, e essa garota merece ver o quanto isso pode ser bonito.

— Quero fazer amor com você, Sky — digo, entrelaçando nossos dedos. — E acho que você também quer. Mas primeiro preciso que entenda uma coisa. — Abaixo a boca e beijo uma lágrima que está escorrendo. — Sei que é difícil para você se permitir sentir isso. Passou tanto tempo se treinando para bloquear os sentimentos e as emoções toda vez que alguém encostava em você. Mas quero que saiba que o que seu pai fez com você fisicamente não era a razão do seu sofrimento quando era criança. Foi o que ele fez com sua fé nele que a magoou. Você passou por uma das piores coisas pelas quais uma criança pode passar, e quem fez isso foi seu herói... a pessoa que idolatrava... não consigo nem imaginar como deve ter sido isso. Mas lembre que as coisas que ele fez com você não têm *nada* a ver com nós dois quando estamos juntos assim. Quando toco em você, estou fazendo isso porque quero vê-la feliz. Quando a beijo, faço isso porque tem a boca mais incrível que já vi e não consigo deixar de beijá-la. E quando faço amor com você... estou fazendo exatamente isso. Estou fazendo amor com você porque estou apaixonado. O sentimento negativo que você tem associado ao toque durante toda a sua vida não se aplica a mim. Não se aplica a *nós*. Estou tocando você porque estou apaixonado, não por nenhum outro motivo. — Beijo-a delicadamente. — Amo você.

Ela me dá o beijo mais intenso de todos, puxando-me para a cama junto com ela. Continuamos nos beijando e ela continua permitindo que eu explore todas as partes do seu corpo com a boca e as mãos. Quando me preparo contra seu corpo após colocar mais uma camisinha, olho para ela, que finalmente está me olhando com uma expressão serena. Não dá para confundir o amor em seus olhos nesse momento, mas ainda quero escutar isso.

— Diga que me ama.

Ela me segura com mais força e fixa o olhar no meu.

— Eu amo você, Holder. *Tanto*. — afirma ela com segurança. — E só para constar... Hope também amava.

Assim que as palavras saem de sua boca, sou completamente consumido por uma sensação de paz. Pela primeira vez desde o segundo em que ela foi levada de mim, finalmente sinto que fui perdoado.

— Queria que você pudesse sentir o que acabou de provocar em mim. — Tomo sua boca com a minha no mesmo instante em que ela consome completamente o meu coração.

Capítulo Quarenta e Três

Quando ligo o telefone, há uma enxurrada de mensagens. Várias de Breckin, várias da minha mãe. Há ligações perdidas do telefone de Sky, então imagino que sejam de Karen. No entanto, não escuto nenhuma das mensagens da caixa postal. Sei que todos estão apenas preocupados conosco, especialmente Karen. Ainda não sei como o que ela fez se encaixa na história toda, mas acho difícil que tenha feito por maldade.

Sky move-se na cama, virando-se para o outro lado. Olho para ela e me inclino para beijá-la, mas ela vira o rosto e termino beijando sua bochecha.

— Hálito matinal — murmura ela, saindo da cama. Ela vai tomar banho e dou uma olhada na hora. O check-out é em uma hora, então decido arrumar nossas coisas

Depois que guardo quase tudo, Sky sai do banheiro.

— O que está fazendo? — pergunta ela.

Olho para ela.

— Não podemos ficar aqui para sempre, Sky. Precisamos resolver o que quer fazer.

Ela vem rapidamente até mim.

— Mas... mas não sei ainda. Eu nem tenho um lugar para ir.

Sua voz está cheia de pânico, então vou até ela para tranquilizá-la.

— Você tem a mim, Sky. Acalme-se. Podemos voltar para minha casa até decidirmos o que fazer. Além disso, ainda estamos no colégio. Não podemos simplesmente parar de frequentar as aulas e, com certeza, não podemos morar num hotel para sempre.

— Só mais um dia — pede ela. — Por favor, vamos ficar só mais um dia, depois a gente volta. Preciso tentar entender as coisas e, para isso, vou precisar ir até lá mais uma vez.

Não sei como pode achar que voltar naquela casa é uma boa ideia. Não há absolutamente nada que precise naquele lugar.

— De jeito nenhum. Não vou fazê-la passar por isso de novo. Não vai voltar lá.

— Eu preciso, Holder — suplica ela. — Juro que não vou sair do carro dessa vez. Juro. Mas preciso ver a casa mais uma vez antes de irmos embora. Eu me lembrei de tanta coisa enquanto estava lá. Só quero mais algumas lembranças antes de me levar de volta e eu decidir o que fazer.

Nossa, como é persistente. Fico andando de um lado para o outro, sem saber como fazê-la entender que não pode fazer isso.

— Por favor — diz ela, novamente.

Argh! Não posso dizer não a essa voz.

— Está bem — murmuro. — Eu disse que faria qualquer coisa que você achasse necessária. Mas não vou pendurar todas as roupas de novo.

Sky ri e vem correndo até mim, jogando os braços ao redor do meu pescoço.

— Você é o melhor namorado de todos e o mais compreensivo do mundo inteiro.

Retribuo o abraço e suspiro.

— Não, não sou. Sou o namorado mais *domesticado* do mundo inteiro.

Estamos sentados no carro, do outro lado da rua de sua antiga casa. Seguro o volante com tanta força que estou com medo de quebrá-lo. Seu pai acabou de estacionar na entrada da garagem, e por mais que eu tenha ficado furioso e indignado no passado, é a primeira vez que sinto vontade de realmente matar alguém. Só de vê-lo, meu estômago se revira e meu sangue ferve. Levo a mão até a ignição, sabendo que, se eu não for embora agora, o resultado não será nada bom.

— Não vá embora — diz ela, tirando minha mão da ignição. — Preciso ver como ele é.

Suspiro e me encosto no banco. Sky precisa se apressar e conseguir logo o que quer, pois isso não é nada bom. Não é nada bom mesmo.

— Ai, meu Deus — sussurra ela. Eu me viro, querendo saber por que acabou de dizer isso. — Não é nada — diz ela. — É que ele parece... familiar. Eu não tinha nenhuma imagem na cabeça, mas, se o visse na rua, o reconheceria.

Ficamos observando enquanto o pai dela termina uma ligação no celular e vai até a caixa de correio.

— Já basta? — pergunto. — Pois não consigo ficar aqui mais um segundo sequer sem sair desse carro e enchê-lo de porrada.

— Quase — diz ela, inclinando-se para enxergar melhor. Não entendo por que quis vê-lo. Não entendo como não saiu do carro para arrancar o saco dele, pois essa é a única vontade que sinto nesse momento.

Depois que seu pai finalmente entra em casa e desaparece, eu me viro e olho para ela.

— Agora?

Sky faz que sim com a cabeça.

— Sim, agora podemos ir.

Ponho a mão na ignição, ligando o carro, e fico horrorizado ao vê-la escancarar a porta e sair correndo.

Que porra é essa?

Desligo o carro e escancaro minha porta, correndo atrás dela. Corro o jardim inteiro e subo metade dos degraus do pórtico. Abraço-a e a ergo, em seguida me viro para o carro. Ela está tentando lutar contra mim, chutando-me, e estou fazendo tudo que posso para levá-la para o mais longe possível da casa sem que ele a ouça.

— O que diabos acha que está *fazendo?* — pergunto, rangendo os dentes.

— Me solte agora mesmo, Holder, ou vou gritar! Juro por Deus que vou gritar!

Solto-a e a viro de frente para mim. Agarro seus ombros com força, balançando-a para ver se ela recobra a porcaria do bom senso.

— Não *faça* isso, Sky. Não precisa lidar com isso de novo, não depois do que ele fez. Quero que dê mais tempo para si mesma.

Ela olha para mim e começa a balançar a cabeça.

— Preciso saber se ele está fazendo isso com alguma outra pessoa. Tenho de saber se tem outros filhos. Não posso deixar isso de lado sabendo do que ele é capaz. Preciso vê-lo. Preciso falar com ele. Para saber que não é mais aquele homem antes de poder voltar ao carro e ir embora.

Seguro seu rosto em minhas mãos e tento persuadi-la.

— Não faça isso. Ainda não. Podemos fazer algumas ligações. Vamos descobrir mais coisas sobre ele na internet primeiro. Por favor, Sky. — Eu a viro para o carro e ela suspira. Finalmente desiste e começa a andar na mesma direção que eu.

— Tem alguma coisa de errado acontecendo aqui?

Nós dois nos viramos ao escutar sua voz. Ele está na base dos degraus do pórtico, olhando-me cautelosamente. Se agora eu não tivesse que segurar Sky para ela não cair no chão, eu estaria correndo na direção dele.

— Jovem, esse homem está machucando você?

Sky amolece nos meus braços no instante em que ele se direciona a ela. Puxo-a contra meu peito.

— Vamos embora — sussurro. Eu me viro para o carro. Preciso levá-la para longe dele. Só preciso levá-la até o carro.

— Não se mexam! — grita ele.

Sky paralisa ao ouvir a voz, mas ainda tento levá-la ao carro.

— Virem-se!

Não posso mais obrigar Sky a andar para a frente, e não temos como sair dessa situação. Começo a virá-la junto comigo, com o braço ao seu redor. Com o olhar no meu, vejo que há nele mais terror do que imaginei que uma única pessoa seria capaz de sentir.

— Tente disfarçar — sussurro em seu ouvido. — Talvez ele não a reconheça.

Ela concorda com a cabeça e agora nós dois estamos de frente para seu pai. Não estou preocupado com a possibilidade de ele me reconhecer. Tirando o dia do desaparecimento de Hope, ele nunca falou comigo. Só espero imensamente que não a reconheça, mas sei que vai. Um pai reconhece a própria filha, independentemente do tempo que passou.

Ele está vindo até nós e, quanto mais perto chega, mais vejo o reconhecimento em seus olhos. Ele a conhece.

Merda.

Ele para a vários metros da gente e tenta olhá-la nos olhos, mas ela se pressiona contra mim e encara o chão.

— *Princesa?* — diz ele.

Sky começa a deslizar dos meus braços e olho para ela. Os olhos se reviraram para cima e o corpo está caindo. Seguro-a com firmeza, colocando-a no chão completamente para segurá-la melhor. Preciso tirá-la daqui agora.

Deslizo a mão por debaixo de seus braços e tento erguê-la. Seu pai aproxima-se, segurando suas mãos para me ajudar.

— Não se atreva a encostar nela, porra! — grito. Ele se afasta imediatamente, olhando-me, chocado.

Olho para ela e seguro sua cabeça, tentando fazê-la acordar.

— Linda, abra os olhos. Por favor.

Suas pálpebras abrem-se, olhando para mim.

— Está tudo bem — asseguro-lhe. — Você acabou de desmaiar. Preciso que se levante. Temos de ir embora. — Ajudo-a a se levantar e apoio seu corpo contra o meu. Dou um instante para que recupere suas forças. O pai dela está bem na sua frente agora.

— É *mesmo* você — diz ele, encarando-a. Olha para mim e depois para Sky. — Hope? Se lembra de mim? — Seus olhos estão cheios de lágrimas.

— Vamos — digo mais uma vez, tentando puxá-la junto comigo. Sky deve imaginar o quanto estou me esforçando para não atacá-lo. Precisamos. Nos. Mandar. Daqui.

Ela resiste quando seu pai se aproxima mais um pouco, então a puxo para longe.

— Você se lembra? — pergunta ele, novamente. — Hope, você se lembra de mim?

O corpo inteiro de Sky fica tenso.

— Como eu poderia *esquecer?* — retruca ela.

Ele inspira.

— É você — diz ele, movendo a mão do lado do corpo. — Você está viva. Você está bem. — Seu pai pega o rádio, mas dou um passo para a frente e derrubo o aparelho antes que ele possa relatar qualquer coisa.

— Se fosse você, não avisaria a ninguém que ela está aqui — digo. — Duvido que queira ver o fato de que não passa de um pervertido filho da puta estampado nas primeiras páginas dos jornais.

O rosto dele empalidece.

— *O quê?* — Ele olha para Sky, balançando a cabeça. — Hope, quem quer que tenha levado você... essa pessoa mentiu. Disse coisas sobre mim que não eram verdade. — Ele dá mais um passo para a frente e preciso puxá-la para trás mais uma vez. — Quem foi que a levou, Hope? Quem foi?

Sky começa a sacudir a cabeça para trás e para a frente.

— Eu me lembro de tudo o que você fez comigo — diz ela, dando um passo na direção dele com segurança. — E, se me der o que quero, juro que vou embora e nunca mais vai ouvir falar de mim.

Ele balança a cabeça, sem querer acreditar que ela lembra. Fica a observando por um minuto. Sei que está tão surpreso quanto nós.

— O que você quer? — pergunta ele.

— Respostas — diz Sky. — E quero tudo que ainda tem de minha mãe.

Sky segura minha mão, que está ao redor de sua cintura, e a aperta. Ela está com medo.

Seu pai olha para mim e depois para Sky.

— Podemos conversar lá dentro — diz ele, baixinho. Olha para a vizinhança nervosamente, querendo se assegurar de que não há nenhuma testemunha. O fato de estar procurando possíveis testemunhas é um imenso sinal de alerta. Não temos como saber o que ele é capaz de fazer.

— Deixe a arma — exijo.

Seu pai para e tira a arma do coldre. Coloca-a no pórtico.

— As duas — digo.

Ele estende o braço para baixo e remove a outra arma da perna, deixando-a no pórtico antes de entrar na casa. Eu viro Sky para mim antes de entrarmos.

— Vou ficar bem aqui, com a porta aberta. Não confio nele. Só vá até a sala.

Ela faz que sim com a cabeça e eu a beijo rapidamente. Vejo-a se virar e entrar na sala. Ela vai até o sofá e se senta, observando-o cautelosamente o tempo inteiro.

Ele ergue o olhar até o dela.

— Antes que diga qualquer coisa — começa ele —, precisa saber que eu a amava e que me arrependo do que fiz cada segundo da minha vida.

— Quero saber por que fez aquilo — diz ela.

O pai dela se encosta e esfrega os olhos.

— Não sei — responde ele. — Depois que sua mãe morreu, voltei a beber muito. Só foi acontecer um ano depois, quando bebi demais numa noite e acordei no dia seguinte sabendo que tinha feito algo terrível. Estava esperando que tivesse sido apenas um sonho horroroso, mas, quando fui acordá-la naquela manhã, você estava... diferente. Não era mais a garotinha feliz de antes. Da noite para o dia, se tornou alguém que morria de medo de mim. Passei a me odiar. Nem sabia ao certo o que tinha feito, pois estava bêbado demais para lembrar. Mas sabia que tinha sido algo horrendo e peço mil desculpas. Isso nunca se repetiu e fiz de tudo para compensar. Passei a comprar presentes o tempo inteiro e dava tudo o que você desejava. Não queria que se lembrasse daquela noite.

Ela segura os próprios joelhos e, como respira com dificuldade, percebo que está fazendo tudo que pode para manter a calma.

— Era noite... após noite... após noite — diz ela. Imediatamente corro até o sofá, ajoelhando-me ao seu lado. Ponho o braço ao redor de suas costas e a seguro para que continue sentada. — Eu tinha medo de me deitar, medo de acordar, medo de ir tomar banho e medo de falar com você. Eu não era uma garotinha com medo de monstros dentro do armário ou debaixo da cama. Morria de medo do monstro que devia me amar! Enquanto você devia estar me *protegendo* de pessoas como você!

A mágoa em sua voz é de partir o coração. Quero tirá-la daqui. Não quero que ela precise escutá-lo.

— Você tem outros filhos? — pergunta ela.

Ele abaixa a cabeça e pressiona a palma da mão na testa, mas não responde.

— *Tem?* — grita ela.

Ele nega com a cabeça.

— Não. Não me casei de novo.

— Só fez aquilo comigo?

Seu pai encara o chão, evitando a pergunta.

— Você me deve a verdade — diz ela com a voz baixa. — Fez aquilo com alguém antes de mim?

Há um longo silêncio. O olhar dele está fixo no chão, incapaz de admitir a verdade. Ela o observa, esperando o que deseja obter dele.

Após um longo silêncio, Sky começa a se levantar. Seguro seu braço, mas ela me olha nos olhos e balança a cabeça.

— Está tudo bem — diz ela.

Não quero soltá-la, mas preciso deixá-la controlar a situação da maneira que achar melhor.

Sky vai até ele e se ajoelha em sua frente.

— Eu estava doente — diz ela. — Minha mãe e eu... nós estávamos na cama, e você chegou do trabalho. Ela havia passado a noite toda acordada comigo e estava cansada, então você disse que ela podia ir descansar.

Ele olha fixamente para ela, como um pai arrependido. Não sei como consegue.

— Você ficou me abraçando naquela noite como um pai deve abraçar a filha. E cantou para mim. Lembro que costumava cantar uma música para mim sobre seu raio de esperança. Antes de minha mãe morrer... antes de você ter de enfrentar todo aquele sofrimento... nem sempre fez aquelas coisas comigo, não é?

Ele balança a cabeça e encosta no rosto dela.

Sinto vontade de arrancar sua mão, assim como quis arrancar a mão de Grayson em tantos momentos. Mas dessa vez não quero arrancar somente a mão. Quero arrancar sua cabeça e seu saco e...

— Não, Hope — diz ele para ela. — Eu amava tanto você. Ainda amo. Amava você e sua mãe mais que minha própria vida, mas quando ela morreu... o melhor de mim morreu com ela.

— Lamento que tenha passado por isso — responde ela com pouca emoção na voz. — Sei que a amava. Eu me lembro. Mas saber disso não faz com que seja mais fácil perdoá-lo pelo que fez. Não sei por que o que tem dentro de você é tão diferente do que existe nas outras pessoas... a ponto de se permitir fazer aquelas coisas comigo. Mas, apesar disso, sei que me ama. E por mais que seja difícil admitir... eu também amava você. Amava todo o seu lado bom.

Sky levanta-se e dá um passo para trás.

— Sei que não é totalmente mau. Eu *sei* disso. Mas se me ama como diz que ama... se *realmente* amava minha mãe... então vai fazer tudo que puder para me ajudar a superar isso. Você me deve isso. Tudo que quero é que seja sincero para que eu possa ir embora daqui com um pouco de paz. É só por isso que estou aqui, ok? Só quero paz.

O pai dela está chorando. Sky volta para perto de mim e, sinceramente, estou embasbacado com ela. Com sua determinação. Sua força. Sua coragem. Deslizo a mão por seu braço até encontrar seu dedo mindinho e o seguro. Ela enrosca o mindinho ao redor do meu.

O pai dela suspira pesadamente, em seguida olha para ela.

— Quando comecei a beber... foi apenas uma vez. Fiz algo com minha irmã mais nova... mas foi só uma vez. Foi anos antes de eu conhecer sua mãe.

Ela expira.

— E *depois* de mim? Fez aquilo com alguém depois que fui levada? — A culpa em suas feições mostra claramente que sim.

— Quem? — pergunta ela. — Quantas?

Ele sacode a cabeça sutilmente.

— Foi só mais uma. Parei de beber há alguns anos e não encostei em ninguém depois disso. Juro. Só foram três e nos piores momentos da minha vida. Quando estou sóbrio, consigo controlar minhas vontades. Por isso não bebo mais.

— Quem era ela? — pergunta Sky

Ele aponta a cabeça para a direita, para a casa ao lado.

Para a casa onde eu morava.

Para a casa onde eu morava com Less.

Não escuto nenhuma palavra depois disso.

Capítulo Quarenta e Quatro

Seria de se esperar que encontrar o corpo da minha irmã fosse a pior coisa que já me aconteceu.

Não foi. A pior coisa que já me aconteceu veio mais tarde naquela noite, quando tive que contar a minha mãe que sua filha estava morta.

Lembro de puxar Less para o meu colo, fazendo tudo que podia para entender o que estava acontecendo. Tentei entender por que não estava reagindo. Por que não estava respirando nem falando nem rindo. Não fazia nenhum sentido alguém poder estar aqui num instante e depois, no próximo, não estar mais. A pessoa simplesmente... *não* está mais aqui.

Não sei por quanto tempo a abracei. Talvez segundos. Talvez minutos. Merda, fiquei tão transtornado que talvez tenham sido horas. Só sei que ainda a abraçava quando escutei a porta de casa sendo fechada lá embaixo.

Lembro que entrei em pânico, pois sabia o que estava prestes a acontecer. Estava prestes a descer e olhar minha mãe nos olhos. Estava prestes a lhe contar que sua filha estava morta.

Não sei como consegui. Não sei como soltei Less por tempo suficiente para me levantar. Não sei nem sequer como encontrei forças para me levantar. Quando cheguei ao topo da escada, ela e Brian estavam tirando os casacos. Ele tirou o dela e se virou para pendurá-lo no cabideiro. Minha mãe olhou para mim e sorriu, mas depois parou de sorrir.

Comecei a descer a escada, aproximando-me dela. Meu corpo estava tão fraco que desci devagar. Um degrau de cada vez. Sem desviar o olhar nem por um segundo.

Não sei se foi instinto materno ou se descobriu o que aconteceu só de olhar para o meu rosto, mas ela começou a balançar a cabeça e a se afastar de mim.

Comecei a chorar e ela começou a entrar em pânico e continuou se afastando de mim até suas costas tocarem na porta de casa. Brian olhava para nós dois, sem entender nada do que acontecia.

Ela virou-se e agarrou a porta, pressionando a bochecha contra a superfície enquanto fechava os olhos. Foi como se es tivesse tentando me ignorar. Se me ignorasse, não precisaria enfrentar a verdade.

O corpo foi tomado pelo luto e ela chorou tão intensamente que nenhum ruído saiu de sua boca. Lembro de chegar ao último degrau e observá-la de onde estava. Observá-la dar um significado completamente novo à palavra desolada. Naquele momento, eu realmente acreditei que a palavra desolada devia ser usada apenas em relação a mães.

Não acredito mais nisso.

A palavra desolação também deve ser usada em relação a irmãos.

— Less — sussurro, ficando de costas para Sky e seu pai. — Ah, meu Deus, não. — Pressiono a cabeça contra a porta e agarro minha nuca com as duas mãos. Começo a chorar tão intensamente que não faço nenhum ruído. O peito dói e a garganta dói, mas meu coração acabou de ser completamente destruído.

Sky aproxima-se de mim. Põe os braços ao meu redor e tenta me consolar como pode, mas não consigo sentir. Não consigo senti-la e não consigo mais sentir a desolação porque tudo que sinto é uma intensidade avassaladora de ódio e raiva. Tento me segurar e não atacá-lo, mas acho que não tenho autocontrole suficiente. Ponho o braço ao redor de Sky e a puxo contra mim, esperando que sua presença ajude a me acalmar, mas não é o que acontece. A única coisa que me acalmaria seria saber que o homem atrás de mim não está mais respirando.

Ele é o motivo. É o motivo de *tudo*.

É por causa dele que Less não está mais aqui. Foi ele quem deixou Hope destruída. É por causa dele que minha mãe sabe o que é desolação. Foi esse cretino que roubou todas as forças da minha irmã, e quero que ele morra. Mas eu mesmo quero matá-lo.

Removo o braço de Sky e a empurro para longe de mim. Viro em direção ao seu pai, mas ela para entre nós dois e me olha de modo suplicante, empurrando meu peito. Ela sabe o que quero fazer e tenta me empurrar para sairmos da casa. Empurro-a para o lado, pois não sei o que sou capaz de fazer nesse momento e não quero que Sky se machuque.

Começo a me aproximar, mas ele põe a mão atrás do sofá, vira-se rapidamente e ergue uma arma. Sinceramente, eu nem me importaria com o fato de ele estar segurando uma arma, mas, quando penso em Sky, meu instinto protetor fala mais alto e eu paro. Ele leva o rádio até a boca com a outra mão e fica com a arma apontada para mim enquanto fala.

— Policial caído em Oak Street trinta e cinco vinte e dois.

Entendo imediatamente suas palavras, percebendo o que está prestes a fazer.

Não.

Não, não, não.

Não na frente de Sky.

Ele aponta a arma para si mesmo e olha para ela.

— Me desculpe mesmo, Princesa — sussurra ele.

Fecho os olhos e estendo o braço na direção dela no instante em que seu pai dispara a arma em si mesmo. Cubro seus olhos e Sky começa a gritar histericamente. Afasta minha mão bem quando ele cai no chão, fazendo-a gritar ainda mais alto.

Cubro sua boca com a mão e imediatamente a puxo para a porta. Ela está histérica demais para que eu a carregue, então a arrasto atrás de mim.

Só consigo pensar no quanto precisamos entrar no carro. Precisamos dar o fora daqui antes que alguém descubra que estivemos aqui. Porque, se alguém descobrir, o mundo de Sky nunca mais será o mesmo.

Ao chegar no carro, continuo cobrindo sua boca e pressiono suas costas contra a porta, olhando-a seriamente.

— Pare — falo para ela. — Preciso que pare de gritar. Agora.

Ela faz que sim com a cabeça vigorosamente, de olhos arregalados.

— Está escutando? — pergunto, tentando fazê-la compreender o que pode acontecer caso a gente não vá embora agora. — São sirenes, Sky. Eles vão chegar aqui em menos de um minuto. Vou tirar minha mão da sua boca e preciso que entre no carro e fique o mais calma possível porque a gente precisa sair daqui.

Ela concorda mais uma vez, então afasto a mão e a empurro rapidamente para dentro. Vou correndo para o lado do motorista, entro, ligo o carro e começo a dirigir. Ela inclina-se para a frente no banco e põe a cabeça entre os joelhos. Fica repetindo baixinho "não, não, não" até chegarmos ao hotel.

Capítulo Quarenta e Cinco

Após voltarmos para o nosso quarto, levo-a até a cama. Ela está passando por um de seus momentos em que fica completamente abstraída e não faço nada para tirá-la do transe. É provavelmente melhor que fique assim por um tempo.

Tiro a camisa, que agora está coberta de sangue. Removo as meias e sapatos e calça jeans e jogo tudo para o lado. Vou até Sky, que ainda está em pé, e tiro seu casaco. Há sangue por todo o seu corpo e me apresso para que ela vá logo para o banho e se limpe. Ela finalmente fica de frente para mim, com o rosto inexpressivo. Ponho seu casaco na cadeira ao nosso lado e tiro sua camisa.

Levo a mão até o botão de sua calça jeans, abro-o e começo a puxá-la para baixo. Quando chego em seus pés, Sky continua parada. Olho para ela.

— Preciso que você dê um passo para fora delas, linda.

Ela olha para mim e põe as mãos nos meus ombros enquanto tiro sua calça, um pé de cada vez. Sinto-a tocar no meu cabelo e passar seus dedos nele. Jogo a calça para o lado e olho para ela novamente. Ela está balançando a cabeça e olhando para as próprias mãos, que agora estão se movendo freneticamente em cima de sua barriga. Ela mancha a barriga inteira com o sangue do pai, tentando tirá-lo de suas mãos. Está arfando, tentando gritar, mas nenhum barulho sai de dentro dela. Eu me levanto e a ponho no colo imediatamente, levando-a para o chuveiro com rapidez. Preciso tirar isso do seu corpo antes que se descontrole completamente.

Sento-a debaixo do chuveiro e giro o registro. Quando a água está quente, fecho a cortina e afasto seus pulsos de sua barriga. Ponho seus braços ao meu redor e a puxo contra meu peito. Em seguida, viro-a na direção do jato de água.

Assim que a água bate em seu rosto, ela arfa e os olhos voltam a demonstrar uma certa lucidez.

Pego o sabonete e uma pequena toalha, esfrego-os debaixo d'água e depois me viro, começando a tirar o sangue de seu rosto.

— Shh — sussurro, encarando seus olhos. — Vou tirar isso de você, está bem?

Ela fecha os olhos e eu limpo cuidadosamente todos os pingos de sangue do seu rosto. Depois de finalmente limpá-lo, estendo o braço para trás de seu corpo querendo tirar seu elástico de cabelo.

— Olhe para mim, Sky — digo. Ela abre os olhos e ponho a mão em seu ombro para tranquilizá-la. — Vou tirar seu sutiã agora, está bem? Preciso lavar seu cabelo e não quero que nada o deixe sujo.

Seus olhos se arregalam, Sky passa os braços pelas alças do sutiã e o tira pela cabeça freneticamente.

— Tire logo — diz ela, rapidamente, referindo-se ao sangue em seu cabelo. — Tire *logo* isso de mim.

Seguro seus pulsos novamente e ponho seus braços ao meu redor.

— Vou tirar. Segure-se em mim e tente relaxar. Já vou tirar.

Ponho o xampu na mão e a levo até seu cabelo. Preciso lavá-lo várias vezes antes que a água comece a escorrer sem nenhuma sujeira. Quando termino, começo a lavar meu próprio cabelo. Tiro o que dá, mas não sei se tirei tudo, pois não consigo me enxergar. Não quero perguntar a ela, mas preciso ter certeza de que estou inteiramente limpo.

— Sky, preciso que confira se tirei tudo, ok? Preciso que você me limpe se tiver alguma coisa que eu não tenha visto.

Ela faz que sim com a cabeça e tira a toalha das minhas mãos. Analisa o cabelo, as costas, os ombros e depois esfrega a toalha na minha orelha.

Sky afasta a toalha de mim e olha para ela, colocando-a debaixo d'água.

— Foi tudo embora — sussurra ela.

Pego a toalha e a arremesso na beirada da banheira.

Foi tudo embora, repito na minha cabeça.

Ponho os braços ao seu redor e fecho os olhos. Sinto tudo acumular. As perguntas. As lembranças. Todas as vezes em que abracei Less à noite enquanto ela chorava, sem fazer ideia do que ele tinha feito. Não fazia ideia do que ela tinha passado.

Odeio-o. Odeio a porra do fato de ele ter passado tanto tempo impune. Não foi punido pelo que fez com Sky, com a própria irmã e com Less. E o pior de tudo é que ele não está mais vivo para que eu possa matá-lo.

Sky olha para mim com os olhos cheios de compaixão. Por um instante, fico sem entender, mas depois percebo que estou chorando... e que ela está triste por mim da mesma maneira como estou triste por ela. Seus ombros começam a tremer e um soluço de choro irrompe do corpo. Ela põe a mão na frente da boca e fecha os olhos.

Puxo-a contra meu peito e beijo a lateral de sua cabeça.

— Holder, sinto muito — diz ela, chorando. — Meu Deus, sinto muito mesmo.

Seguro-a com mais firmeza e pressiono minha bochecha no topo de sua cabeça. Fecho os olhos e choro. Choro por ela. Choro por Less. Choro por mim mesmo.

Sky curva as mãos atrás dos meus ombros, abraçando-me com mais força, e em seguida pressiona os lábios no meu pescoço.

— Me desculpe — lamenta ela, baixinho. — Ele nunca teria tocado nela se eu...

Seguro-a pelos braços e a afasto de mim para olhar em seus olhos.

— Nem se atreva a dizer isso. — Seguro seu rosto com as duas mãos. — Não quero nunca que peça desculpas pelo que aquele homem fez. Está me escutando? Não é culpa sua, Sky. Prometa que nunca mais vai deixar esse pensamento passar pela sua cabeça.

Ela assente.

— Juro.

Continuo mantendo contato visual com ela, querendo garantir que está me dizendo a verdade. Essa garota não fez nada de errado para pedir desculpas e nunca mais quero que pense isso.

Ela joga os braços ao redor do meu pescoço, e agora nós dois estamos chorando. Nos abraçamos fortemente. Desesperadamente. Sky beija meu pescoço repetidas vezes, querendo me tranquilizar da única maneira que sabe.

Levo meus lábios até seu ombro e a beijo. Ela me abraça com mais força e eu deixo. Deixo-a me abraçar com toda a força que tem. Continuo beijando seu pescoço e ela continua beijando o meu, seguimos em direção à boca um do outro. Antes de chegar em seus lábios, eu me afasto e a olho nos olhos. Ela olha nos meus e, pela primeira vez na vida, posso afirmar com sinceridade que encontrei a única pessoa no mundo que compreende a minha culpa. A única pessoa que compreende o meu sofrimento. A única pessoa que aceita que eu sou essas duas coisas.

Eu costumava achar que a melhor parte de mim morreu junto com Less, mas a melhor parte de mim está bem aqui na minha frente.

Com um movimento rápido, esmago meus lábios contra os seus e agarro-a pelo cabelo. Empurro-a contra a parede do boxe e a beijo com tanta convicção que nunca mais vai poder duvidar do quanto a amo. Deslizo as mãos por suas coxas e a ergo até ela colocar as pernas ao redor da minha cintura.

Pressiono meu corpo contra o seu e continuo a beijando, querendo *sentir Sky*, e não o sofrimento que tenta falar mais alto. Tudo que quero nesse momento é ser parte dela e deixar todo o resto de nossas vidas esvaecer.

— Me diga que não tem problema — peço, enquanto me afasto de sua boca e procuro seus olhos. — Me diga que não tem problema querer ficar dentro de você agora... porque, depois de tudo que passamos hoje, parece errado desejá-la como estou fazendo agora.

Ela joga os braços ao redor do meu pescoço e agarra meu cabelo, puxando minha boca de volta para a sua, mostrando que precisa disso tanto quanto eu. Solto um gemido, afasto-a da parede e a levo para o quarto. Ponho-a na cama, pego sua calcinha e a tiro, escorregando-as pelas pernas. Esmago minha boca contra a sua e tiro a cueca, que está ensopada. Só consigo pensar no quanto preciso ficar dentro dela nesse momento. Eu me afasto por tempo suficiente para pegar uma camisinha, agarro seu quadril e a puxo até a beira da cama. Ergo sua perna ao lado do meu corpo e deslizo o outro braço por debaixo de seu ombro.

Ela olha para mim e eu olho para ela. Agarro sua perna e seu ombro e continuo a olhando nos olhos, em seguida a penetro. No instante em que me sinto dentro dela, não parece o suficiente. Pressiono os lábios nos seus e tento encontrar o que quer que esteja faltando nesse momento. Eu me mexo para dentro e para fora, ficando mais frenético a cada movimento, tentando desesperadamente sentir algo que nem sei se existe. Ela relaxa o corpo contra o meu, acompanhando os movimentos, deixando-me ficar no controle.

Mas não é isso que quero agora.

É isso que há de errado comigo.

Minha mente está tão exausta e cansada e meu coração dói tanto nesse momento. Só preciso que ela me ajude a descobrir como faço para parar de sempre tentar ser o herói.

Afasto-me dela e Sky olha para mim, sem questionar por que desacelerei drasticamente contra seu corpo. Apenas leva as mãos até meu rosto e passa os dedos delicadamente por cima dos meus cabelos e lábios e bochechas. Viro minha boca para a palma de sua mão e a beijo, em seguida abaixo meu corpo em cima do seu, parando completamente. Continuo com o olhar fixo no seu e a puxo para mim, em seguida a ergo enquanto me levanto. Ainda estou dentro dela e suas pernas estão ao meu redor, então fico de costas para a cama e deslizo até o chão. Eu me inclino para a frente e beijo delicadamente o seu lábio inferior, e depois toda a sua boca.

Levo a mão até sua bochecha e coloco a outra em seu quadril. Começo a me mexer debaixo dela, guiando-a lentamente com minha mão, querendo apenas que ela assuma o controle. Preciso que queira me consolar assim como sempre quero consolá-la.

— Sabe o que sinto por você — sussurro, fitando-a. — Sabe o quanto a amo. Sabe que eu faria de tudo para acabar com seu sofrimento, não é?

Ela faz que sim com a cabeça, sem desviar o olhar do meu nem por um segundo.

— Estou precisando tanto disso, Sky. Preciso saber que você também me ama assim.

A expressão em seu rosto fica mais suave e os olhos enchem-se de compaixão. Entrelaçando nossas mãos, as coloca por cima dos nossos corações. Alisa minha mão com o dedão e se levanta um pouco, depois desliza de volta para baixo.

A sensação incrível que percorre meu corpo faz minha cabeça cair no colchão atrás de mim. Solto um gemido, sem conseguir ficar de olhos abertos.

— Abra os olhos — sussurra ela, ainda se movendo contra mim. — Quero que fique me olhando.

Ergo a cabeça e a olho. É a coisa mais fácil que já me pediram na vida, pois ela está linda para caralho.

— Não desvie o olhar de novo — diz ela, erguendo-se. Ao deslizar de volta para o meu colo, mal consigo ficar de cabeça erguida. Especialmente quando aquele gemido escapa de seus lábios e ela aperta minhas mãos com mais força ainda.

— Sabe a primeira vez que me beijou? — diz ela. — Aquele instante em que seus lábios encostaram nos meus? Você roubou um pedaço do meu coração naquela noite.

Você também roubou um pedaço do meu.

— Na primeira vez que disse que me gamava porque ainda não estava pronto para dizer que me amava? Aquelas palavras roubaram mais um pedaço do meu coração.

Mas eu já a amava. Eu a amava tanto.

Abro a mão e a pressiono contra seu coração.

— Na noite em que descobri que era Hope? Disse que queria ficar sozinha no meu quarto e, quando acordei e vi que você estava lá comigo na cama, tive vontade de chorar, Holder. Queria chorar porque precisava tanto de você ali. Foi naquele momento que percebi que estava apaixonada por você. Estava apaixonada pela maneira como você me amava. Quando pôs os braços ao meu redor e me abraçou, soube que, independentemente do que acontecesse com minha vida, meu lar era você. Você roubou a maior parte do meu coração naquela noite.

Eu não a roubei. Você a deu para mim.

Ela abaixa a boca até a minha e eu encosto a cabeça no colchão, deixando-a me beijar.

— Fique com eles abertos — sussurra ela, afastando-se dos meus lábios. Faço o que pede e, de alguma maneira, consigo abrir os olhos e encarar os seus. — Quero que fique de olhos abertos... porque preciso que veja eu lhe entregar a última parte do meu coração.

Esse momento. Bem agora. Quase faz valer a pena todo o sofrimento que tive que aguentar.

Seguro suas mãos com mais firmeza e me inclino para perto dela, mas não a beijo. Nos aproximamos o máximo possível e ficamos de olhos abertos até o último segundo. Até ela me consumir completamente e eu consumi-la completamente e eu não ter mais ideia de onde meu amor acaba e o dela começa.

Assim que começo a tremer e gemer embaixo dela, minha cabeça cai contra o colchão e dessa vez ela me permite fechar os olhos. Sky continua se movendo em cima de mim até eu parar completamente.

Dou um segundo para meu coração se acalmar, depois levanto a cabeça e olho para ela. Afasto as mãos das suas e as deslizo pelo seu cabelo indo até a parte de trás da cabeça. Meus lábios encontram os seus e eu a beijo, tirando-a de cima de mim e a colocando no chão embaixo de mim. Deslizo minha mão entre nossos corpos e encosto a palma na sua barriga, em seguida desço lentamente a mão até encontrar o local exato que faz o meu som preferido escapar de sua boca. Me embebedo com cada gemido e com o ar que passa por seus lábios. E deixo-a ficar de olhos fechados, mas mantenho os meus abertos e a observo roubar o último pedaço do *meu* coração.

Capítulo Quarenta e Seis

Less,

Tenho tantas coisas para dizer, mas nem sei como começar.

As coisas com Sky não podiam ter terminado de uma maneira melhor. Ela voltou a morar com Karen, que é o melhor lugar para ela.

Sabia que Karen não a teria machucado. Pelo pouco tempo que passei com as duas, percebi que Karen a ama tanto quanto eu. Ela levou Sky do pai porque sabia o que ele fazia com ela. Karen era irmã dele... é tia de Sky. E tinha passado por tudo que Sky passou. Ela a levou porque não podia simplesmente deixar aquilo acontecer sem fazer nada. Agora que Sky sabe de toda a verdade, decidiu ficar com Karen, que arriscou a vida inteira por aquela garota. Arriscou o futuro inteiro, e nunca serei capaz de agradecê-la o suficiente por isso.

Eu disse uma coisa para Sky e vou dizer para você também. Na minha opinião, a única coisa que eu gostaria que fosse diferente é a seguinte: ela também devia ter levado você.

Eu não sabia, Less. Não fazia ideia do que ele fazia com você e lamento tanto.

Amanhã conto mais, mas hoje só precisava dizer que amo você.

H

Capítulo Quarenta e Sete

Feliz Halloween. Espero que pelo menos hoje você vista algo mais sexy.

Aperto enviar, ponho o telefone na mesa de cabeceira e saio da cama. Só fui embora da casa de Sky às quatro da manhã. Voltei para casa e escrevi uma carta para Less antes de me deitar. Foram dias de pouco sono e muitas emoções.

Vou até o armário, pego uma camiseta e a visto. Então meu telefone toca e vou até ele para ler a mensagem.

Oi, Holder. É Karen. Ainda não devolvi o telefone de Sky para ela, mas vou transmitir a mensagem. Ou não.

Ai, merda. Rio e respondo.

lol... me desculpe. Mas, aproveitando a mensagem, como ela está hoje?

Espero a resposta, que não demora a chegar.

Está bem. Passou por muita coisa e isso vai ser um processo demorado. Mas é a garota mais corajosa que conheço, então tenho uma fé imensa nela.

Sorrio e respondo.

Pois é. Ela meio que lembra a mãe.

Ela responde com um coração. Ponho o telefone na cama e sento ao lado dele. Pego-o novamente e procuro o número do meu pai.

Oi, pai. Saudades. Estou pensando em visitá-los com minha namorada no feriado de Ação de Graças. Quero que vocês a conheçam. Diga a Pamela que prometo ficar longe do sofá dela.

Aperto enviar, mas sei que a mensagem não disse tudo que eu queria dizer, então mando outra.

E me desculpe. Me desculpe mesmo.

Ponho o telefone na mesa de cabeceira e olho para o caderno que ainda está jogado no chão. O que contém a maior parte das minhas cartas para Less.

Ainda não quero ler, mas sinto como se eu devesse isso a ela. Levanto-me, vou até ele e me curvo para pegá-lo enquanto me abaixo. Encosto na parede, puxo os joelhos para perto do corpo, abro o caderno e viro as folhas até chegar nas últimas páginas.

Capítulo Quarenta e Sete e Meio

Querido Holder,

Se você está lendo isto, me desculpe mesmo. Porque, se estiver, sei o que fiz com você.

Mas espero que nunca encontre esta carta. Espero que a pessoa que encontrar este caderno não tenha nenhuma utilidade para ele e o jogue fora, pois não quero partir seu coração. Mas tem tantas coisas que quero lhe contar, coisas que nunca seria capaz de contar pessoalmente, então vou fazer isso por carta.

Vou começar com o que aconteceu quando éramos crianças. Com Hope.

Sei o quanto você se culpou por deixá-la sozinha. Mas precisa entender que não era só você, Holder. Eu também a deixei sozinha. E você fez o que qualquer outra criança teria feito naquela situação. Acreditou que os adultos na vida dela estavam fazendo o melhor para ela. Como ia adivinhar o que aconteceria quando ela foi até aquele carro? Você não tinha como adivinhar, então pare de pensar que podia ter feito algo diferente. Você não podia e, francamente, não devia. Entrar naquele carro foi a melhor coisa que aconteceu com Hope.

Algumas semanas depois que ela foi levada, seu pai me perguntou se eu não queria ajudá-lo a distribuir panfletos. Claro que quis. Teria feito qualquer coisa para ajudar Hope a voltar para nós.

Quando entrei na casa dele, percebi que havia algo de errado. Ele me levou até o quarto dela. Disse que o material para fazer os panfletos estava no quarto de Hope. E depois fechou a porta do quarto e arruinou completamente a minha vida.

Foram anos assim. Isso continuou até o dia em que não aguentei mais e finalmente contei para mamãe.

Ela foi imediatamente para a polícia. No mesmo dia, fui entrevistada por uma terapeuta e a minha confissão foi documentada. Eu só tinha 9 ou 10 anos, então não me lembro muito disso. Só lembro que as semanas se passaram e que mamãe e papai tiveram que ir à delegacia várias vezes. Enquanto tudo aquilo acontecia, o pai de Hope não voltou para casa nenhuma vez.

Depois soube que ele tinha sido preso. A investigação chegou ao fim e foi até levada a tribunal. Lembro do dia em que mamãe chegou em casa e disse que nós íamos nos mudar. Papai não podia mudar de emprego e ela se recusou a ficar com a gente em Austin, então se mudou conosco. Não sei se você sabe, mas eles tentaram ficar juntos. Papai procurou um emprego para poder nos sustentar na nova cidade, só que não encontrou nada. Após um tempo, acho que perceberam que era mais fácil ficarem separados. Talvez os dois culpassem um ao outro pelo que tinha acontecido comigo.

Quando penso em todas as horas de terapia que mamãe me obrigou a fazer, odeio o fato de ela não ter percebido que ela mesma precisava de terapia. Sempre me perguntei se o casamento não teria dado certo se tivessem conversado com alguém. Mas, ao mesmo tempo, passei anos fazendo terapia e obviamente isso não me salvou. Queria que tivesse me salvado, e talvez isso até tivesse acontecido se eu soubesse como usá-la a meu favor. A terapia me ajudou durante vários anos, mas não podia me salvar de mim mesma quando eu fechava os olhos todas as noites. E, por mais que mamãe tenha tentado, também não poderia ter me salvado. Eu não queria que ninguém me salvasse.

Tudo que eu queria era ser deixada em paz.

Vários anos depois, descobri que o pai de Hope nunca teve que pagar pelo que fez comigo. Pelo que fez com Hope. Ele era extremamente manipulador e fingiu que eu estava o culpando pelo desaparecimento de Hope, que aquela era minha maneira de me vingar. A vizinhança inteira o apoiou. Não conseguiam acreditar que alguém acusaria um homem de algo tão cruel após sua filha ter sido sequestrada.

Então ele se safou. Ficou livre para fazer o que quisesse, e eu me senti como se estivesse condenada a passar a eternidade no inferno.

Mamãe não queria que você descobrisse o que aconteceu comigo. Tinha medo de como isso o afetaria. Nós duas vimos o quanto você se culpou pelo que aconteceu com Hope e ela não queria que você sofresse mais.

Eu também não queria.

Agora é a parte mais difícil desta carta. É muito difícil de dizer, pois senti muita culpa por causa disso. Todo dia, quando via o sofrimento em seus olhos, eu sabia que você se livraria de toda aquela aflição se eu simplesmente confessasse o que estou prestes a dizer.

Mas não consegui. Não consegui encontrar uma maneira de lhe dizer que Hope estava viva. Que estava bem e que mamãe e eu a vimos uma vez, há cerca de três anos.

Eu tinha 14 anos e estávamos num restaurante, só mamãe e eu. Estava tomando um gole da minha bebida quando olhei para cima e a vi entrar.

Eu me virei para mamãe e devo ter ficado branca como um fantasma porque ela estendeu o braço e segurou minha mão.

— Lesslie, o que foi, querida?

Não consegui falar. Só consegui ficar encarando Hope. Mamãe se virou e, no segundo em que a viu, percebeu que era ela. Nós duas ficamos em silêncio, perplexas.

A garçonete as colocou na mesa ao lado da nossa. Mamãe e eu ficamos paradas, somente encarando-a. Hope olhou para mim ao se sentar, mas desviou a vista como se nem me reconhecesse. Fiquei de coração partido por ela não me reconhecer. Acho que comecei a chorar naquele momento. Foi algo tão intenso emocionalmente que não sabia o que fazer. Toquei na pulseira no meu braço e sussurrei seu nome, só para ver ela se ia me escutar e se virar novamente.

Não me escutou, mas a mulher que estava com ela escutou. Virou a cabeça rapidamente na nossa direção com os olhos cheios de pânico. Fiquei confusa. Mamãe também.

A mulher olhou para Hope.

— Acho que deixei o forno ligado — disse ela, levantando-se. — Precisamos ir embora.

Hope pareceu confusa, mas também se levantou. Sua mãe a acompanhou até a saída do restaurante. Foi então que mamãe se levantou e saiu correndo atrás das duas. Eu fiz o mesmo.

Quando todas nós estávamos lá fora, a mulher levou Hope até o carro apressadamente e fechou a porta depressa após ela entrar. Mamãe e eu a alcançamos e, assim que a mulher se virou de frente para mamãe, lágrimas surgiram em seus olhos.

— Por favor — implorou a mulher. Ela não disse mais nada. Mamãe ficou encarando-a por um tempo, sem dizer nada. Eu fiquei parada, tentando entender o que estava acontecendo.

— Por que você a levou? — perguntou mamãe finalmente.

A mulher começou a chorar e ficou balançando a cabeça.

— Por favor — disse ela, chorando. — Ela não pode voltar para ele. Não façam isso com ela, por favor. Por favor, por favor.

Minha mãe concordou com a cabeça. Deu um passo para frente e pôs a mão no ombro da mulher para tranquilizá-la.

— Não se preocupe — disse mamãe. — Não se preocupe. — Mamãe olhou para mim e lágrimas encheram seus olhos, e depois olhou de novo para a mulher. — Eu também faria de tudo para manter minha filha em segurança.

A mulher olhou para mamãe, confusa. Sei que não entendia exatamente o quanto mamãe sabia, mas percebeu a sinceridade em suas palavras. Ela inclinou a cabeça e expirou.

— Obrigada — disse ela, afastando-se de nós. — Obrigada. — Ela abriu a porta e entrou no carro, e as duas foram embora.

Não sei onde ela mora. Não descobrimos o nome da mulher nem o nome que Hope tem agora. Também parei de usar a pulseira depois daquele dia, pois, no meu coração, eu sabia que ela não precisava ser encontrada. Mas eu precisava que você soubesse disso, Holder. Só preciso que saiba que ela está viva e que está bem, e que você deixá-la sozinha naquele dia foi a melhor coisa que poderia ter feito por ela.

Quanto a mim, bem... sou uma causa perdida. Passei os últimos oito anos vivendo nesse pesadelo sem-fim e cansei. A terapia e os remédios me ajudam a entorpecer o sofrimento, mas ficar entorpecida é o que não aguento, Holder. É por isso que planejo fazer o que preciso fazer, e é por isso que você está lendo esta carta. Estou exausta e acabada e cansada de viver uma vida que não quero mais viver. Cansei de fingir ser feliz por sua causa porque não sou feliz. Toda vez que sorrio, parece que estou mentindo para você, mas não sei viver de outra maneira. E sei que,

307

quando eu fizer o que quero, vou partir seu coração. Sei que mamãe e papai vão ficar desolados. E sei que vai me odiar.

Mas nem tudo isso me faz mudar de ideia. Perdi a capacidade de me importar com as coisas, então é difícil me compadecer do que você vai sentir depois que eu me for. Não me lembro mais de como é me importar tanto com a vida a ponto de a ideia da morte me abalar. Então preciso que saiba que lamento, mas é inevitável.

Essa vida já me desapontou vezes demais e, francamente, cansei de perder a esperança.

Amo você mais do que imagina.

Less

P.S. Espero que nunca se deixe acreditar que fiz isso porque você fracassou comigo de alguma maneira. Todas aquelas noites em que ficavo me abraçando, deixando que eu chorasse... você não tem ideia de quantas vezes me salvou.

Capítulo Quarenta e Oito

Solto o caderno no chão
    E choro.

Capítulo Quarenta e Nove

Entro no escritório da minha mãe. Ela está ao telefone e olha para cima quando fecho a porta. Vou até sua mesa, tiro o telefone de seu ouvido e desligo.

— Você *sabia?* — pergunto. — Sabia o que aquele cretino fez com Less? — Enxugo os olhos com o dorso na mão; ela se levanta e seus próprios olhos se enchem de lágrimas. — Você sabia o que ele fez com Hope? E sabia que Hope está viva e bem? Sabia de tudo?

Minha mãe balança a cabeça e o medo enche seus olhos. Ela não sabe se estou furioso ou surtando ou se estou prestes a perder o controle.

— Holder... — diz ela. — Não podíamos lhe contar. Sabia como você ficaria se soubesse que algo desse tipo aconteceu com sua irmã.

Desabo na cadeira, sem conseguir ficar em pé por nem mais um segundo. Ela dá a volta na mesa e se ajoelha na minha frente.

— Me desculpe mesmo, Holder. Por favor, não me odeie. Me desculpe.

Ela está chorando, com um olhar cheio de arrependimento e pedidos de desculpas. Encontro forças para me levantar e a levanto junto comigo.

— Meu Deus, não — digo, jogando os braços ao redor de seu pescoço. — Mãe, que bom que você sabe. Estou tão aliviado por saber que Less tinha você para ajudá-la com tudo isso. E Hope... — Afasto-a de mim e a olho nos olhos. — Ela é *Sky*, mãe. Hope é Sky e Sky está bem e eu a amo. Eu a amo tanto e não fazia ideia de como lhe contar porque estava morrendo de medo de você reconhecê-la.

Seus olhos se arregalam e ela se afasta de mim, sentando-se na sua cadeira.

— Sua namorada? A sua namorada é Hope?

Faço que sim com a cabeça, sabendo que nada disso está fazendo sentido para ela.

— Lembra quando eu conheci Sky no mercado alguns meses atrás? Eu a reconheci. Achei que fosse Hope, mas depois achei que talvez não fosse. E depois me apaixonei demais por ela, mãe. E ela passou por tanta merda essa semana, não sei nem como começar a contar. — Falo rápido demais para ela entender. Sento na cadeira diante dela e me aproximo, em seguida me inclino para a frente e seguro suas mãos. — Ela está bem. Eu estou bem. Estou *mais* do que bem. E sei que fez o seu melhor por Less, mãe. Espero que saiba disso também. Você fez tudo que podia, mas às vezes nem todo o amor materno e fraterno do mundo é suficiente para tirar alguém do pesadelo em que vive. Precisamos apenas aceitar que as coisas são como são, e nem toda a culpa e o arrependimento do mundo vão mudar isso.

Ela começa a soluçar de choro. Ponho os braços ao seu redor, abraçando-a.

Capítulo Quarenta e Nove e Meio

Sky e eu tiramos os dois últimos dias da semana de férias. Já tínhamos perdido os três primeiros dias de aula, então por que não mais dois? Além disso, Karen queria ficar de olho em Sky a semana inteira. Está preocupada com os efeitos de tudo nela.

Concordei em dar um certo espaço a Sky por alguns dias, mas Karen não sabe que a janela da filha ainda vê bastante movimento no meio da noite. E eu sou o culpado.

Passei os últimos dias tendo algumas discussões profundas com minha mãe. Ela queria saber tudo o que eu sabia sobre Less e Hope, e é claro que também quis saber o que aconteceu no último fim de semana em Austin. Depois quis saber tudo sobre o namoro com Sky, então a atualizei das coisas. E depois disse que queria conhecê-la.

Então aqui estamos. Sky acabou de entrar na minha casa e mamãe está abraçando-a. Ela começou a chorar quase imediatamente, o que fez Sky lacrimejar um pouco. Agora as duas estão na entrada da casa e mamãe não quer soltá-la.

— Não quero interromper esse reencontro — digo —, mas, mãe, se você não soltá-la acho que ela vai terminar fugindo de medo.

Minha mãe ri e funga, afastando-se de Sky.

— Você é tão linda — diz ela, sorrindo para Sky. Ela vira-se para mim. — Ela é linda, Holder.

Dou de ombros.

— É, ela dá pro gasto.

Sky ri e me bate no braço.

— Não lembra? Os insultos só são engraçados em mensagens de texto.

Seguro-a e a puxo para perto.

— Você não é linda, Sky — sussurro em seu ouvido. — Você é incrível.

Ela põe os braços ao meu redor.

— Você também não é nada mau — diz ela.

Minha mãe segura sua mão e a afasta de mim, levando-a para a sala de estar, e depois começa a bombardeá-la com perguntas. Mas eu até gosto, pois ela não pergunta nada a respeito de sua situação nem do seu passado. Faz apenas perguntas normais, como o que ela quer estudar na universidade e em *qual* universidade quer estudar. Deixo-as na sala para continuarem a conversa enquanto vou até a garagem e pego algumas caixas. Mamãe e eu já conversamos sobre esvaziarmos o quarto de Less. Agora que Sky está aqui, acho que finalmente vou conseguir.

Volto para a sala e entrego uma caixa para cada uma.

— Vamos — digo, indo na direção da escada. — Temos um quarto para esvaziar.

Passamos o resto da tarde esvaziando o quarto. Guardamos as fotos e tudo que era importante para ela numa caixa, depois colocamos todas as roupas em caixas separadas para serem doadas. Pego os dois cadernos, envolvo-os com a calça jeans que estava no chão há mais de um ano e ponho tudo em outra caixa. Uma caixa que vou guardar.

Depois que terminamos, minha mãe e Sky descem. Empilho as caixas no corredor, viro e fecho a porta. Antes de fechá-la completamente, olho para a cama. Não a vejo morrer mais uma vez. Vejo-a sorrir.

Capítulo Quarenta e Nove e Três Quartos

— Achei que ela tinha dito que não ia nesse fim de semana — digo para Sky enquanto entramos em sua casa.

— Implorei para ela ir. Está grudada em mim há dias e eu disse que fugiria se ela não fosse para o mercado de pulgas.

Entramos no quarto de Sky e eu fecho a porta.

— Então posso engravidá-la essa noite?

Ela vira-se de frente para mim e dá de ombros.

— Acho que podemos praticar — diz ela, sorrindo.

E é o que fazemos. Praticamos pelo menos três vezes antes da meia-noite.

Estamos deitados na cama, com os corpos entrelaçados debaixo do lençol. Ela ergue nossas mãos juntas, encarando-as.

— Eu me lembro, sabia?

Inclino a cabeça até encostar na sua em cima do travesseiro.

— Se lembra do quê?

Ela afasta os dedos e põe o mindinho ao redor do meu.

— Disso — sussurra ela. — Me lembro da primeira vez em que você segurou minha mão assim. E me lembro de tudo que me disse naquela noite.

Fecho os olhos e inspiro profundamente.

— Logo depois que Karen me trouxe para cá, ela pediu para eu esquecer meu nome antigo e tudo de ruim associado a ele. Então pensei em você... e disse a ela que queria que meu nome fosse Sky, que significa céu.

Ela apoia-se no cotovelo e olha para mim.

— Você sempre esteve comigo, sabia? Mesmo quando eu não conseguia me lembrar das coisas... você sempre estava comigo.

Ponho seu cabelo atrás da orelha e a beijo, em seguida me afasto.

— Amo tanto você, Sky.

— Também amo você, Holder.

Tiro meu braço de debaixo de seu corpo, faço-a se deitar e olho para ela.

— Me faz um favor?

Ela faz que sim com a cabeça.

— De agora em diante, quero que me chame de Dean.

Capítulo Final

Less,

Quanto tempo. Encontrei essas cartas hoje, pois estava precisando de caixas para minha mudança para a universidade. Também encontrei a calça jeans que ficou no chão do seu quarto por mais de um ano. Acabei de jogá-la no cesto de roupa suja. De nada.

E... pois é. Universidade. Eu. Eu indo para a universidade. Bem legal, não é?

Ainda falta um mês para eu ir, mas Sky já está lá há alguns meses. Ela tinha muitos créditos por ter estudado em casa, então logo após a formatura do colégio, foi embora para começar antes de mim.

Ela é tão competitiva.

Mas não estou preocupado porque planejo ultrapassá-la quando chegar lá. Elaborei um plano malicioso e complexo até os mínimos detalhes. Toda vez que ela estiver estudando ou fazendo o dever de casa, vou simplesmente sussurrar algo sensual em seu ouvido ou mostrar minhas covinhas. Ela vai ficar toda nervosa e distraída e vai se atrasar com o dever de casa e reprovar as matérias e eu vou me formar primeiro e a vitória será minha!

Ou vou apenas deixá-la vencer. Às vezes eu meio que gosto de deixá-la vencer.

Estou com uma saudade imensa dela, mas em menos de um mês estaremos na mesma cidade de novo.

Uma cidade sem nossos pais.

Uma cidade sem hora para dormir.

E, se depender de mim, Sky só vai usar vestidos.

Merda. Agora que parei para pensar, acho que nós dois vamos terminar sendo reprovados.

Muita coisa aconteceu desde que a escrevi pela última vez, mas ao mesmo tempo nada aconteceu. Em comparação com os primeiros meses depois que voltei de Austin, o resto do ano foi bem tranquilo. Depois que

Sky descobriu a verdade, Karen cedeu em relação às restrições tecnológicas. Comprei um iPhone para ela em seu verdadeiro aniversário e agora ela tem um laptop, então nós nos vemos todas as noites pelo Skype.

Eu amo o Skype. Muito. Só queria dizer isso.

Mamãe e papai estão bem. Papai não percebeu nada quando conheceu Sky, o que achei que fosse acontecer mesmo. Ele nunca passou muito tempo com ela quando éramos crianças porque trabalhava muito. Mas ele a ama. E mamãe... Meu Deus, Less. Mamãe é louca por ela. Fico meio constrangido por estarem tão próximas, mas isso também é bom. É bom para mamãe. Acho que termos Sky como parte da família a ajudou a amenizar um pouco a dor que ela ainda sente por causa da sua morte.

E, sim, todos nós ainda sentimos essa dor. Todos que a amavam ainda sentem a dor. E, apesar de eu não reviver mais a sua morte, ainda sinto uma saudade do cacete de você. Uma saudade imensa. Especialmente quando acontece alguma coisa que você acharia engraçada. Começo a rir e de repente noto que só eu estou rindo e percebo que eu esperava ouvir sua risada. Sinto falta da sua risada.

Eu poderia listar todas as coisas a seu respeito de que sinto falta e ficar sentindo pena de mim mesmo novamente. Mas, no último ano, aprendi o que realmente significa sentir a falta de alguém. Para sentir a falta de alguém, a pessoa primeiramente precisa ter tido o privilégio de ter esse alguém em sua vida.

E, por mais que dezessete anos não pareçam tempo suficiente ao seu lado, ainda são dezessete anos a mais que eu tive em comparação às pessoas que nem a conheceram. Então, pensando assim... tenho muita sorte.

Sou o irmão mais sortudo de todo o mundo.

Agora vou viver minha vida, Less. Uma vida que realmente tenho vontade de viver, e nunca achei que seria capaz de dizer isso. Mas, ao mesmo tempo, eu realmente achava que nunca mais teria esperança na vida, mas agora eu a encontro todos os dias.

E às vezes eu a vejo à noite também... no Skype

Amo você.

Dean

Agradecimentos

Antes de tudo, quero agradecer imensamente a Griffin Peterson por nos dar a honra de sair na capa de *Sem esperança*. Os leitores e eu damos muito valor a sua delicadeza e humildade. Também gostaria de agradecer mais uma vez a todos os blogueiros pelo apoio sem-fim. Sem vocês, esses livros não existiriam.

Enquanto escrevia *Um caso perdido* e *Sem esperança*, nunca imaginei que receberia o apoio e retorno que recebi dos leitores. Muitos compartilharam suas próprias histórias comigo e pararam para me dizer o quanto esses livros os ajudaram a superar suas próprias dificuldades e "pausas de capítulos". Por causa disso, gostaria de agradecer a cada um que entrou em contato comigo. É por isso que continuo escrevendo: porque vocês continuam me apoiando.

Este livro foi composto na tipologia Simoncini Garamond Std,
em corpo 11/14,7, e impresso em papel off-white
no Sistema Cameron da Divisão Gráfica
da Distribuidora Record.